Das Spiel des Schicksals

Christin C. Mittler

Das Spiel des Schicksals

Bibliografische Information der Deutschen Nationalbibliothek:
Die Deutsche Nationalbibliothek verzeichnet diese Publikation in der
Deutschen Nationalbibliografie; detaillierte bibliografische Daten sind im
Internet über http://dnb.dnb.de abrufbar.

Illustration: Linda Woods – Designs & Cover
HG: Ellerslie/Shutterstock.com; Model: Ben Heys/Shutterstock.com
Herstellung und Verlag: BoD – Books on Demand, Norderstedt

ISBN: 978-3-7347-9824-5

Inhaltsverzeichnis

Prolog: Vorbereitung des Spiels

1485: Zagreb, Kroatien

Zum ersten Mal in seinen einhundertvier Lebensjahren glaubte Ladislaus Rosiç nicht daran, dass die Unsterblichkeit wirklich jedem Unsterblichen vorbestimmt war.

Geschwächt saß er auf dem breiten Stuhl und blickte an sich herunter. Normalerweise erfüllte es ihn mit Stolz, die saphirblaue Uniform zu sehen; es verlieh ihm ein Gefühl der Selbstsicherheit, der Selbstzufriedenheit. An diesem Tag konnte sie ihm kein Lächeln entlocken.

»Entschuldigt, Herr!«, wurde er von seinem Berater aus seinen Gedanken gerissen. »Der junge Ausländer, den Ihr sprechen wolltet, wartet in der Eingangshalle. Soll ich ihn hereinbitten?« Seine Stimme war kräftig, wenn auch mit einem so krächzenden Klang, dass es ihm kalt über den Rücken laufen ließ.

Ladislaus nickte Frano, der seit mehr als dreißig Jahren in seinen Diensten stand, knapp zu und setzte sich aufrecht hin.

Wenige Augenblicke später stand an Franos Stelle ein junger Mann vor ihm. Schon immer hatte Ladislaus ein Auge dafür gehabt, das wahre Alter eines Mannes zu erkennen – dieser hier war in seinen frühen Zwanzigern.

»Ihr wolltet mich sprechen, *moj gospodar*?«, begann der Fremde die Unterhaltung scheinbar unterwürfig, auch wenn er keine Anstalten machte, sich zu verbeugen. Seinem Akzent nach war er noch nicht lange in Kroatien. Er musste aus dem Westen gekommen sein.

Ladislaus nickte erneut. »Ich bevorzuge es allerdings, den Namen meines Gesprächspartners zu kennen.«

Ein kleines, freudloses Lächeln stahl sich auf die Lippen des jungen Mannes. Er trat vor an das Fenster, sodass das hereinfallende Sonnenlicht seinen olivfarbenen Teint betonte. »Dante Occiano.«

Ladislaus sagte dieser Name nichts. Auch wenn allein sein Wams vornehm und teuer wirkte, verlieh es ihm nur ein edles Auftreten. Für einen Adligen hielt Ladislaus ihn dennoch nicht.

»Nun, Signore Occiano, ich nehme an, Ihr wisst, weshalb ich Euch sehen wollte. In den vergangenen Tagen teilte man mir vermehrt mit, Ihr würdet damit prahlen, gewisse heilende Mittel zu besitzen …«

»Das ist richtig. Auf meinen Reisen gelangte ich an das Wissen, verschiedene Mittel herzustellen. Darunter eines, das Eurer Frau helfen könnte.«

Der Ältere konnte nicht verhindern, dass seine Hände sich in die Armlehnen des thronähnlichen Stuhles krallten.

»Wer hat Euch davon erzählt?«, verlangte er zu wissen.

»Es sind nicht mehr als hartnäckige Gerüchte. Man redet über Euch in der ganzen Stadt. Ihr scheint durchaus beliebt zu sein, aber offenbar kann keiner vergessen, dass Eure Frau eine Formwandlerin ist ...«

Diese Mitteilung überraschte ihn nicht. »Und was macht Euch so sicher, dass ausgerechnet Ihr ein Heilmittel habt? Bisher konnte mir niemand auch nur einen Hinweis auf eines bringen.«

»Eure Männer haben sich auch hauptsächlich auf dieses Land konzentriert, ich hingegen habe viele Orte bereist, wodurch mir mehr Möglichkeiten geboten wurden.«

»Angenommen, ich glaube Euch ...«

»Verzeiht!« Für gewöhnlich wagte es Niemand, der bei Verstand war, ihn zu unterbrechen. Signore Occiano ging sich durch das tintenschwarze Haar. »Aber Ihr braucht nicht so zu tun als würdet Ihr mein Angebot lediglich in Erwägung ziehen. Allein, dass Ihr mich privat empfangt, zeigt, wie verzweifelt ihr seid.«

Ladislaus kräuselte die Stirn, verzichtete jedoch darauf, ihn zu tadeln. Er hatte etwas an sich, das ihn Vorsicht walten ließ. Seit er von dem Heilmittel begonnen hatte, waren seine markanten Züge verhärtet. Seine Augen hatten etwas Animalisches angenommen. Wie ein Raubtier, das seine Beute erspähte und darauf wartete, zuzuschnappen.

»Ich nehme an«, sagte er nun diplomatisch. »Ihr möchtet

dafür eine angemessene Gegenleistung sehen, Signore Occiano. Was ist es? Gold?«

Dieses Mal reagierte der Italiener deutlicher. Tief aus seiner Kehle stieß er ein kurzes Lachen hervor. »Gold interessiert mich nicht. Ich bin auf etwas anderes aus.«

»Was kann ein Mann wie Ihr dann wollen?«

Signore Occianos onyxfarbene Augen blitzten auf. »Macht!«, erwiderte er schlicht. Im Gegensatz zu seiner Stimme verriet sein Blick die Gier, die in ihm brodelte.

»Und wie stellt Ihr euch das vor? Ich bin kein Mitglied des Rates.«

»Euer Bruder gehört dem Rat an, doch hat er keine Kinder. Das verschafft Euch ein Nachfolgerecht – Euch und Euren Erben …«

»Meine einzige Erbin ist meine Tochter. Nie wird man es erlauben, eine Frau im Rat sitzen zu haben.«

Das Lächeln des Mannes wurde breiter, ohne an Wärme zu beginnen. »Dann fiele es Eurem Schwiegersohn zu. Deshalb dachte ich als Gegenleistung für meine Hilfe an … die Hand Eurer Tochter.«

Ladislaus hatte das Gefühl, alle Luft würde aus seinen Lungen weichen. »Ihr dürftet während Eures Aufenthaltes mitbekommen haben, dass meine Tochter bereist verlobt ist.«

»Verlobungen werden häufig aufgelöst. Aus den unterschiedlichsten Gründen …«

Abrupt erhob sich Ladislaus und baute sich zu seiner vollen Größe von annähernd zwei Meter auf. Nur mit Mühe gelang es ihm, sich zu kontrollieren. »Ihr kommt hierher in mein Haus und glaubt, Ihr könntet von mir verlangen, dass ich Euch meine Tochter gebe? Für diese Anmaßung allein sollte ich euch dem Rat melden!« Seine Stimme bebte vor unterdrückter Wut.

»Ich verlange lediglich einen angemessenen Preis dafür, dass ich das Leben Eurer Frau rette. Eure Tochter ist jung, sie ist schön, sie ist von adligem Blut und damit eine angemessene Gegenleistung.«

Der Blick des Alten wanderte zu seiner Hand, wo neben dem prunkvollen, mit Edelsteinen besetzten Familienring der dezentere, goldene Ehering prangte. Fünfzig Jahre war es her, seit er sich gegen den Rat gestellt und geheiratet hatte. Ein Leben ohne sie konnte er sich nicht vorstellen.

»Ihr zögert, weil Eure Tochter Ihren Verlobten nicht nur Euretwegen heiraten möchte, habe ich Recht? Man erzählt sich, sie sei verliebt. Das ist lobenswert. Aber wollt Ihr den Willen Eurer Tochter tatsächlich über das Leben Eurer Frau stellen?«

Rastlos fuhr sich der Erpresste durch sein stoppeliges graues Haar. Seine Augen fixierten den Mann vor ihm, der nicht einmal mit der Wimper zuckte.

»Ich möchte darüber nachdenken«, sagte er schließlich

matt. »Ich werde Euch meine Entscheidung morgen mitteilen.«

Teil 1: Die Spielfiguren

Diana

»Das wird ganz übel enden!«

Kassia amüsierte es zu spüren, wie Diana Thornton die Augen verdrehte. Es war einer dieser Tage, an denen sie jeden Zentimeter ihrer Hülle spürte als sei es ihr eigener. Dabei hatte sie diesen vor so vielen Jahrhunderten hinter sich gelassen, dass sie sich nur noch schwerlich daran erinnern konnte.

Sie fragte sich, weshalb ihre Sensibilität ausgerechnet an diesem Tag zugenommen hatte, während Diana sich in dem dunklen Raum vortastete.

Die einzigen Lichtquellen, die ihr dabei dienten, waren der Mondschein, der durch das beschmutzte Glasdach fiel, und der Schein ihrer Taschenlampe. Sie zeigten ihr kaum mehr als Umrisse von mit Laken überzogenen Möbelstücken.

»Wenn uns jemand erwischt, bringe ich dich um! Das kann mich im schlimmsten Fall den Job kosten …« Hinter Diana stolperte die vor sich hin fluchende Jessica über ihre eigenen Füße.

Ihre beste Freundin war von Anfang an nicht begeistert von ihrer Idee gewesen. Jessica hatte sie am Nachmittag für verrückt erklärt und ihr den Vogel gezeigt. »Niemals, nicht in

14

einer Million Jahre!« Deshalb war es sowohl Kassia als auch Diana selbst ein Rätsel, wie es ihr gelungen war, sie letztendlich doch zu überreden.

Erst nach weiteren Flüchen drehte sie sich zu ihr um. Diana war noch belustigt über ihr Verhalten, Kassia hingegen genervt.

Ein Lichtstrahl fiel auf Jessicas Gesicht und ließ ihre Haut gespenstisch aufleuchten.

»Wer sollte uns denn erwischen?«, flüsterte Diana grinsend. »Schon seit einer Ewigkeit interessiert sich niemand mehr für das Theater. Uns wird höchstens ein Geist beobachten.« Sie verkniff sich das Lachen, während sie mit den Händen fuchtelte und Geräusche von sich gab, die man nur mit viel Fantasie einem Wesen aus dem Jenseits zuordnen würde.

Kassia hatte bisher zwar nie einen Geist gesehen, wusste jedoch, dass es sie von Zeit zu Zeit an bestimmten Orten gab.

Unwirsch erwiderte Jessica: »Mag sein, dass sich niemand dafür interessiert – außer dir natürlich. Die verhalten sich alle als würden sie darauf warten, dass sich das Gebäude spontan in Luft auflöst. Aber bestimmt interessieren sich viele für zwei Einbrecherinnen. Was willst du überhaupt hier?«

Diana ignorierte ihre Missmutigkeit, ein Verhalten, zu dem Kassia nicht in der Lage gewesen wäre. Sie war nicht der Typ für Zurückhaltung. »In diesem Moment würde ich sagen: Es reizt mich einfach, dass wir etwas Verbotenes tun.«

Sie ging weiter und ließ dabei das Licht durch den Raum wandern. Auch wenn sie sich nicht lange an den Treppengeländern, der mit Teppich überzogenen Wendeltreppe oder der Bar aufhielt.

Nichts davon bot mehr den prunkvollen Glanz, indem es einmal aufgebaut worden war. Stattdessen gab es nur noch Staub, die Hinterlassenschaften von Ungeziefer, Spinnweben und Glasscherben von Jugendlichen, die die Räume für Partys nutzten. Nichts anderes als das, was man in jeder Gasse fand.

»Außerdem«, fuhr sie fort. »finde ich es spannend zu sehen, was einmal war. Ich werde wehmütig und nostalgisch – jetzt, wo ich bald meine Zelte abreiße und zu Chris ziehe. Immerhin habe ich mein Leben in dieser Stadt verbracht.«

»Mein Bruder wohnt in London, nicht in Sydney.« Jessica zog die Augenbrauen hoch. »Das ist keine Stunde entfernt. Abgesehen davon, dass ihr euch Zeit lassen wolltet. Erst die Hochzeit und den Verwaltungskram über die Bühne bringen. Oder habe ich was verpasst?«

Kassia verspürte einen Stich in der Brust, ließ sich jedoch im Innern des Menschenmädchens nichts anmerken. So war es Diana, die unbeeinflusst von ihr erwiderte: »Nein, nein, es hat sich nicht geändert. Wahrscheinlich benehme ich mich albern. Es ist ja nicht so, dass ich das nicht freiwillig tue. Trotzdem. Bitte verdirb es mir nicht. Sieh es einfach als … Junggesellinnenabschied.«

»Wow, danke, jetzt fühle ich mich nicht nur mies, weil wir eine Straftat begehe, sondern weil du mich zur schlechtesten Trauzeugin der Welt machst. Die Guten schenken der Braut nämlich einen Stripper, besorgen Unmengen an Alkohol, mit dem wir uns bis zum Gedächtnisverlust betrinken, und blamieren dich dann in der Öffentlichkeit.«

»Also bist du nicht dazu da, das zu tun, was ich mir wünsche?«

»Natürlich nicht! Das mache ich an deinem Hochzeitstag oder wenn mein Bruder dir blöd kommt. So leicht kommst du mir nicht davon!«

Diana regierte nicht.

Während sie Jessica weiter vor sich hinmurmeln hörte, erreichten sie eine Flügeltüre. Als sie sich mit voller Kraft dagegen drückten, gab sie mit einem schabenden Geräusch nach.

Vor den Frauen erhob sich der fensterlose Hauptsaal des Theaters, das bereits vor Jahren aus Geldmangel geschlossen worden war. Reihen gepolsterter Stühle und zwei Logen über ihren Köpfen waren auf die Bühne ausgerichtet. Kassia dachte an die vielen Theater, die sie in der Vergangenheit besucht hatte. Zu seiner Glanzzeit mochte es schön gewesen sein, wenn auch weniger beeindruckend als die Kulissen in Rom oder Athen. Dennoch empfand sie nahezu Trauer darüber, dass man es derart hatte verfallen lassen.

Im Gegensatz zur Eingangshalle roch es in diesem Raum

nicht nach Alkohol oder Zigaretten. Allerdings befürchteten sowohl Kassia als auch Diana, dass das weder Spinnen noch Motten davon abgehalten hatte, sich ihren Weg hinein zu suchen.

»Zusammengefasst: Du brichst in ein Gebäude ein, nur um den Muff der letzten Jahre zu riechen. Fantastisch! Du bist mir ein Vorbild!«, bemerkte Jessica.

Im Dunkeln tastete Diana nach ihr und stieß ihr in die Seite. Kassia hätte Beifall geklatscht, wenn sie gekonnt hätte. Wie so oft, seit sie in ihren Körper eingedrungen war, schnappte sie auf, was Diana dachte:

Früher, noch in ihrer Schulzeit, war Jessica diejenige von ihnen gewesen, die auf solche Ideen gekommen war. Sie hatte Diana zu den verrücktesten Aktionen angestiftet, bei denen sie regelmäßig in Schwierigkeiten geraten waren. Nur eine Portion Glück sowie die Hilfe von Jessicas Bruder hatten sie dann vor Schlimmerem retten können. Heutzutage ging Jessica keine Risiken ein, wenn es nicht nötig war. Was nur der Fall war, wenn es um die Familie oder den Job ging. Sie blieb sogar beim Autofahren unter dem angegebenen Tempolimit.

Sie hätte erwartet, dass Jessica nun noch am ehesten Verständnis zeigen würde. Schließlich war sie es gewesen, die ihr Interesse am Theater geweckt hatte. Sie hatte ihr Stücke in die Hand gedrückt und gedrängt, sie zu lesen. Sie hatte sie dazu aufgefordert, mit ihr zu üben, wenn sie sich für eine Rolle bewarb. Sie hatte ihr mit diesem Ort und allem, was er einmal verkörpert hatte, eine Schönheit gezeigt, die sie nicht beschreiben konnte. Vorher hatte sie sich nur mit dem Thema beschäftigt, wenn sie von ihrer Lehrerin gezwungen worden war, ein Märchen aufzuführen. Wie konnte Jessica da nicht den Reiz verstehen, der sie gepackt hatte?

Ein weiterer Grund, weshalb Jessica Kassia unsympathisch war. Das Mädchen, deren Haarfarbe lediglich in einer Dunkelheit wie dieser annehmbar war, nörgelte ständig, war unkreativ und eine Spaßbremse. Wenn sie in der Nähe war, bereute Kassia es fast, sich Diana ausgesucht zu haben. Doch ihre Wahl hatte ihre Gründe gehabt.

»Sag mal«, begann Diana dann freundlicher. »Die sollen doch bei der Schließung das halbe Inventar zurückgelassen haben … Meinst du, du kannst mit der Lichttechnik umgehen und es uns gemütlicher machen?« Während sie sprach, gingen sie die Stufen zur Bühne hinab.

Zum ersten Mal an diesem Abend klang Jessica amüsiert: »Willst du mich beleidigen? Ich kann dir innerhalb einer Minute eine Lichtshow bieten, vor der Pink Floyd den Hut ziehen würden.« Sie nahm Diana die Taschenlampe aus der Hand und kletterte auf die Bühne.

Einige Minuten standen sie in völliger Dunkelheit. Durch Dianas Ohren hörte Kassia, wie die Schwester ihres Verlobten am Vorhang raschelte, Gegenstände beiseite schob und an

Hebeln hantierte. Nach einem letzten Rattern warfen vier Scheinwerfer Licht durch den Raum.

»Es wird mir immer ein Rätsel bleiben, wie man solche Schätzchen zurücklassen kann!« Jessica kehrte zurück. Auf ihrem Gesicht breitete sich der Anflug eines Lächelns aus. Technische Spielereien jeglicher Art lenkten die Licht- und Tontechnikerin von allem anderen ab. Auf diese Eigenschaft hatte Diana gesetzt. »Sonst noch Wünsche, Miss Thornton?«

»So ist es super.« Begeistert setzte sie sich in die erste Reihe.

Jessica tat es ihr gleich und blickte auf die Schnitzereien und Verzierungen, die die Bühne wie einen Bogen umgaben. Durch den Scheinwerfer, der von hinten auf sie fiel, sahen die Figuren und Blumen beinahe lebendig aus. Sie bewunderte den Effekt derart enthusiastisch als hätte sie nicht einfach nur einen Schalter umgelegt, sondern ihre Arbeit der letzten Jahre auf diesen Moment ausgerichtet.

»Wie beeindruckend muss es gewesen sein, dort oben zu spielen, während ein bis auf den letzten Platz gefüllter Saal an deinen Lippen hängt«, sagte Diana nach einer Weile, den Blick auf die Bühne gerichtet. Kassia wusste, wie es war. Sie war auf weitaus größeren und bekannteren Bühnen gewesen, konnte es jedoch nicht mitteilen. »Stell dir vor, wir hätten *Hamlet* hier aufgeführt.«

»Hätte mit Sicherheit besser ausgesehen als in der Stadthalle.« Jessica wickelte eine Strähne um den Finger. »Ich beneide die, die gespielt haben, als das Theater noch geöffnet war. Hier hatte man noch die Chance auf eine Rolle. Versuch dich mal in London gegen all die anderen Bewerber durchzusetzen … Unmöglich! Nicht einmal als Technikerin bin ich da rein gekommen. Und niemand kann behaupten, ich hätte in dem Bereich nichts drauf.«

»Du hast wenigstens die Möglichkeit, bei der Theatergruppe zu bleiben. Ich weiß nicht, ob ich Zeit haben werde für die nächste Saison. Mit der Arbeit, der Hochzeit, deiner Nichte et cetera.«

Jessica verzog das hagere Gesicht. »Das kannst du mir nicht antun. Wie soll ich es ohne dich aushalten? Von denen Neuen bekomme ich Kopfschmerzen.«

»Du redest wie eine alte Frau«, zog Diana sie auf.

»Was denn? Ich bin sechsundzwanzig. Die sind mittlerweile halb so alt wie ich.« Sie schien amüsierter als sie zugeben wollte. Kassia lachte in sich hinein. »Außerdem leide ich schon an Gedächtnisschwund: Ich habe vergessen, bei welchem Stück du mich vermutlich allein lassen wirst.«

»*Eine göttliche Komödie* von Dante Alighieri.« Es war nicht das erste Mal, dass Diana ein seltsames Gefühl bei diesem Namen verspürte. Als wenn sie im Flugzeug durch ein Luftloch geflogen wäre – nur dass dieses Gefühl länger anhielt und sich über ihren gesamten Körper erstreckte. Kassia spürte es und wusste, dass es ihrer Anwesenheit zu verdanken war. Sie hasste kaum etwas mehr.

Sie war bemüht, es zu ignorieren.

»Auch gut. Ist nicht ganz so ausgelutscht wie Shakespeare oder die Weihnachtsgeschichte – wenn ich noch einmal den Geist der vergangenen Weihnacht spielen muss, schreie ich. Und wo wir schon mal bei dem Thema Aufführung sind: Da du dich ja direkt danach in den Urlaub verzogen hast, hast du mir immer noch nicht erzählst, was bei der Aufführung mit dir los war.«

Kassias inneres Lächeln verzog sich zu einem Grinsen. Diana zuckte mit den Schultern. »Da gibt es nichts zu erzählen. Kate war nun mal verhindert und ich konnte ihren Text …«

»Jaja, ich weiß, dass unsere Ophelia sich ihre Nervosität auskotzen musste, aber es hätten Andere einspringen können. Die Zweitbesetzung hätte innerhalb einer Viertelstunde da sein können.« Jessica änderte ihre Sitzhaltung, sodass sie Diana ins Gesicht sah. »Klar, du hast das Stück förmlich inhaliert und kannst es auswendig aufsagen. Das ist deine Art. Was nicht zu deiner Art gehört, ist rauszugehen und alle anderen in Grund und Boden zu spielen. Ey, ich hatte Tränen in den Augen, als Ophelia sich umgebracht hat – und eigentlich hasse ich diese Szene!«

»Ich kann dir nicht sagen, weshalb ich das getan habe, das

muss total unglaubhaft klingen. In diesem Augenblick, als alle begannen, Panik zu schieben, wollte ich es einfach; mit einem Mal gefiel mir die Vorstellung, einmal nicht nur Statistin zu sein oder die mit der kleinsten Rolle. Und nein, ich habe das nicht von vornherein geplant und Kate auf der Toilette eingeschlossen haben, wie sie behauptet«, fügte Diana hinzu.

Über ihnen, von einer der Logen ertönte ein Lachen, das Diana einen Schauer über den Rücken jagte. Das Gefühl, das sie bei der Erwähnung des Stücks überkommen hatte, kehrte zurück.

Jessicas Gelassenheit verschwand. Sie sprang auf und blickte sich panisch um. Niemand war zu sehen und niemand gab einen weiteren Laut von sich.

»Verdammt!«, brachte Jessica hervor. »Lass uns verschwinden, bevor man uns …!« Sie führte den Satz nicht zu Ende.

Auch Diana stand auf. »Vergiss nicht, die Scheinwerfer auszumachen! Ich warte auf dich.«

Jessica war kaum hinter dem Vorhang verschwunden, als die Lichter begannen zu flackern. Diana folgte ihnen mit den Augen, wie sie nach und nach erloschen, bis nur noch ein einziger Scheinwerfer die Bühne erhellte.

Ihre Muskeln verkrampften sich. Die erste starke Reaktion, die Kassia geschuldet war. Eine unangenehme Ahnung breitete sich in der Frau, die den Körper besetzt hatte, aus.

Von der Bühne her ertönten Geräusche:

»‚*Es war in unsres Lebensweges Mitte, als ich mich fand in einem dunklen Walde, denn abgeirrt war ich vom rechten Wege.*‘«

Kassia spürte, dass Diana sich der Stimme zuwenden wollte, doch sie hielt sie davon ab. Als könnte sie das Unheil dadurch abwenden. Und doch war da der Teil in ihr, der sich nicht beherrschen konnte. Zum ersten Mal seit ihrer Ankunft in England benutzte sie Diana, um zu sprechen: »Vom rechten Weg abgekommen, warst du schon lange vor unserer Lebensmitte.« Tief verborgen spürte sie Dianas Verwirrung.

Als Kassia es war, die sich umdrehte, überkam sie ein Gefühl der Schwerelosigkeit. Sie hob den Kopf, ohne die Geste zu spüren.

Ein Mann, kaum älter als sie selbst, war auf der Bühne ins Licht getreten. Er trug ausschließlich schwarz: Das längärmlige Hemd, die Jeans, die Boots und selbst das nach hinten gekämmte Haar war schwarz.

Sie verzog das Gesicht zu einem gekünstelten Lächeln.

Er machte eine spöttische Verbeugung. »Kassia.« Seine Stimme klang rauchig. »Es ist jedes Mal wie neu, wenn wir uns sehen.«

Ein Ruck ging durch ihren Körper. »Es wäre bei weitem interessanter, wenn unsere Treffen Zufälle wären und du es nicht darauf anlegen würdest, mich zu finden.« Alles was sie wollte, war, dass er wieder verschwand. »Was willst du hier?

Wozu dieser Auftritt? Außer um vorzutäuschen, du würdest dich mit Literatur auskennen.«

Kassia spürte, wie sie mehr und mehr die Kontrolle übernahm. Bis zu einem gewissen Punkt war es eine Erleichterung. Bei jedem neuen Körper fiel es ihr schwer, sich bedeckt zu halten.

»Nach all der Zeit unterschätzt du mich noch immer, das ist enttäuschend«, erwiderte er. »Ich wollte dir damit einen Gefallen tun. Oder vielleicht sollte ich besser sagen, ich wollte mich dir anpassen.«

Ihre Beine setzten sich in Bewegung. Den Blick auf ihn gerichtet, kam sie zu ihm hinauf.

Als sie vor ihm stand, überragte er sie um mehr als einen Kopf. Sie war das, was man Durchschnittsgröße nannte, er war ein Riese. Ein schlanker, dunkel gekleideter Riese, mit kantigen Gesichtszügen und einem Lächeln als würde er nur aus Spaß Dinge anzünden.

»Seit wann willst du mir einen Gefallen tun? Du tust nur etwas für Andere, wenn dein eigener Nutzen mindestens genauso groß ist«, hörte Diana sich sagen.

»Ach, es hat mich einfach fasziniert, dass du dich wieder mit dem Theater und der Schauspielerei beschäftigst. Das hat so etwas … Vertrautes, meinst du nicht auch?«

Sie schüttelte den Kopf. »Woher weißt du davon?«

Er zog lediglich die Augenbrauen hoch.

»Natürlich, du warst da! Davon hat sie vorhin gesprochen. Bei der Aufführung von *Hamlet* saßest du im Publikum. Wie ich dich kenne sogar in der ersten Reihe. Das erklärt Einiges. Wieso habe ich dich nicht bemerkt?«

»Verletzt dich das in deinem Stolz? Das wollte ich nicht.« Er log. »Ich kann es mir einfach nicht entgehen lassen zu sehen, wie es dir wieder einmal gelingt, in eine komplett andere Rolle zu schlüpfen. Das letzte Mal ist schon so lange her ...«

Ihr Kopf neigte sich zu einem Nicken. »Annähernd neunzig Jahre.«

Unmöglich!, hörte sie, wie es Diana durch den Kopf schoss.

»Neunzig Jahre. Und dennoch haben wir uns wiedererkannt ...« Ein schiefes Lächeln umspielte seine Lippen, als hätte er einen Witz gemacht, den nur er verstand.

»Es ist nicht schwer, einen Mann wie dich zu erkennen.«

»Wegen meines einzigartigen Aussehens? Oh, du schmeichelst mir.«

»Es ist eher der Geruch von Falschheit und Arroganz. Er verpestet die Luft, sobald du in der Nähe bist.«

»... beleidigte mich die Königin der falschen Auftritte. Wirklich, Kassia. Aus deinem Mund ist das kaum ernst zu nehmen. Deine wievielte Gestalt hast du damit ...« Er machte eine Geste in ihre Richtung. »wohl angenommen? Die vierhundertfünfzigste?«

»Es müsste die vierhundertachtundsiebzigste sein, wenn du es genau wissen möchtest. Ich bin bekannt für meine Vielseitigkeit.«

»Tatsächlich siehst du anders aus als sonst, *mi carissima principessa*«, bemerkte er. Ihre Augen funkelten böse. Die Reaktion, die er sich erhofft haben musste. »Wieder einmal werde ich den Verdacht nicht los, dass du das meinetwegen tust. Vielleicht, damit ich dich nicht mehr finde. Oder denkst du, du könntest mich mit einem neuen Look beeindrucken?«

Wie in einem Western begannen sie sich zu umkreisen.

»Ich denke, dir sollte jemand sagen, dass du dich lächerlich machst – wie so oft. Du musst dir eine ernsthafte Kopfverletzung zugezogen haben, wenn du glaubst, dass ich das nötig hätte. Dennoch steht es dir natürlich frei, dich zu meinem Aussehen zu äußern. Sieh es dir ruhig genau an! Präg es dir ein! Immerhin wirst du eine Weile davon träumen, deine Hände hier zu haben.« Sie wollte nicht, dass er sie anfasste, egal wo. Sie wollte nicht einmal, dass er sie weiterhin so intensiv ansah. Dennoch konnte sie sich nicht stoppen. Würde sich das jemals ändern?

Währenddessen runzelte ihr Gegenüber die Stirn die Stirn.

Als er nicht antwortete, begann sie zu lachen: »Was ist los mit dir, Dante?«

»Ich wundere mich, wie naiv du noch immer sein kannst. Nicht einmal eine Sekunde lang würde ich auch nur darüber nachdenken, dich anzufassen. Es sei denn, um dich von der nächsten Klippe zu stoßen.«

Sie stieß erneut ein Lachen aus. »Du hast schon überzeugender gekontert. Willst du mir diesen Sieg etwa so leicht überlassen? Du wirst alt, Occiano! Als ob dich jemals auch nur eine meiner Gestalten gänzlich kalt gelassen hätte.« Sie überbrückte die letzten Meter zwischen ihnen. »Wir machen das schon zu lange, als dass du dich so leicht verstellen könntest.«

»Das Einzige, was du zu lange machst, ist träumen. Aber bleib ruhig bei dieser Vorstellung, ich würde dir eines Tages noch verfallen. Die darauffolgende Enttäuschung in deinem Blick ist jedes Mal befriedigend.«

Ihr Arm schnellte vor. Er umfasste ihr Handgelenk als befürchtete er, sie könnte ihn schlagen.

Einen panischen Moment lang war sie der Überzeugung, er würde sie küssen. Auf einer Ebene, die sie nicht näher erkunden und anderen gegenüber nie erwähnen würde, wartete sie darauf. Die Luft um sie herum schien sich aufzuheizen. Sie glaubte zu sehen, wie seine Lippen zuckten. Sie durfte nicht zulassen, dass das passierte:

»Das muss es wohl für jemanden sein, der sonst durch nichts oder niemanden befriedigt wird«, zischte sie ungehalten. Sie schüttelte ihn ab und brachte wieder Distanz zwischen sie.

Erneut kehrte Stille zwischen ihnen ein.

»Du hast mir immer noch nicht gesagt, warum du dich wieder auf die Suche gemacht hast. Was willst du dieses Mal? Und sag mir bitte nicht, dass du mich vermisst hast.«

Dante bewahrte die Distanz zwischen ihnen. »*Dosada*«, erwiderte er.

Ihr Körper zuckte zusammen, als sie die fremde und dennoch so vertraute Sprache hörte. »Langeweile.« Weshalb fing er nun damit an? »Ich kann dir ansehen, dass du lügst. Soll das ein Ratespielchen werden?«

Er zuckte lediglich mit den Schultern.

Just in diesem Augenblick hörte sie Geräusche von hinter den Vorhängen. Die gemurmelten Flüche erinnerten sie daran, dass sie nicht alleine gekommen war.

Dante entging der Lärm ebenfalls nicht. Er trat zurück. »Du kannst dir die ganze Nacht den Kopf darüber zerbrechen, wenn du möchtest. Es wird dir nichts bringen. Du errätst es nie, also kannst du auch einfach abwarten. Bis ich es dich wissen lassen möchte.«

Mit diesen Worten verschwand er.

Nike

Aus reiner Höflichkeit beschloss Nike, mit ihrem Gespräch bis zum Morgen zu warten.

Ursprünglich hatte sie geplant, sich die Frauen zu schnappen, kaum dass sie das Theater so überstürzt verlassen hatten. Sie konnte sich vorstellen, was sie dort erlebt hatten.

Genau aus diesem Grund wartete sie. Sie wollte ihnen wenigstens ein paar Stunden Ruhe gönnen.

Deshalb stand sie um Punkt elf Uhr vor dem Mehrfamilienhaus, vor dem sie die beiden das letzte Mal gesehen hatte. Es war Samstagmorgen, auf der Straße hinter herrschte kaum Verkehr.

Wahllos begann sie, auf die Klingeln zu drücken, wobei sie meist keine Antwort erhielt. Jedes Mal trommelte sie mit ihren langen Fingernägeln auf das Gemäuer.

Schließlich ertönte eine müde Frauenstimme, deren Klang Nike in der Nacht aufgeschnappt hatte.

»Ich muss mit euch reden«, sagte sie. Die Höflichkeiten ließ sie außen vor.

»Ich weiß ja nicht einmal, wer da ist«, erwiderte die Stimme unfreundlich.

Nike seufzte. »Das erkläre ich euch noch. Viel wichtiger sollte allerdings sein, dass ich weiß, wem ihr gestern Nacht begegnet seid. Und warum.«

Es gab ein unangenehmes Knacken in der Leitung, dann ein schrilles Geräusch. Sie durfte rein!

Von innen wirkte das Haus heruntergekommen. Die einst weißen Wände stierten vor Dreck und von Treppengeländer blätterte die Farbe ab. Unter der Treppe hatte jemand ein in die Länge gezogenes Graffiti gesprüht. Die Beleidigung war falsch geschrieben; statt einem u war ein a benutzt worden und das k fehlte gänzlich. Eine andere Person hatte versucht, den neongrünen Schriftzug zu entfernen; man sah eine Wirkung nur bei genauem Hinsehen.

Nike störte sich nicht an diesem Verfall. Sie war daran gewöhnt. Sie hatte dabei zugesehen, wie ihr Geburtsort mehr und mehr verfallen und dann endgültig von der Landkarte verschwunden war. Sie hatte erlebt, wie die Liebe gekommen und genauso schnell wieder gegangen war. Sie hatte mit ansehen müssen, wie Freunden und Bekannten gegangen waren. Es gehörte zum Leben, nicht nur zum menschlichem, sondern zu jedem Wesen, das auf der Erde wanderte.

Es faszinierte sie, dass Menschen so oft den Verfall ignorierten, bis er sie einholte. Als hätten sie ewig Zeit. Im Gegensatz zu ihnen hatte Nike diese Zeit. Sie brauchte sich keine Gedanken darüber zu machen und tat es dennoch häufiger als ihr lieb war.

Erst als sie den dritten Stock erreichte, konzentrierte sie

sich wieder auf das, was sie vorhatte.

Die Frau, die sie an der Tür erwartete, war kleiner als sie, unabhängig von den High Heels, die Nike trug. Ihr Gesicht war blass und wirkte durch die Augenringe kränklich. Sie trug nicht mehr als einen lila Morgenmantel und Pantoffeln in derselben Farbe. Das was ihr am deutlichsten auffiel war jedoch das hellbraune, von grünlichen Strähnen durchzogene Haar, das in alle Richtungen von ihrem Kopf abstand.

Bemüht freundlich begrüßte Nike sie.

Die Frau erwiderte nichts.

»Ich bin Nike«, stellte sie sich freundlich vor. Es war eine alte Angewohnheit von ihr, nicht ihren vollständigen Namen zu nennen.

»Jessica.« Ihr Gegenüber lehnte sich in den Türrahmen. »Du willst also wissen, was gestern Abend bei uns vorgegangen ist. Woher?«

»Ich denke, das ist ein Thema, worüber man nicht im Flur reden sollte.«

Jessica blieb, wo sie war.

Nike blies gegen eine Strähne, die ihr im Gesicht hing. »Ich weiß, was vorgefallen ist, weil es nicht das erste Mal war. Mir war bewusst, dass es so kommen würde, nur nicht wann. Ich weiß, wer bei euch war, weil ich diesen Mann schon hundert Mal häufiger gesehen habe als ich wollte. Ich möchte dir keine Angst einjagen. Ich will dich und deine Freundin warnen. Es liegt an dir. Du kannst mir die Tür vor der Nase zuschlagen und darauf warten, dass er wiederkommt – und das wird er. Oder du lässt mich herein und hörst mich an. Rausschmeißen kannst du mich danach sogar immer noch, wenn du willst.«

Jessica ließ sie ein.

Nike blieb keine Zeit sich in der Zwei- Zimmer- Wohnung umzusehen. Bis auf eine Garderobe und Fotos an der Wand erhaschte sie nichts, bevor sie von ihrer Gastgeberin in das nächstliegende Zimmer geführt wurde.

In dem kleinen Schlafzimmer saß, das mit Sommersprossen übersäte Gesicht auf die Knie gestützt, die andere Frau, mit der Nike sprechen wollte.

Jessica setzte sich zu ihrer Freundin aufs Bett. »Diana, das ist Nike«, erklärte sie. »Sie möchte mit uns reden … wegen dieses freundlichen Gentleman, der dich gestern angesprochen hat.«

Erst später erfuhr Nike, dass nicht nur sie die Unterhaltung zwischen ihnen beobachtet hatte. Jessica war hinter den Vorhängen gewesen. Sie hatte sich nicht getraut, etwas zu tun.

Nickend zog Nike Mantel und die Mütze aus und setzte sich auf den Schreibtischstuhl zu ihrer Linken. Ihre langen Seidenhandschuhe behielt sie an. »Sein Name ist Dante. Dante Occiano, falls ihr das nicht wisst. Ich beobachte ihn seit einigen Wochen – wenn auch mit unfreiwilligen Pausen. Leider weiß der Kerl, wie man sich bedeckt hält. Na ja, jedenfalls weiß ich daher, dass ihr im selben Gebäude wart. Ich bezweifle, dass er da war, um Staubkörner zu zählen, also …«

»Weshalb interessierst du dich für ihn? Ist er dein Ex und du musst dich vergewissern, dass er keine andere hat?« Den schnippischen Unterton kannte Nike nur zu gut. Die Frau mit der missratenen Kurzhaarfrisur war verunsichert. Ihr wäre es nicht anders ergangen.

»Das sagte ich schon. Ich bin nett, ich bin nahezu die Einzige, die euch mit Dante helfen kann, ich kann ihn nicht ausstehen und ich war definitiv niemals mit ihm zusammen. Ich tue das für eine Freundin. Um sie vor ihm und sich selbst zu schützen.«

»Kassia«, ergänzte Diana leise. Sie richtete den Kopf auf und schlang die Arme um ihre angezogenen Beine. »Dieser Dante hat mich gestern mehrmals so genannt.«

Überrascht runzelte Nike die Stirn. »Du kannst dich an eure Unterhaltung erinnern?«

Bisher war das nur wenige Male vorgekommen. Die Meisten hatten Gedächtnislücken und konnten nicht sagen, wo sie ihm schon einmal begegnet waren. Nike wusste nicht, woher das kam. Ob es ihrem Selbstschutz oder Kassia zu verdanken war.

»Ich erinnere mich, aber es fühlt sich nicht so an als hätte ich diese Unterhaltung geführt.« In wenigen Sätzen versuchte sie zu beschreiben, was gestern mit ihr passiert war. Das Gefühl, als sei sie nur eine Zuschauerin gewesen, die durch ihre eigenen Augen beobachtet hätte.

»Wusstest du auf einmal Dinge, die du gar nicht kennen kannst? Hattest du Erinnerungen oder sogar Gefühle, die nicht deine sind?« fragte Nike. Sie verspürte Aufregung. Zum ersten Mal konnte eine von ihnen ihr möglicherweise helfen.

Diana nickte. »Nicht nur dort, sondern auch in meinem Traum diese Nacht, glaube ich. Dort war ich mit einigen Mädchen reiten. Alles um uns herum wirkte wie aus einem anderen Jahrhundert. Dann war ER da. Er ritt einige Meter von mir entfernt in entgegengesetzte Richtung. Es war nur ein Moment, er warf mir einen Blick zu, der ...« Diana schüttelte den Kopf als wolle sie die Erinnerung vertreiben.

Jessica protestierte. »Das hat nichts zu bedeuten. Du bist verwirrt, der Abend beschäftigt dich und geht dir nicht mehr aus dem Kopf. Da passiert es leicht, dass du ihn in deine Träume einbaust.«

»Nein. Es fühlte sich so echt an. Als wäre es eine vergrabene Erinnerung. Als wäre es wirklich passiert. Ich kann es nicht genauer beschreiben.«

»Das ergibt doch überhaupt keinen Sinn!«

Diana funkelte sie an. »Genauso wenig wie die Tatsache, dass Dante mich *Kassia* nannte und ich ihn angeblich das letzte Mal vor neunzig Jahren gesehen haben soll ... Nur jetzt, wo ich darüber nachdenke, sehe ich wieder diese Bilder vor mir – von einer rauschenden Party mit wahnsinnig vielen Menschen. Ich meine sogar jemanden zu sehen, der dir nicht unähnlich sieht, Nike. Es ist keine gewöhnliche Party, eher so wie bei *The Great Gatsby*.«

»New Orleans, 1926, wenn ich mich recht erinnere«, murmelte Nike vor sich hin. »Mardi Gras. Bis Dante auftauchte, war es eine wirklich fantastische Party. Eigentlich nicht verwunderlich. Es war immer besser, wenn er nicht dabei war – egal, wo.«

Jessica lehnte sich vor. »Jetzt unterstützt du auch noch diese Hirngespinste? Wenn du nur gekommen bist, um uns zu verarschen, weißt du ja, wo die Tür ist. Es ist vollkommen unmöglich, dass eine von euch die Nacht auf irgendeiner Party vor dem zweiten Weltkrieg durchgemacht hat!«

»In diesem speziellen Fall ist das durchaus möglich.« Nikes Stimme war ruhig. Sie versuchte, verständnisvoll zu sein.

»Inwiefern?«, wollte Diana wissen.

»Das ist …« Nike zögerte. »Schwierig zu erklären. Ich weiß nicht, wo ich beginnen soll.«

»Normalerweise ist der Anfang gut.«

Nike warf Jessica einen bösen Blick zu. Sie war hier, um zu helfen. Doch der lila Farbklecks mit der Hautfarbe einer Leiche strapazierte ihre Nerven. Sie räusperte sich. »Ich war auf dieser Party in den Zwanzigern. Ich konnte dort sein, weil

Dante und ich zu einer Spezies gehören, die sich Unsterbliche nennt«, sagte sie schließlich. Ohne eine Reaktion abzuwarten, fuhr sie fort. »Eigentlich unterscheiden wir uns nicht sehr von den Menschen. Wir sehen aus wie ihr, haben keine überflüssigen Körperteile oder Verformungen und wir sprechen dieselben Sprachen. Wir brauchen Nahrung - damit meine ich Brot, Spaghetti, Schokolade und was sonst noch in eurem Kühlschrank liegt – Wasser und ein wenig Schlaf. Allerdings haben wir bei der Evolution ein paar Updates abbekommen. Zum Beispiel sind wir eben, wie der Name schon sagt, unsterblich.«

»Ihr könnt … nicht sterben?«, fragte Diana langsam, den Augen weit aufgerissen. Anders als Jessica schien sie geneigt, ihr zu glauben.

»Zumindest nicht auf natürliche Weise, nein. Wenn wir erwachsen sind, werden unsere Körper in der Regel widerstandsfähiger. Krankheiten können uns nur selten etwas anhaben, egal ob wir von einer Erkältung oder Krebs reden. Leider gilt das nicht für alle Krankheiten. In den Achtzigern starb ein Bekannter von mir, ebenfalls unsterblich, an Aids.«

Jessica hob die Hand. »Müsste es dann nicht so viele von euch geben, dass die Menschen davon Wind bekommen?«

»Schön wär's. An der Überbevölkerung sind wir nicht mehr Schuld als ihr. Weil wir getötet werden können. Ein Messer ins Herz kann mich genauso umbringen wie euch. Keiner von uns ist unverwundbar.«

Unweigerlich musste Nike an die denken, die sie in ihrem Leben verloren hatte. Jeder von ihnen war ein Unsterblicher gewesen. Von Freundschaften mit Menschen hatte sie sich meist ferngehalten – sie hätte es nicht ertragen können, sie alle gehen zu sehen.

»Dass das mit den Krankheiten praktisch ist, verstehe ich«, sagte Diana. »Ein Grund, weshalb eure Art durchkommt. Allerdings frage ich mich, was so toll daran ist, die Ewigkeit als Seniorin zu verbringen.«

Nike konnte ein knappes Lachen nicht unterdrücken. »Wer hat was von Senioren gesagt?«

»Das ist meine logische Schlussfolgerung. Ihr werdet erwachsen, das hast du selbst gesagt, also müsst ihr altern.«

»Also ich weiß ja nicht, wie du das handhaben würdest, aber ich werde einen Teufel tun und mir ansehen lassen, dass ich über fünfhundert Jahre alt bin. Niemand von uns, der bei Verstand ist, würde das tun. Wir sähen aus wie lebende Tote.«

»Über 500?« keuchte Jessica

»Im Sommer sind es 531 geworden, um genau zu sein. Aber ich sehe keinen Tag älter aus als vierundzwanzig, oder? Das gehört zu den Eigenschaften, die ich am meisten an meiner Art liebe: Ab dem Tag, an dem wir volljährig werden, können wir unser Alter beliebig verändern und unser Aussehen dementsprechend anpassen.«

»Beweis es!«, verlangte Jessica.

Nike hatte damit gerechnet.

Sie erhob sich, wobei ihre hohen Absätze ein klackendes Geräusch auf dem Boden machten. Sich auf eine Frau Mitte fünfzig konzentrierend, schloss sie die Augen. Bald spürte sie, wie ihr Körper zu kribbeln begann. Ihre Haare zogen sich in ihre Kopfhaut zurück, bis sie nicht einmal mehr ihre Schultern berührten. Das Blond wurde von grauen Strähnen durchzogen. Ihre Haut fühlte sich schlaffer an; an den Beinen legte sie zu. Tiefe Falten erschienen auf ihren Wangen, der Stirn und dem Hals. Die Lippen wurden schmaler und trockneten aus. Nur ihre Kleidung blieb dieselbe.

Als Nike die Augen wieder öffnete, wurde sie von zwei fassungslosen Gesichtern empfangen.

»Heilige Scheiße!«, brachten sie gleichzeitig hervor.

Nike schmunzelte. »So schlimm sehe ich jetzt nun auch nicht aus.«

»Wie zur Hölle ist das möglich? Du hast dich … du bist …«, stammelte Jessica.«

»Wie ich es berichtet habe. Dank meiner Gene, meiner Art eben. Kann ich jetzt wieder jung und hübsch werden oder muss ich noch zur Rentnerin werden?« Ohne auf Zustimmung zu warten, verwandelte sie sich zurück und setzte sich. Zufrieden schlug sie die Beine übereinander.

»So beeindruckend und auch beängstigend das ist, es erklärt noch nicht, was das mit uns zu tun hat«, bemerkte Diana, nachdem sie sich beruhigt hatte. »Du hast nämlich nur davon gesprochen, wer ihr seid – du und Dante. Wer ist Kassia und warum seid ihr alle hier?«

»Kassia ist, wie gesagt, Dantes Objekt der Begierde, seit … eigentlich seit ich mich zurückerinnern kann. Sie ist nicht nur eine Unsterbliche, ihre Mutter war eine Formwandlerin. Der Begriff dürfte euch ja als Generation *Buffy* und *Supernatural* bekannt sein.«

»Das ist der Grund, weshalb mir gerade schlecht wird«, stimmte Jessica ihr zu. »Mir kommen da gerade Bilder von Wesen in den Kopf, die Spaß am töten haben und deine Gestalt annehmen, um dann deine Familie zu essen.«

»Ja, ausnahmsweise sind die Darstellungen in Film und Fernsehen nicht sehr weit von der Realität entfernt. Tut mir Leid. Formwandler sind nicht so friedlich wie wir – und sehen nicht annähernd so gut aus. Im Gegensatz zu uns können sie sich auch nicht eigenständig verwandeln. Sie suchen sich Menschen, beobachten sie in ihrem Alltag und warten auf eine günstige Gelegenheit, sie zu überfallen. Denn um ihre Gestalt zu wechseln, brauchen sie etwas von ihren Opfern. Manche begnügen sich mit ein paar Haaren, andere stehen drauf, es mit Hilfe von Blut zu tun, wieder Andere wollen ein Körperteil.« Sie schluckte schwer. »Es gibt auch welche, die noch extremer drauf sind; die stehen mehr auf die Psychokillervariante. Vor einigen Jahren habe ich von einem Fall gehört, bei dem eine Gruppe Formwandler erst zufrieden war, als sie in den Eingeweiden ihrer Opfer badeten.«

Jessicas Hautton passte sich immer mehr ihren Haarsträhnen an. Diana wandte angewidert den Blick ab und presste die Lippen zusammen.

»Keine Sorge, nicht alle sind so drastisch. Nicht alle töten, erst recht nicht bestialisch. Aber Einige tun es, um zu verhindern, dass ihnen nach ihrer Verwandlung das Original über den Weg läuft.«

»Wie oft passiert es, dass ein Formwandler einen neuen Körper braucht?«, fragte Jessica, eine Hand gehoben als hätte sie Angst, sich übergeben zu müssen.

»Das hängt davon ab, wie verschwenderisch sie sind und wie hungrig. In ein paar Punkten kann ich euch beruhigen: Erstens, die Chance, dass ihr von Formwandlern angegriffen werdet, ist nicht allzu hoch. Besonders nicht so lange Unsterbliche in eurer Nähe sind. Formwandler stehen in der Hackordnung unter uns, sie unterliegen sehr strengen Regeln. Zweitens, falls ihr bereits auf die Idee gekommen seid: Kassias Unsterbliche- Gene überwiegen insofern, als dass sie keinen Drang verspürt, Menschen auszuweiden. Zumindest nicht im klassischen Sinn.«

Diana sah Nike mit großen Augen an.

»Kassia überlebt, indem sich ihre Seele in den Körpern Anderer einnistet. Normalerweise merkt der Betroffene davon nichts; es ist als würden sie sie einfach einatmen. Es tut nicht weh und meistens verändert sich auch nichts in ihrem Leben. Mit Ausnahme von möglichen Blackouts. Wenn sie allerdings zu lange in einem Körper bleibt, wird die Seele des ursprünglichen Besitzers nach und nach verdrängt. Im schlimmsten Fall wird sie vollkommen zerstört. Wenn Kassia dann den Körper wechselt, bleibt nicht mehr als eine leere Hülle übrig. Wie schnell das passiert, hängt auch davon ab, wie oft sie die Kontrolle über den Körper übernimmt. Eigentlich tut sie das selten. Nur wenn Dante in der Nähe ist, kann sie der Versuchung nicht widerstehen. Ich hab es ihr schon hundert Mal vorgehalten und sie sagt, dass sie sich Mühe gibt: Gebracht hat es nichts. Aufgrund eurer Begegnung gestern, gehe ich davon aus, dass sie in dir ist, Diana.« Nike fiel es nicht leicht, ihr das zu erzählen. Aber es war wichtig. Die Zeichen sprachen für sich.

Auch wenn sie nichts von Kassia wahrnehmen konnte. Es gab keine Ähnlichkeit zwischen ihnen. Kassia zeigte keine Reaktion auf sie, auch wenn sie sich die gewünscht hätte. Zu lange hatten sie nicht mehr miteinander gesprochen. Aber so war Kassia. Das bedeutete nicht, dass sie sich irrte.

»Verstehe ich das richtig? Ich soll hinnehmen, dass da ein Etwas in meinem Körper ist, das nicht nur von einem unheimlichen Kerl heimgesucht wird, sondern auch noch meine Seele auffrisst? Das ist doch …« Plötzlich stockte Diana und fasste sich schmerzverzerrt an den Brustkorb.

Nike kannte diese Geste. »Keine Sorge, das lässt gleich nach. Kassia mag es nicht, wenn man sie als *Etwas* bezeichnet. Das ist ihre Art, sich zu wehren.«

»Na toll! Gibt es irgendeine Möglichkeit, sie loszuwerden?«

»Eigentlich kann nur Kassia selbst entscheiden, wann sie geht. Ihr sind allerdings die Hände gebunden, wenn sie noch keine sechs Wochen bei dir ist. Vorher ist sie zu schwach.«

Diana nickte. »Wie finde ich heraus, ob die sechs Wochen vorbei sind?«

»Gab es in den letzten Wochen oder Monaten irgendwelche Besonderheiten? Interessierst du dich auf einmal für Neues oder hast du etwas getan, was du vorher nie gemacht hättest?«

Sowohl Diana als auch Jessica überlegten.

»Ich spreche auf einmal Spanisch«, bemerkte Diana unsicher. »Als ich vor zwei Wochen Urlaub gemacht habe, konnte ich es fließend.«

»Wo genau bist du gewesen?«

»In Sevilla.«

Nike pfiff leise. »Ich würde meinen halben Kleiderschrank darauf verwetten, dass du dir dieses Ziel nicht bewusst ausgesucht hast, sondern sie. Wir sind in einem kleinen Dorf an der portugiesischen Grenze aufgewachsen. Sevilla war die nächste, größere Stadt.« Auf Jessicas Frage hin, weshalb Kassia die Frage nicht einfach beantwortete, erwiderte sie: »Nur dafür wird sie nicht die Kontrolle übernehmen wollen, es ist anstrengend für Diana und für sie. Gab es sonst noch etwas Auffälliges?«

»Die Theateraufführung.« Jessica warf Diana einen hitzigen Blick zu. »Das hab ich dir doch gesagt. Du hättest nie den Mut gehabt, auch nur zwei längere Sätze zu sprechen.«

» *'Du warst da'*. Das hab ich oder viel mehr hat Kassia das zu ihm gesagt. Dante war bei der Aufführung und sie hat die Kontrolle übernommen. Es fühlte sich ähnlich an wie vergangene Nacht. Damals dachte ich noch, das Gefühl käme, weil ich so nervös war«

Nike neigte den Kopf. »Kassia liebt das Theater geradezu abgöttisch. Ausnahmsweise muss also nicht einmal Dante ausschlaggebend für ihre Reaktion gewesen sein. Sie wollte spielen.«

»Dann hat Kassia vielleicht wirklich die ursprüngliche Besetzung auf der Toilette eingesperrt, damit sie nicht auftreten konnte.«

»Zuzutrauen wäre es ihr.« Nike wartete auf eine erneute Reaktion von Kassia, die jedoch ausblieb. »Wann war die Aufführung?«

»Vor etwas mehr als einem Monat.«

Nike nickte. »Gut, dann sollte sie ihre sechs Wochen bald

erreicht haben.«

»Du hast uns immer noch nicht erzählt, warum Dante Kassia aufsucht. Und warum dich das so in Panik versetzt«, bemerkte Jessica und riss Nike aus ihren Gedanken.

»Stimmt. Die Kurzzusammenfassung lautet: Dante und Kassia hassen sich, haben aber einen abartigen Spaß daran, sich rumkriegen zu wollen. Nur um zu beweisen, wer stärker ist.« Ihr Lächeln erstarb. »Ach ja, Kassia, solltest du Diana jetzt für meine Wortwahl schlagen, werde ich bei deiner nächsten Begegnung mit Dante dafür sorgen, dass du dich blamierst.«

Keine Reaktion.

Dafür schnaubte Diana ungläubig.

»Tja, es stimmt. Die zwei sind das Paradebeispiel für Sturköpfe – und das ist noch nett ausgedrückt. Ich erzähle euch, wie es dazu kam: Kassia, ihre Cousine Allegra und ich lebten wie gesagt in einem spanischen Dorf, das nur von Unsterblichen und Formwandlern bewohnt war. Wir waren seit unserer Geburt befreundet, weil unsere Eltern es ebenfalls waren. Als wir ungefähr zehn Jahre alt waren, tauchte jemand Neues im Dorf auf. Ein Unsterblicher, bereits volljährig und bei vollen Kräften, der sich meistens eher unserem Alter entsprechend ausgab – ich habe nie erfahren, wieso. Sein Name war Dante Occiano, ein Italiener über den niemand sonderlich viel wusste. Von uns dreien traf Kassia ihn als Erste. Die Begegnung war ein Zufall, als sie verbotenerweise allein war. Keiner weiß, was an diesem Tag passiert ist. Als wir anderen Dante kennenlernten, haben die beiden sich gehasst. Ich rede dabei nicht von diesem kindlichen *der-ist-blöd-den-mag-ich-nicht-* Getue, sondern es war, als würde sie ihm gerne an die Gurgel gehen, wenn sie könnte. Er hat dementsprechend darauf reagiert. Während wir älter wurden, dachte ich noch, das würde sich irgendwann legen, spätestens wenn Kassia heiraten und wegziehen würde. Bis zum Tag der Volljährigkeitsfeier.«

Sie legte eine kurze Pause ein.

»Unsere Gesetze werden vom Rat gemacht. Sie sind eine Gruppe alter Männer, die meiner Meinung nach den halben Tag in einer Ecke sitzen und in ihre Kristallkugeln schauen. Sie erfahren etwas über das Schicksal jedes Unsterblichen. Zwei Mal im Jahr rufen sie deshalb alle volljährigen Mädchen, also alle, die achtzehn Jahre alt sind, zusammen, um ihnen einen Einblick in ihr Schicksal zu gewähren. Sie haben diesen Zeitpunkt gewählt, da wir auch unsere Kräfte erst dann erhalten.«

»Augenblick!«, unterbrach Jessica. »Ihr seid achtzehn, wenn ihr davon erfahrt? Ich dachte, damals wäre die Regel gewesen, je früher die Kinder unter die Haube und aus dem Haus kommen, desto besser?«

»Das war so. Bei den Menschen, weil ihre Lebenserwartung nich hoch war. Außerdem hatten nicht alle das Geld, ihre Kinder zu ernähren. Wir haben keinen Zeitdruck. Natürlich gab es welche, die nicht abwarteten, die mit vierzehn ihr zweites Kind erwarteten, aber die Regel war, das man wartete. Ich denke, die Eltern erhofften sich, vorteilhaftere Ehen schließen und Zukunftspläne machen zu können, wenn man auf die Verkündung für ihre Töchter wartete. Jedenfalls sind diese Zusammentreffen riesige Feiern, das Event des Jahres, der Abschlussball hoch drei, wenn ihr so wollt. Bei der Verkündung selbst ist der Rat manchmal eindeutig, gerne auch verworren. Wenn du Pech hast, hast du keine Ahnung, was man dir gesagt hat. So oder so hat es meistens mit der Liebe zu tun. Zu unserer Zeit wäre es ja auch ein Skandal gewesen einer Frau zu erzählen, sie würde eines Tages mächtig sein oder in Kriegen kämpfen.

Kassia hatte sich eigentlich sehr auf diese Feier gefreut, bis sie aufgerufen wurde. Wie wir alle trat sie vor in den Kreis des Rates. Ein Schwall aus Bildern umgab sie, wirbelte um sie herum. Außer ihr konnte sie keiner richtig sehen, geschweige denn deuten. Ebenso wenig verstand ich das Sätzchen, das der Rat dazu aufsagte. Das Einzige, was ich heraushören konnte, war Dantes Name. Anhand ihrer und Dantes Reaktion wurde mir schnell klar, worauf der Rat hinauswollte: Ihre Schicksale sollen miteinander verbunden sein. Sie werden nie mit einem anderen eine so intensive Zeit erleben. Sie sind füreinander bestimmt. Es war dieser ganze Quatsch, den man nicht hören will, wenn man sich hasst.«

Nike hatte schon lange kein Vertrauen mehr in den Rat. Weder in seine Entscheidungen noch in seine Traditionen. Sie war der Meinung, es sei einfacher, wenn man nicht wüsste, was einen erwartete. Wenn man nicht sein Leben danach ausrichtete, was ein Haufen uralter Männer für den Willen des Universums hielt.

Beweise dafür hatte sie genug. Noch am Tag der Verkündung hatte sich eine von ihnen erhangen, da ihr angebliches Lebensglück bereits Monate zuvor verstorben war. Der Rat glaubte nicht, das Schicksal könnte sich ändern.

»Kassia und Dante gehörten nicht zu den Idioten, die nur wegen der Verkündung alles vergaßen, was zuvor passiert war. Sie weigerten sich, das Urteil anzunehmen. Sie stritten sich noch häufiger, sogar öffentlich. Gleichzeitig – wie soll ich es erklären? – wirkte es nicht mehr nur wie Hass. Auf einmal war da eine unverkennbare, absolut unfassbare Leidenschaft im Spiel, die vorher entweder nicht existiert hatte oder von ihnen gut versteckt worden war. Sie provozierten sich oft, in der Hoffnung der jeweils andere würde nachgeben. Sie versuchten förmlich, sich gegenseitig zu verführen. Auch das taten sie nur, um über den anderen zu siegen. Sie machten ein Spiel aus ihrem Schicksal.

Mehr war es nicht für Kassia. Für sie war die Vorstellung, ihn zu lieben, das Schlimmste, das sie sich ausmalen konnte.

Auf der anderen Seite begann sie das Ganze, soweit ich das beobachten konnte, irgendwann zu genießen. Sie vergötterte es, wenn er sie ansah – und das tat er mit einer solchen Intensität, das habe ich in all der Zeit nie wieder gesehen. So oft wirkte es, als würden sie sterben, wenn sie sich nicht in den nächsten Sekunden kriegen würden. Jedes Mal stieß sie ihn wieder von sich – niemals wollte sie als die Schwächere dastehen. Und andersherum war es genauso.« Nike hatte den Kopf schief gelegt, die Fingerspitzen in den Stuhl verkrallt. Ein sonderbares Gefühl durchzuckte sie, während sie erzählte.

Jessica und Diana hörten ihr aufmerksam zu und schienen sie ausnahmsweise nicht unterbrechen zu wollen.

»Wenige Monate später verließen beide unser Dorf – getrennt voneinander. Kassia reiste durch die Welt, lebte in vielen verschiedenen Ländern und dabei auch sehr oft unter Menschen. Selbst da dachte ich noch, sie würde die Sache mit Dante nach einiger Zeit hinter sich lassen und es unter ‚Jugendsünden' abhaken. Das hätte sogar klappen können, wären sie nicht ständig aufeinandergetroffen. Manchmal durch Zufall, manchmal weil er sie wie dieses Mal suchte. Einmal war sie es auch, die zu ihm ging, auch wenn sie das bestreitet. Sie können nicht voneinander lassen … und es wird jedes Mal schlimmer.«

»Nein! Ich kann unmöglich die Hülle für eine Idiotin sein, die ihre Hormone nicht unter Kontrolle bekommt. Sie kann sich nicht in meinem Körper an ihn ranmachen. Ich bin verlobt!«

Nike stutzte. »Du bist verlobt?«

»Mit meinem Bruder«, ergänzte Jessica. »Ich wäre also auch nicht gerade abgeneigt, wenn das Ganze schnell über die Bühne gehen kann.«

»Eigentlich vermeidet Kassia solche Situationen. Jetzt haben wir ein Problem. Shit! Ich hoffe für dich, dass er nichts davon mitbekommt, bis wir eine Lösung finden.«

»Mehr kommt da nicht?«, fragte Diana. »Hoffentlich passiert nichts? Es geht hier für mich um Einiges!«

»Was soll ich deiner Meinung nach tun? Ich könnte dir raten, dich von ihm fernzuhalten, aber das würde nichts bringen. Also bleibt uns nichts anderes als abwarten. Ich war noch nie in einer solchen Situation, ich habe auch noch keinem Menschen von dieser Geschichte erzählt.«

»Warum redest du dann mit uns?«

»Weil dieses Mal anders ist. Eure Situation ist anders und auch Dante ist anders. Er hat etwas Unberechenbares bekommen, das mir nicht gefällt. Früher hatte ich nie Angst vor ihm, jetzt schrecke ich zurück, wenn ich ihn sehe. Ich mache mir Sorgen, was der Grund dafür ist. Ich möchte ihr sonderbares Spiel beenden.«

Abermals wurde Diana bleich. »Wenn er unberechenbar geworden ist … Traust du ihm zu, dass er … Ich habe eine

Tochter. Also noch nicht. Chris hat eine Tochter, sie ist …«

»Er wird ihr nichts tun«, beruhigte sie sie. »Ich glaube nicht, dass er so weit gehen würde. Kassia hat nichts mit deiner Tochter zu tun. Auch wenn es mich persönlich noch einmal anspornt, eine Lösung zu finden. Ich möchte gar nicht erst, dass er noch auf dumme Ideen kommt.«

»Wie willst du anfangen?«, fragte Diana, während Jessica ihren Arm tätschelte. Nike entging ihre veränderte Haltung nicht.

»Ich wollte mir zunächst sein Hotelzimmer ansehen. Man kann nicht alleine quer durch die Welt reisen, um seinen Plan durchzuziehen, ohne die geringste Spur zu hinterlassen. Mal sehen, ob sich Anhaltspunkte finden lassen.«

»Und bis dahin?«

Nike lächelte Jessica an. »Bis dahin könnten wir vielleicht einmal darüber reden, was zur Hölle du mit deinen Haaren angestellt hast.«

Dante

Beißend kalt weht der Dezemberwind über den Platz. Er dringt unter seinen Mantel und treibt ihm die Röte in sein Gesicht. Er ignoriert das Taubheitsgefühl ebenso wie die Schneeböen, die tänzelnd ihre Kreise um ihn ziehen.

Der Schatten des Balkons über ihm taucht ihn in Dunkelheit. Das kommt ihm gelegen. Er mag es, mit ihr zu verschmelzen, ein Teil von ihr zu sein. So würde er niemandem erklären müssen, weshalb er in der Kälte steht.

Schon seit einiger Zeit lehnt sein Rücken an der kalten Mauer des Gebäudes, in dem den Unsterblichen dieses Landes ihr Schicksal verkündet wird. Jahrelang hat er andere begleitet, zugesehen und so getan als empfände er Freude oder Mitleid für Andere. An diesem Tag ist er selbst von diesem Spektakel nicht ausgeschlossen gewesen.

Von seiner Position aus hört er wenig von dem, was im Inneren vor sich geht. Das Festessen, dessen Vorbereitung alle in der Gegend schon seit Tagen in Atem gehalten hat, ist im vollen Gange. Im Gegensatz zur Verkündung findet dieses im hinteren Teil des Gebäudes statt.

Er kann sich vorstellen, wie die Gäste beisammen sitzen. Sie unterhalten sich über das, was geschehen ist und auch über das, was bei ihrem eigenen Ehrentag vorgefallen ist.. Sie freuen sich über das üppige Mahl,

das die meisten so nur hier vorgesetzt bekommen. Sie freuen sich darauf,
mit ihren überfüllten Mägen auf dem anschließenden Ball zu tanzen.

Doch er ist weder an ihren Gesprächen interessiert noch kümmert er
sich um die Etikette. Er ist volljährig und hat keine Verwandten hier,
die ihm versuchen könnten, ein schlechtes Gewissen einzureden.

Er ist wie all die, die dort oben feiern, ein Unsterblicher, aber er hat
nie zu ihnen gehört. Zu oft fühlt er sich ihnen überlegen, hält sie für naiv
und leicht beeinflussbar.

Bald wird er gehen. Vom Gelände, um dieses Fest hinter sich zu
lassen und aus diesem Land. Er weiß noch nicht, wohin es ihn ziehen
wird. Vielleicht zurück nach Italien, vielleicht wird er ein neues Land
erkunden.

Es gibt nur einen Grund, warum er noch hier ist. Eine Person will
er noch sehen.

Er hebt den Kopf, als ein Schaben die Stille des Nachmittages
durchbricht. Jemand öffnet das schmiedeeiserne Hauptportal.

Aufmerksam hört er zu, wie sich Schritte durch den Schnee bewegen.
Der nachlässig freigeschaufelte Weg zu den Kutschen führt knapp an
ihm vorbei. Nicht zum ersten Mal bemerkt er, wie gut gewählt sein
Warteplatz ist.

Er erkennt die Person lange, bevor sie in das Licht der aufgestellten
Fackeln tritt; in dem Moment, als sich die Tore geöffnet haben, hat er
gewusst, wer heraustreten würde.

Er hat darauf gesetzt, dass sie nicht bis zum Ende bleiben würde.
Er kennt sie. An diesem Tag hat sie kein Interesse daran, mit ihren

Freundinnen zusammen zu sein und sich anzupassen. Denn wie er tut sie das jeden Tag ihres Lebens; in der Hoffnung, niemand würde bemerken, dass sie in Wahrheit anders ist. Er hat gewusst, dass es eine erstaunlich gute Gelegenheit für ihn sein würde.

Über ihr Kleid hat sie einen Umhang gelegt. Blutrot hebt er sich von dem Korsett und dem Rockteil ab. Die auffällige Farbe passt besser zu ihr als die des Kleides, dessen Grün heute Pflicht für alle Mädchen ist.

Ein Lächeln kräuselt seine Lippen. »Gratuliere«, ruft er spöttisch.

Sie bleibt stehen. Ihr Umhang rutscht ihr über die Schultern, sodass er nur noch von einem Band an ihrem Schlüsselbein zusammengehalten wird.

Mit Genugtun beobachtet er, wie sie eine Hand zur Faust ballt, ihr Rücken spannt sich an.

Es scheint eine Ewigkeit zu dauern, bis sie sich bewegt. Als sie sich ihm jedoch zuwendet, verbirgt sie ihre Gefühle hinter der Maske eines Lächelns. Er sieht es nicht zum ersten Mal, kennt es besser als jeder andere. Schließlich hat er miterlebt, wie sie diese Fähigkeit von Begegnung zu Begegnung mehr und mehr perfektioniert hat. Sie setzt es nicht nur in seiner Gegenwart ein, doch er ist der Grund, warum sie es sich angewöhnt hat. Dieses Mal ist es nicht annähernd so überzeugend wie sonst; es wirkt angespannt und gezwungen.

»Dir ist hoffentlich bewusst, dass diese ‚Offenbarung‘ rein gar nichts ändern wird. Ich werde nicht einfach vergessen und meine Erinnerungen verdrängen! Oder meine Gefühle!«, erwidert sie.

Er tritt aus der Dunkelheit hervor, während auch sie sich ihm nä-

hert. Er hat erwartet, sie mit anderen Augen zu sehen, dass sein neu erworbenes Wissen ihn beeinflussen würde. Aber bis auf die Tatsache, dass er ihre Handlungen nun besser nachvollziehen kann, hat sich nichts verändert. »Ich habe keine andere Reaktion von dir erwartet«, erwidert er gelassen. »Wir beide wissen, dass das nichts zu sagen hat. Schließlich glaubt ihr daran, dass sich das, was der Rat sagt, eines Tages bewahrheiten wird.«

»In diesem Fall halte ich es für wahrscheinlicher, dass die Toten zu den Lebenden zurückkehren.« Sie beißt sich auf die Lippen. »Es wäre deutlich angenehmer als meine Zeit mit dir verbringen zu können. Also, was macht dich so sicher, dass die Vorhersage eintreffen wird?«

»Ich könnte dich jederzeit haben. Wenn ich wollte, wärst du schon längst mein gewesen.«

Ihr Lachen klingt arrogant, doch selbst das wirkt nicht überzeugend. Allerdings kann er sich darauf kaum konzentrieren. Denn im Stillen kann er nicht leugnen, dass die Art, wie sie den Kopf in den Nacken wirft, eine beeindruckende Wirkung hat. Für einen Augenblick werden ihre dunklen Locken eins mit dem Schneetreiben. Sie scheinen die letzten Sonnenstrahlen des Tages zu verschlingen.

»Ich werde niemals auch nur einen Gedanken daran verschwenden, wie es mit dir sein könnte. Selbst wenn du mich wollen würdest …«

»Ich. Will. Dich. Nicht«, stößt er hervor. Von oben blickt er auf sie herab. Er will sie einschüchtern.

Sie ignoriert es. »Du solltest mir jetzt sehr genau zuhören!« Sie kommt ihm näher, bis ihre Gesichter sich beinahe berühren. Ihre Stimme *nimmt einen geradezu verführerischen Ton an. Jeder andere Mann würde darauf dementsprechend reagieren – und er weiß, dass sie sich dessen bewusst ist. »Ich gebe nicht dem Rat die Schuld für diese … ungünstige Fügung. Diese Männer tun nur, wofür sie ernannt wurden. Für mich gibt es nur einen Verantwortlichen; nur einen, an dem ich meine Wut auslassen möchte: Dich!« Ihre Hand schnellt vor, packt ihn am Hemd. Betont langsam wandern ihre Finger bis zu seinem Kragen. »Deshalb werde ich dafür sorgen, dass du endlich bereust. Nicht nur diesen Tag, oder dass du hierher gekommen bist, sondern alles, was je zwischen uns passiert ist. Ich werde dafür sorgen, dass du leidest. Ich werde dafür sorgen, dass du eines Tages darum betteln wirst, mich haben zu dürfen. Du wirst im Staub zu meinen Füßen liegen und dir nichts sehnlicher wünschen als mich zu berühren. Und wenn es so weit ist, wirst du daran vergehen, weil ich dich niemals in mein Bett lassen werde. Weil ich dich mehr als alles andere auf der Welt hasse, Dante Occiano. Ich verachte dich aus tiefstem Herzen.«*

Ihre Augen blitzen auf, als er es ist, der sie packt und sie an die Wand hinter ihm drückt. Sein Körper drängt sich an ihren.

»Deine Fantasie scheint keine Grenzen zu kennen, principessa. *Ich schwöre, bevor ich dir verfalle, werde ich eher an meinem eigenen Blut ersticken!« Er hält inne. »Aber mir gefällt der Gedanke, dich eines Tages dazu zu bekommen, dein Schlafgemach für mich zu öffnen. Du solltest am Besten wissen, wie sehr ich eine Herausforderung liebe«, raunt er ihr ins Ohr. Er genießt es, sie in die Ecke gedrängt zu haben.*

»Was soll das werden? Ein Wettvorschlag? Nach all dem, was pas-

siert ist, soll ich mich auf ein so banales Spiel einlassen? Ist es das, was du willst?«, fragt sie belustigt, auch wenn er spüren kann, dass sie nicht abgeneigt davon ist.

»Lasst das Spiel beginnen«, bestätigt er mit einem schiefen Grinsen, das seine Zähne zeigt.

Ihre Augen verdunkeln sich, wie er es nur von Frauen kennt, die Lust empfinden. Er zieht eine Augenbraue hoch, als kein Protest von ihr laut wird.

Stattdessen senkt sie den Blick und stößt ihn von sich.

Hastig kehrt sie zurück auf den Weg zu den Kutschen – der schnellsten Möglichkeit, Distanz zwischen sie zu bringen. Der Saum ihres Kleides streift den Schnee. Er hinterlässt Spuren dort, wo ihre Fußabdrücke schon wieder eingeschneit worden sind. Er sieht dabei zu, wie sie sich den Schnee aus den Haaren schüttelt.

»Señorita Kassia«, ruft er ihr dann hinterher. Wie immer kann er den Spott nicht verbergen, wenn er ihren Namen ausspricht.

Sie hält nicht inne, obwohl sie ihn noch hören kann.

»Es war heute wirklich eine beeindruckende Zeremonie. Ich freue mich schon darauf, dein Schicksal auszutesten.«

Während er lacht, beschleunigt sie ihre Schritte. Es ist offensichtlich, dass sie ihr Zittern vor ihm verbergen will.

Für diesen Tag hat er gewonnnen.

Teil 2: Der Spielablauf

Analyse des Gegners

Dantes Hotel gehörte zu den älteren, in welchen Schulkinder ihre Klassenfahrten verbringen mussten. Dennoch war es gut besucht. Der Parkplatz davor war voll von Motorrädern und Autos, auf deren Dächern die Regentropfen prasselten. Es regnete bereits seit Stunden, weshalb der eher notdürftig asphaltierte Boden unter Wasser stand. Tiefe Pfützen erschwerten das Vorankommen.

Insbesondere wenn man wie Nike auf brandneuen Stiefeln mit Pfennigabsätzen lief.

Während sie diese mit einem Taschentuch vom nötigsten Schlamm befreite, fragte Jessica nicht zum ersten Mal: »Bist du dir sicher, dass er nicht da ist?« Skeptisch lehnte sie an einem Mercedes, der unter seiner Dreckschicht einmal silbern gewesen sein musste.

Nike seufzte.

Nachdem sie ihnen von Kassia und Dante berichtet hatte, waren beide Frauen bereit gewesen, ihr zu helfen. Diana war die Erste gewesen, die vorgeschlagen hatte, Nike zu begleiten. Sie hatte angeboten, den Besitzer abzulenken, während Nike sich umsah. Sie und Chris suchten noch nach Örtlichkeiten für ihre Hochzeit.

Nike hatte abgelehnt. So lange Diana und Kassia sich denselben Körper teilten, war die Britin wie ein Magnet für Dante. Wenn sie sich in seinem Hotel umsah, würde er sich keine hundert Meter von seinem Zimmer entfernen.

Deshalb hatte Jessica ihren Platz einnehmen wollen.

Nike wusste nicht, wie glücklich sie damit war. Sie war sich unsicher, konnte nicht einschätzen, was sie von ihr halten sollte. Einerseits erschien Jessica ihr schüchtern, was sich nicht gut machte, wenn man sich illegal Zutritt zu einem Hotelzimmer verschaffen wollte. Außerdem hinterfragte sie jeden von Nikes Schritten; eine anstrengende Angewohnheit. Das, was Nike am Meisten sorgte, war die Tatsache, dass Jessica ein Mensch war. Kleiner, manipulierbarerer, angreifbarerer als sie. Nike verspürte einen Anflug von schlechtem Gewissen, dass sie sie nun noch mehr hineinzog.

Andererseits hatte Jessica nach eigener Aussage ihr Leben hier verbracht. Sie kannte annähernd alles und jeden in dieser Stadt; so jemanden verfügbar zu haben, schadete nie. Dazu war sie entschlossen, Diana zu helfen. Nike wusste das zu schätzen.

»Ich sehe keinen Grund, weshalb er nicht am helllichten Tag unterwegs sein sollte. Selbst wenn er nicht in Kassias Nähe sein sollte, hat er Anderes zu tun als sich auf dem Hotelzimmer den Schrott anzusehen, den ihr nachmittags für Fernsehprogramm haltet.«

Jessica verzog das Gesicht. »Mir gefällt der Gedanke nicht,

dass er allein bei ihr sein könnte.«

»Diana ist erwachsen und Kassia kann, wenn sie möchte, vernünftig sein. Wenn sie sich sehen, werden sie sich allerhöchstens streiten, maximal wird Porzellan zu Bruch gehen. Wie ich gestern sagte, hat Dante sie nie körperlich verletzt. Ich sehe keinen Grund, weshalb er jetzt damit anfangen sollte.«

»Wie beruhigend! Dann bleibt ja nur noch die Möglichkeit, dass Dianas Seele gefährdet wird.«

Dagegen konnte Nike nichts einwenden. Sie hätte es gern gekonnt. Sie verspürte eine gewisse Sympathie Diana gegenüber. Sie hoffte, dass ihre Seele stärker war als viele von denen, die Kassia sich in der Vergangenheit ausgesucht hatte.

Sie erinnerte sich an eine junge Amerikanerin, die Kassia keine drei Monate bewohnt hatte. Nachdem ihr Ehemann aus dem Krieg gegen Hitler heimgekehrt war, hatte die Frau ihn, ihre drei Kinder und die Haushaltshilfe mit einem Hackbeil ermordet – nur weil seine Ankunft sie aus dem Schlaf gerissen hatte. Ihre Seele war während Kassias Aufenthalt vollkommen zerstört worden und damit auch ihre Moralvorstellungen und ihr Gewissen.

Jessica war noch immer nicht beruhigt, wechselte jedoch das Thema: »Was ist, wenn jemand in seinem Zimmer auf ihn wartet?«

Nike brach in schallendes Gelächter aus. Zwei ältere Herren in der Nähe blickten auf. Sie ignorierte sie. »Du meinst, eine zufällige Barbekanntschaft, die er diese Nacht vernascht hat? Obwohl er wegen Kassia hier ist?«

»Warum nicht? Ich schätze mal, der Schlüssel zu seinem Keuschheitsgürtel liegt nicht gerade auf dem Grund des Mittelmeers«, erklärte Jessica.

»Er wirkt so, nicht wahr? Wenn man ihn auf der Straße sieht, ohne seine Geschichte mit Kassia zu kennen … Anfangs dachte ich auch, er wäre eher der Aufreißer.«

»Und hätte an jedem Finger fünf Frauen. Aber dein Ton lässt mich vermuten, dass das nicht stimmt?!«

Wieder lachte Nike. »Meiner Meinung nach, die ich nicht belegen kann oder möchte, hat er nicht eine Einzige. Er will Kassia, da kann er behaupten, was er will. Seine Versessenheit darauf, sie zu besiegen, ist so … fanatisch geworden, dass ich nicht glaube, dass er eine andere zu sich lässt. Ich bin mir nicht einmal sicher, ob er es bei anderen überhaupt noch hinbekommen würde …«

»Du meinst, er hatte keinen Sex mehr, seit er Kassia kennt? Die gesamten fünfhundert-schlag-mich-tot- Jahre? Aber sie lässt ihn nicht ran. Das muss doch absolut frustrierend sein.«

»Natürlich. Der Gedanke daran ist das Einzige, was mir noch an ihrem Wettstreit gefällt. Niemand spielt mit dem armen kleinen Dante, außer er vielleicht mit sich selbst.«

Sie betraten die Eingangshalle des Hotels, in der es kaum etwas anderes gab als einige künstliche Topfpflanzen und die quadratische Theke der Rezeption.

Dahinter stand ein untersetzter Mann mit Doppelkinn und Halbglatze, der an seinem karierten Hemd nestelte. Da Nike keinen Computer sah, ging sie davon aus, dass man noch nicht auf die neueste Technik umgestellt hatte. Eine Seltenheit.

»Hast du inzwischen einen Plan, wie wir an ihm vorbeikommen sollen?«, fragte Jessica mit gesenkter Stimme.

Nike nickte gelassen. »Pass auf, dass er dich nicht sieht. Ich komme gleich wieder.« Mit diesen Worten ging sie geradewegs auf die Rezeption zu, bis ihr Körper einen Schatten auf die Unterlagen vor dem Rezeptionisten warf.

»Hi«, begrüßte sie ihn mit ihrem strahlendsten Lächeln.

Zögernd sah er auf, wobei ihr Gesicht nicht das Erste war, woran sein Blick hängen blieb. Nike wusste, dass sie sich seiner vollen Aufmerksamkeit sicher sein konnte. Das genügte ihr. In solchen Momenten liebte sie ihre Wirkung auf Männer. »Was kann ich für Sie tun?«, fragte er. Nike musste sich konzentrieren, um ihn zu verstehen. Er nuschelte stark.

»Ich bräuchte die Schlüssel zu Zimmer 139.« Bei einer ihrer Beobachtungstouren hatte sie Dantes Nummer aufgeschnappt.

Eifrig blätterte der Mann in seinem Notizbuch, zögerte

anschließend jedoch. »Das Zimmer wurde von einem Herrn ohne Begleitung gebucht. Ich bin nicht befugt, Außenstehenden den Schlüssel zu geben.«

»Ich weiß. Natürlich nicht.« Sie lehnte sich vor, um einen Blick auf sein Namensschild zu erhaschen. »Sehen Sie, Marc. Dante Occiano ist ein Freund von mir. Als ich hörte, dass er in der Stadt ist, wollte ich ihm einen Überraschungsbesuch abgestatten. Unglücklicherweise ist er noch beschäftigt. Er meinte, ich könnte auf sein Zimmer gehen und dort auf ihn warten.« Der Gedanke, sie und Dante könnten auch nur ein freundliches Wort wechseln, bereitete ihr Übelkeit.

Der Rezeptionist schien ihr nicht zu glauben. »Dies ist ein anständiges Hotel …«

»Oh, bitte verstehen sie mich nicht falsch. Ich werde keinesfalls für gewisse Dienste von ihm bezahlt. Wir sind ehemalige Schulkollegen. Oder sehe ich aus, als würde ich mir mein Geld damit verdienen?«

»Nein, nein, bitte entschuldigen Sie.« Er errötete. »Ich wollte sie nicht beleidigen; es kommen nur regelmäßig hübsche Frauen mit gewissen Absichten. Dennoch ändert das nichts daran, dass mir die Hände gebunden sind.«

Gespielt enttäuscht zuckte Nike mit den Schultern. »In Ordnung, das verstehe ich. Sie können ja nicht sichergehen, dass ich wirklich deshalb hier bin. Könnten Sie mir dennoch einen Gefallen tun?«

Der Rezeptionist nickte. Es schien ihm wirklich leid zu tun, ihrem Wunsch nicht nachkommen zu können.

»Ich würde dann gerne ein Zimmer beziehen, falls sie noch etwas frei haben. Für eine Nacht. Könnten sie, wenn möglich dafür sorgen, dass Mr. Occiano und ich im selben Stockwerk sind? Sie würden mir damit wirklich helfen.«

Ein weiteres, eifriges Blättern erfolgte. »Sie haben Glück! Welchen Namen darf ich eintragen?«

»Camille Troyat.«

Es war der erste Name, der ihr einfiel. Camille war die Einzige, die sie kannte, die gerne Zeit mit Dante verbrachte. Zumindest vor zweihundert Jahren, als sie sich alle kennengelernt hatten. Sie konnte nur hoffen, dass Dante und sie im Augenblick nicht in Kontakt standen.

Während sich ihr Grinsen in ein echtes verwandelte, nahm sie den Schlüssel entgegen. »Herzlichen Dank!« Sie verabschiedete sich und ging hinüber zur Treppe, wo Jessica hinter einem Blumentopf auf sie wartete.

»In solchen Situationen pflegt Allegra immer zu sagen, ich hätte mehr Glück als Verstand«, bemerkte Nike schmunzelnd und wedelte mit dem Schlüssel vor ihrem Gesicht.

»Da scheint sie nicht ganz falsch zu liegen.«

Das Schild an der Treppe verriet ihnen, dass sie nicht weit gehen musste. Das Zimmer befand sich im ersten Stock. Sie hatten die oberste Stufe noch nicht erreicht, als Nike eine

Hand ausstreckte.

Beide blieben stehen.

»Was ist los?«, zischte Jessica. Nike glaubte ihr Herz aufgeregt pochen zu hören.

»Riechst du das?«

Eine Welle beißenden Geruches suchte sich ihren Weg an ihnen vorbei. Jessica rümpfte die Nase. »Was zum Teufel ist das?«

»Verwesung.« Aus einem Impuls heraus versteckte Nike ihre linke Hand hinter dem Rücken. »Formwandler riechen so. Je länger sie in einem Körper stecken, desto schlimmer wird es.«

Auf Jessicas Gesicht trat ein entsetzter Ausdruck. Es schien ihr schwerzufallen, nicht zu schreien. »Eins von den Dingern, das womöglich meine Eingeweide fressen will, ist hier?«

»Ich fürchte sogar, sie sind zu mehreren. Für einen alleine ist der Geruch zu stark.« Auch Nike selbst verspürte ein leichtes Zittern in ihrem Innern.

»Ich werde keinen Schritt weiter gehen, wenn es sein könnte, dass ich auf halbem Weg aufgefressen werde!.« Jessica machte Anstalten, zurückzugehen.

Nike packte sie am Jackenkragen. »Niemand wird hier gefressen! Mir gefällt das genauso wenig wie dir, aber so lange ich bei dir bin, werden sie nicht aus dem Fahrstuhl springen und dir ein Bein ausreißen! Es ist den Formwandlern verboten, Unsterbliche anzugreifen. Viele halten auch Abstand, weil sie meinen, wir würden zäh schmecken. Muss am Alter liegen.«

Nike bemühte sich, locker zu klingen. Jessica konnte sie etwas vormachen. Sich selbst nicht.

»Wir machen weiter wie geplant! Je schneller wir anfangen, desto eher können wir wieder von hier verschwinden!« Nike, eine Hand noch immer an ihren Rücken gedrückt, ging vor. Sie versuchte ihren eigenen Rat zu befolgen. Dennoch warf sie gelegentlich Blicke umher; niemand war mit ihnen auf dem Flur. Nur der Verwesungsgeruch wurde mit jedem Schritt stärker. Jessica gab das ein oder andere Mal sonderbare Geräusche von sich, doch alles in allem verhielt sie sich unauffälliger als Nike erwartet hatte.

Vor der Tür zu Zimmer 139 blieb sie stehen.

»Passend«, bemerkte Nike. »Auch wenn ich eher auf Nummer 666 getippt hätte.« Sie wandte sich kurz zu Jessica um. »Dante wurde am 13. September geboren; er hat eine Schwäche für solche Kleinigkeiten. Selbstverliebter Idiot!.«

Aus ihrer Hosentasche fischte sie einen Dietrich heraus, den sie stets bei sich trug.

Das Schloss zu knacken, war eine Kleinigkeit. Passend zum Rest des Hotels war es ein älteres Modell wie man es in jedem Wohnhaus finden konnte. Wie das gesamte Hotel war es schon älter, die Türe war durch nicht mehr als ein gewöhnliches Schloss verriegelt. Es dauerte keine Minute, bis Nike sie die Tür mit einem selbstzufriedenen »*Et voilà*!« aufschwingen ließ.

»Ich frage lieber gar nicht, wo du das gelernt hast«, murmelte Jessica, ehe sie eintrat.

Dantes Zimmer war noch sporadischer eingerichtet als die Eingangshalle. Neben der Standardausstattung – einem Bett, einem Schrank, einem Schreibtisch und einem Stuhl – gab es nichts außer der Tür zum Badezimmer und einem Röhrenfernseher. Auf einem der Stühle lag ein Leinenbeutel, den Nike schon einmal bei Dante gesehen hatte.

»Na das erleichtert doch mal das Suchen!« Zielstrebig ging sie zum Schrank und riss die Türen auf.

Wie sie erwartet hatte, bestand sein Inhalt hauptsächlich aus dunkler Kleidung. Nur gelegentlich verirrte sich ein weißes Hemd in ihre Hände, als sie alles durchwühlte. Sie durchsuchte die Taschen jedes Hemdes und jeder Hose ohne mehr als Fusseln und einmal auch ein benutztes Taschentuch zu finden.

Dafür habe ich was bei dir gut, Kassia, dachte sie, als sie zuletzt auch noch widerwillig in einen Berg aus Socken und Unterwäsche griff.

Erfolglos tastete sie die Wände ab, um zu sehen, ob eine davon doppelt war. Doch nirgendwo fand sie etwas, das dort

nicht hingehörte. Kein Schlüssel, kein USB- Stick oder Notiz-
zettel – nichts.

Währenddessen hatte Jessica den Leinenbeutel ohne Ergebnisse durchgesehen und sich dem Nachttisch gewidmet.
Auch sie klopfte die Wände ab, bevor sie sich durch einen
Stapel nutzloser Werbebroschen wühlte. Die Tatsache, dass es
kommende Woche Rabatt auf Blue- Ray- Player gab, half ihr
genauso wenig wie ein Gutschein für zwei Pakete Windeln.

Als sie einen alten Stadtplan von London herausholte,
hörte Nike etwas rascheln.

»Sieh dir das an!«

Nike setzte sich zu ihr aufs Bett. Überrascht nahm sie ihr
den Fund ab und wog ihn in der Hand.

Das Medaillon war alt, an manchen Stellen schon angelau-
fen. Doch Nike erkannte, dass Dante das goldene Schmuckstück gepflegt haben musste.

»Fünf Pfund, dass darin ein Bild von Kassia ist«, sagte Jessica.

Als sie das kleine Schmuckstück behutsam öffnete, pfiffen
die beiden Frauen gleichzeitig. Darin lag das ovale Porträt
einer jungen, durchaus hübschen Frau. Sie hatte langes Haar,
ebenso gelockt wie Nikes, von dem ein Großteil unter einer
Haube verborgen wurde. Sie lächelte kaum, doch dem Maler
war es gelungen, einen ganz besonderen Ausdruck in ihren
Augen einzufangen. Sie schienen Wärme und Vertrauen aus-

zustrahlen.

»Ist das Kassia?«, fragte Jessica.

Nike schüttelte den Kopf. »Nein, ich habe sie noch nie gesehen.«

»Hast du denn jede ihrer Gestalten gesehen? Sie meinte, es seien mehr als vierhundert.«

»Nein, habe ich nicht. Allerdings kenne ich die ersten dreißig, sie haben sich nicht sehr von ihrer Gestalt als Kind unterschieden. Keine sah so aus. Es muss jemand anderes sein. Jemand, der Dante viel bedeutet, sonst würde er nicht das Bild bei sich tragen. Wahrscheinlich hat er sie vor Kassia kennengelernt.«

»Wie kommst du darauf?«

»Ich bin keine Expertin, Allegra ist die Designerin von uns, aber … Es ist der Stil dieser Haube. Es entspricht dem, was man in meiner Kindheit trug, nur nicht in Spanien; unsere Hauben waren leider viel größer und unförmiger, einfach hässlich. Wie seltsam! Ich hatte keine Ahnung, dass er außer uns noch andere Kontakte aus diesem Jahrhundert hat.« Sie klappte das Medaillon zu.

»Sollen wir es zurücklegen?«

»Nein, ich würde es gerne mitnehmen. Es scheint ihm Einiges zu bedeuten. Vielleicht weiß Kassia, wer die Frau ist. Außerdem mag ich es, etwas zu klauen, das offenbar wichtig für ihn ist«, fügte sie ohne Schuldgefühle hinzu. »Aus Neugierde werde ich auch Allegra gleich ein Foto davon schicken … Lass uns jetzt erst einmal weitersuchen.«

Nachdem Nike das Medaillon eingesteckt hatte, wandte Jessica sich dem Schreibtisch zu. Nike zog die Augenbrauen hoch, als sie einen Stapel Landkarten und Notizblöcke hervorholte.

»Oh wie süß, hat er angefangen Tagebuch zu schreiben, oder was?«

»So ähnlich.« Jessica breitete die Landkarten aus. Die meisten zeigten Europa in verschiedenen Jahrhunderten. Andere nur einzelne Länder oder Städte – vier von ihnen erkannte Nike auf den ersten Blick. Madrid, München, New York und Paris. Nike hatte lange genug dort gelebt. Alle Karten wiesen eine Gemeinsamkeit auf: Auf ihnen waren Punkte mit verschiedenen Farben markiert worden.

»Die Grünen stehen für Orte, an denen er und Kassia aufeinandergetroffen sind«, stellte Nike nüchtern fest. »Siehst du die kleinen Nummern über ihnen? Er hat sich die Reihenfolge aufgeschrieben. Spanien, Griechenland, Italien, Frankreich, Österreich und so weiter … Ich wusste gar nicht, dass sie in Italien war. Die roten stellen Orte dar, an denen Kassia alleine gewesen ist. Kaum zu glauben, aber Dante hat sie nicht überall hin verfolgt«, fügte sie hinzu.

Jessica ging die einzelnen Punkte mit dem Finger nach. »Er hat jeden mit Pfeilen markiert. Sieht aus, als hätte er versucht, ein Muster zu finden.«

»Da kann er lange suchen. Kassia macht das, worauf sie Lust hat und geht an die Orte, die sie gerade interessieren. Früher hätte man nur darauf hoffen können, sie dort zu finden, wo gerade etwas Besonderes passierte.« Nike wandte sich ab und zog aus derselben Schublade, einen Laptop heraus. Sie hatte ihn noch nicht aufgeklappt, als Jessica sie erneut ansprach:

»Was ist so besonders an Kroatien?«

»Was?«

»Drei von seinen Karten sind von Kroatien oder der näheren Umgebung.«

»Das kann nicht sein. Zumindest kann es nichts mit Kassia zu tun haben. Abgesehen von Griechenland und einem Aufenthalt in Japan sind weder Kassia noch ich östlicher gekommen als bis in die ehemalige DDR.«

Jessica schüttelte den Kopf. »Zagreb ist dick eingekreist – darunter auch in grün. Eine Nummer hat er ebenfalls vermerkt, die ich aber nicht mehr entziffern kann. Siehst du das?«

Nike fand keine Erklärung dafür. Wenn Dante nicht gerade farbenblind war, musste er der festen Überzeugung sein, Kassia einmal in Kroatien begegnet zu sein. Und nicht nur das. Wenn man die vielen Kritzeleien auf der Karte bedachte, war seiner Meinung nach bei dieser Begegnung etwas Wichtiges vorgefallen. Wenn das stimmte, würde Nike davon wissen.

»Außerdem«, fügte Jessica hinzu und zog den nächst liegenden Notizblock zu sich. »ist hier ebenfalls die Rede von Zagreb.«

»Und?« Abwesend klappte Nike den Laptop auf, auch wenn ihr Blick noch immer auf Jessica hing.

»Der erste Eintrag klingt nach einem Termin. 5. August, Rtm. L.R.«

Nike unterbrach sie. »Rtm.? Er hat sich mit einem Ratsmitglied getroffen? Dante kann mit dem Rat genauso wenig anfangen wie ich. Weshalb sollte er sich überhaupt mit einem unserer Ratsmitglieder in Kroatien treffen? Unser Sitz liegt in Monaco und der osteuropäische Rat ist nicht verantwortlich für seine Eskapaden.«

Die Initialen konnte sie nicht zuordnen. Sie hätte nicht einmal die Namen der Mitglieder ihres Rates aufzählen können, woher sollte sie dann jemanden aus einem anderen Zuständigkeitsbereich kennen?

»Ich habe keine Ahnung. Er wird auch nirgendwo mehr erwähnt. Hier auf dem anderen Zettel ist allerdings die Rede von Kassia. Er hat ihren Namen aufgeschrieben.« Sie hob einen Zettel, auf dem Dante scheinbar wahllos Namen und Pfeile vermerkt hatte.

»Auch da bin ich überfragt. Ich habe nicht die leiseste

Idee, was in Dantes Kopf vor sich geht. Möglicherweise wird er wahnsinnig und nichts davon hat eine Bedeutung.«

»Glaubst du das wirklich?«

Nike schüttelte den Kopf. »Ich wünschte nur manchmal, es wäre so. Dann könnte man ihn einschließen lassen.« Sie legte eine Pause ein. »Mittlerweile komme ich mir richtig dumm vor.«

Jessica warf ihr einen verständnisvollen Blick zu. »Wir haben alles durchsucht. Lass uns gehen, bevor Dante zurückkommt.«

Nike seufzte frustriert. »Ich habe keine Ahnung, was das sein soll. Ich kenne keinen dieser Namen und ich bin mir wie gesagt ziemlich sicher, dass Kassia nichts mit Kroatien am Hut hat. Pack es ein, ich will es ihr bei Gelegenheit zeigen!« Nike seufzte. »Mir gefällt das nicht. Wieso kann der Kerl sich nicht einfach ne To-do- Liste machen: 1. Hotelrechnung bezahlen. 2. Endlich mal zum Friseur gehen. 3. Kassia verschleppen – oder was auch immer er vorhat. Gerne auch noch mit Begründung!« Sie warf einen bösen Blick auf ihren Schoß. »Er konnte mir nicht mal den Gefallen tun und kein Passwort für diesen dämlichen Laptop wählen.«

»Probier es mal mit: Meine Angelegenheiten gehen am aller wenigsten Nike etwas an! Alles zusammen- und kleingeschrieben.«

Vor Schreck rutschte Nike der Laptop vom

Schoß. Scheppernd krachte er auf den Teppichboden.

Jessica gab einen spitzen Schrei von sich.

Dante stand in der Tür, die Arme vor der Brust verschränkt. Breitbeinig füllte er den Rahmen aus. Damit versperrte er ihnen den Weg nach draußen. »Was verschafft mir die Ehre, dass mich meine zweitliebste Nervensäge besucht?«, fragte er. Nike entging nicht, wie seine Augen zu dem Er wirkte scheinbar entspannt, doch Nike entging nicht, wie seine Augen immer wieder zu dem Stapel an Notizen wanderten.

Sie zwang sich zu einem Lächeln. »Ach, du weißt schon: das Übliche. Leichte Senilität – die Zimmer in diesem Hotel sehen alle gleich aus – eine Spur Neugierde und nicht zu vergessen: Misstrauen.«

»Interessant. Und da unterstellen die Leute mir, ich sei paranoid«, sagte er ohne ihr Lächeln zu erwidern. »Ich hoffe, du hast meinen Laptop nicht kaputt gemacht. Der war teuer.«

»Als ob der dir gehört. Den hast du eh von irgendeinem armen Kerl geklaut. Aber, keine Sorge, das Ding sieht mir robust aus. Du wirst schon noch auf deine Pornos zugreifen können.« Nike erhob sich und berührte Jessica an der Schulter. Dante durfte nicht wissen, was sie gefunden hatten. Selbst wenn sie bisher noch nicht schlau daraus wurden.

»Wir sollten dann auch mal gehen. Wenn du uns entschuldigst, wir haben noch einiges mit deiner Lieblingsnervensäge zu tun.« Nike machte Anstalten zu gehen.

Jessica folgte ihr, wenn auch zögernd. Sie starrte Dante an wie ein verängstigte Kaninchen eine Klapperschlange. Ihre Finger glitten zu ihrer Handtasche, in die sie einige der Papiere gestopft hatte. Nike betete, dass Dante die verräterische Geste nicht bemerkte.

Dante blieb, wo er war. »Ich würde mich gerne noch ein wenig mit euch unterhalten.«

»Tja, tut mir Leid, du weißt ja. Man soll gehen, wenn es am schönsten ist.« Möglichst ohne ihn zu berühren, versuchte sie sich an ihm vorbeizudrücken.

Doch er löste einen Arm aus der Verschränkung und hielt ihn ihr entgegen.

»Was soll das, Occiano? Diese Spielchen kannst du mit Kassia abziehen.« Mit einer Kopfbewegung bedeutete sie Jessica, näherzutreten. Sie brauchte sie als eine Art Ablenkung. Wenn Dante sich mit Zweien gleichzeitig anlegen musste, verschaffte ihr das einen Vorteil.

»Ich verlange nicht mehr als ein paar Worte. Und meine Unterlagen. Es hat lange gedauert, sie zu sammeln.«

»Du bist ein verdammter Idiot!« Nike verspürte den Drang, ihr Knie zu heben und ihm zwischen die Beine zu treten. Fest, sodass er auf die Knie sinken und wimmern würde. Womöglich würde sie sogar ihre Absätze opfern. Das würde schmerzhafter sein.

»Ich meine das ernst.« Er drängte sie zurück in den Raum, ohne dass sie etwas dagegen tun konnten. Nike verlor beinahe das Gleichgewicht, bevor sie sich an der Schranktür festhalten konnte.

Einer plötzlichen Idee folgend nutzte sie den Schwung, um sich nach vorne zu katapultieren. Ihr Angriff überraschte Dante. Er griff nach ihr und wollte sie gegen die Wand schleudern, doch sie fing sich und trat nach ihm. Sie spürte, wie ihr Fuß gegen sein Schienbein drückte. Er reagierte nicht darauf außer dass er die Zähne zusammenbiss.

Endlich erwachte aus Jessica aus ihrer Starre. Sie warf Nike, die näher bei der Tür stand, die Tasche zu, bevor Dante sie abfangen konnte. Zum ersten Mal sah Dante sie bewusst an.

Plötzlich trat auf sein Gesicht ein Ausdruck, der Nike nicht gefiel. Heimtücke. Nike nutzte seine Abwesenheit, hechtete zur Tür und riss sie auf. Zu spät wurde ihr bewusst, dass Dante das vorhergesehen hatte. Seine Hände umfassten Jessicas Taille. Er presste sie an sich, sodass sie sich nicht befreien konnte.

Nike hatte keine Chance.

Statt sie zurück ins Zimmer zu holen, drängte Dante sie nach draußen in den Flur. Sie wirbelte herum, um Jessica zu helfen, als Dante ihr die Tür vor der Nase zuschlug.

Wie eine Irre hämmerte sie gegen die Tür. »Dante, du

Scheißkerl. Was zur Hölle hast du vor? Lass sie sofort raus!«

Hinter der Tür tat sich nichts. Nicht einmal ein Geräusch drang zu ihr. Sie kramte in ihrer Tasche nach dem Dietrich, um festzustellen, dass sie ihn verloren hatte. Er musste ihr heruntergefallen sein. Ein Nachteil von engen Jeans mit kleinen Taschen.

Noch einmal machte sie Lärm vor der Tür, bis am anderen Ende des Flures eine Tür aufging. Ein Gast fragte sie, ob er ihr helfen könnte.

Nike war versucht, sein Angebot anzunehmen. Doch sein Geruch, hielt sie davon ab. Er war ein Formwandler, nicht weit davon entfernt, sich einen neuen Körper suchen zu müssen. Formwandler halfen keinen Unsterblichen. Nicht ohne Hintergedanken.

Sie musste sich einen anderen Weg überlegen.

Aufbau der Offensive

Unmengen an Satin, Chiffon, Tüll und Spitze bauten sich um Kassia herum auf. Es gab alles, das das Herz einer zukünftigen Braut höher schlagen lassen sollte. Viel mehr, als das zu ihrer Zeit der Fall gewesen war.

Diana war eine solche Braut, doch genau wie sie schien sie sich in dem Meer aus Weiß- und Cremetönen alles andere als wohl zu fühlen.

Auch wenn das andere Gründe hatte.

Bereits als sie sich ihren Weg an den verschiedenen Brautkleidern vorbeibahnte, fühlte sie sich erschlagen. Schon lange hatte sie den Überblick verloren, sah nichts mehr als die Stoffmengen. Bei einer weiteren Drehung wurde sie die Vorstellung nicht mehr los, wie die Kleiderständer um- und auf sie hinab fielen. Sie wurde in weißen Bahnen erstickt, in denen sie keinen Ausweg mehr fand, bevor es zu spät war.

Ein wenig tat Diana ihr auch Leid. Sie verstand ihre Frustration. Ursprünglich war der Plan gewesen, mit Jessica und ihrer zukünftigen Stieftochter Madeleine zusammen nach dem perfekten Kleid zu suchen. Sie hatten sich einen Frauennachmittag machen wollen: Kleidersuche, ein leckeres Essen und wenn sie nicht zu müde waren noch ein Besuch im Kino. Einen normalen Tag, wie ihn Kassia noch nie erlebt zu haben glaubte. Deshalb hatte sie sich sogar darauf gefreut, auch wenn sie nur indirekt daran teilhaben konnte. Das war ihr Fluch als Halbformwandlerin.

Diana hatte es darüber hinaus nutzen wollen, um mehr Zeit mit der Tochter ihres Verlobten zu verbringen. Das Verhältnis zwischen ihr und Madeleine war nicht ansatzweise so gut wie das zwischen Jessica und ihrer Nichte. Früher einmal war das anders gewesen. Als sie nur die beste Freundin ihrer Tante gewesen war, hatte Madeleine sie normal behandelt. Seit sie und Chris eine ernste Beziehung führten, war das anders. Das hatten sie erwartet – zumindest in der Anfangsphase. Das musste jedoch nicht bedeuten, dass Diana das hinnehmen musste. Sie waren seit mehreren Jahren zusammen, sie planten zu heiraten und eine gemeinsame Zukunft aufzubauen, mit eigenen Kindern, aber auch mit Madeleine. Anders hätte sie es gar nicht gewollt.

Doch die Neunjährige, um deren Laune es an diesem Tag nicht zum Besten stand, hatte sich auf der Toilette verschanzt. Seit sie bei ihr war, hatte sie nur das Nötigste mit ihr gesprochen, ihre Blicke hingegen hatten Bände gesprochen. Es gefiel ihr nicht, hier zu sein. Ob es daran lag, dass sie alleine waren oder weil sie grundsätzlich keine Lust auf nichts hatte, hätte Diana nicht sagen können. Vermutlich war sie damit beschäftigt, Viecher bei *Angry Birds* zu eliminieren.

In Kassias Kindheit hätte niemand erlaubt, dass das Kind

einem Erwachsenen derart auf der Nase herumtanzte. Ob das ein Fortschritt war oder nicht, hätte sie nicht mit Sicherheit entscheiden können.

Madeleines mangelnde Begeisterung war dennoch höflicher als das Verhalten von Jessica. Denn diese war nicht einmal aufgetaucht. Ein weiterer Beweis für Kassia, wie anstrengend und unnütz die junge Frau war. Sie hätte dafür sorgen sollen, den Kontakt zu ihr abzubrechen, als sie noch die Gelegenheit gehabt hatte. Wenn sie es nun tat, würde jeder wissen, dass Diana es nicht aus freien Stücken tat.

Innerhalb kürzester Zeit blickte Diana mehrmals auf ihr Handy. Kassia war bereits aufgefallen, dass sowohl sie als auch Jessica süchtig nach den kleinen Telefon waren. Wenn einer der beiden sich verspätete oder es sonst etwas angeblich Wichtiges gab, schrieben sie sich mindestens drei Nachrichten. Eine SMS, eine Mail über Facebook und eine WhatsApp-Nachricht. Minimum! Sie stand den Teenagern, die ein Leben ohne Handy gar nicht mehr kannten, in Nichts nach.

Und genauso wenig wie Jessica, war Nike erschienen. Das regte Dianas Wut und Kassias Verwunderung an. Dass sie sich selbst eingeladen hatte, entsprach ihrer Art. Aber dass sie dann nicht kam, war untypisch für sie. Eine solche Gelegenheit ließ sie sich nicht entgehen. Nike war nicht verheiratet, Kassia hätte nicht einmal sagen können, ob sie an die Ehe glaubte, aber sie liebte Kleider.

Im Gegensatz zu Kassia konnte sie sich problemlos einen ganzen Tag damit beschäftigen. Dianas Aufenthalt stellte auch für sie einen persönlichen Rekord dar.

Es spielte ihr in die Hände, dass Diana überlegte, zu gehen. Sie wollte nicht länger bleiben, nun, da man sie im Stich gelassen hatte. Es machte keinen Unterschied, ob sie hier auf die Kleider stierte, ohne sie anprobieren zu wollen, oder sich zu Hause an den Laptop setzte und auf Ebay suchte. Das würde in etwa genauso viel Spaß machen und wäre ähnlich produktiv.

Als die Türglocke läutete, wandte Diana sich um.

»Verdammt, Allegra, ist das dein Ernst? Du führst dich auf als seiest du meine Mutter!«

Wie oft sie diesen Satz schon gehört hatte. Kassia lächelte zum ersten Mal an diesem Tag. Nicht nur Nike hatte Allegra schon häufig vorgehalten, sie bemuttere sie zu sehr.

»Nein, dazu hast du kein Recht, ich bin gerade einmal ein paar Monate jünger als du! Und jetzt komm mir bloß nicht mit deinem Mutter- Argument. Man braucht nicht zwangsläufig eine Million Kinder, um verantwortungsbewusst zu sein … Wirf mir das jetzt nicht vor!« Nike, das Handy am Ohr, drückte sich an einer Modellpuppe in einem eierschalenfarbenen Ungetüm vorbei. Das Geripppe mit den unnatürlichen Maßen wackelte bedrohlich, blieb jedoch auf seinem Sockel stehen. Dann setzte die Blondine erneut an: »Jaja, mir ist schon klar, dass das nicht meine beste Idee war. Was hätte ich denn deiner Meinung nach tun sollen? Still sitzen und zusehen, wie dieser Irre einfach so sein Pläne durchzieht? Ja, schon klar, er war nie ganz dicht, aber dieses Mal ist es anders. Du hast ihn gestern einfach nicht erlebt! Wenn Kassia nicht so voreingenommen wäre, müsste selbst sie jetzt endlich erkennen, dass er ein Psychopath ist.«

Dass er einer war, hatte sie nie abgestritten.

Erst jetzt wurde ihr bewusst, dass Nike Spanisch sprach. Sie hatte sich so sehr an das Englische gewöhnt, dass ihr das Spanische im ersten Moment fremd erschien.

»Könntest du mir nicht einen Gefallen tun und deine Beziehungen für mich spielen lassen? Ich muss wissen, was Dante mit dem Rat zu tun hat! Wozu arbeitet dein Mann sonst für die?« Nike ballte die Hand zur Faust, als die Person am anderen der Leitung lauter wurde. Mehrmals setzte sie wieder an und wurde jedes Mal wieder unterbrochen. »Schön, danke. Du hast was gut bei mir … Und pass auf dich auf, okay?« Nach einer kurzen Pause fügte sie hinzu: »Hast du eigentlich die aktuelle Nummer von Camille? Ich will sie nur was fragen, nichts Wichtiges … Danke.« Sichtlich genervt verstaute sie das Handy in ihrer Tasche.

Kassia wurde den Verdacht nicht los, dass Nike gelogen hatte. Die Blondine war nicht schwer zu durchschauen. Sie fragte nicht umsonst nach jemanden, während sie Informationen über Dante sammelte. Schon gar nicht nach Camille.

*

1718: Marseille, Frankreich

Es ist das erste Mal seit langem, dass Kassia Zeit mit ihren Freundinnen verbringt. In den vergangenen fünfzig Jahren hat es sich schwer gestaltet, eine Gelegenheit zu finden. Dabei hat sie nie erwartet, dass sie die Flexibelste von ihnen sein würde. Bei ihrem Lebensstil grenzt es an ein kleines Wunder, wenn eine Nachricht von Nike oder Allegra auch nur den Weg zu ihr findet. Zwar sind sie alle drei bemüht um Kontakt, doch keiner wendet derart große Mittel auf wie andere Personen, die Kassia gerne aufsuchen.

Dementsprechend freut sie sich über das Treffen an der Küste.

Doch nicht nur weil Allegra sich von ihren vielen Kindern und ihren sonstigen Verpflichtungen losreißen konnte oder Nike sich auf ihren Reisen hat einfangen lassen. Es ist auch die Tatsache, so nah am Meer sein zu können, die sie in Hochstimmung versetzt. Im vergangenen Jahrhundert hat sie hauptsächlich in den wachsenden Städten gelebt, deren größte Wasserquelle Flüsse sind. Warum sie daran nicht vorher etwas geändert hat, kann sie sich nun nicht mehr erklären. Sie hat den salzigen Geruch in der Luft, das Treiben der Menschen an den Häfen und den Ausblick über die scheinbar unendlichen Weiten vermisst.

»Was sagt dein Mann dazu, dass du trotz deiner Schwangerschaft

das Land verlassen hast?«, fragt sie Allegra. Ihr Lächeln, an diesem Tag kaum aus ihrem Gesicht zu bekommen, wird breiter.

Im Stillen bewundert sie die rundliche Frau, die ihrem Bauchumfang zur Folge nicht mehr weit von der Entbindung sein kann. Wie so oft gibt sie sich auch an diesem Tag älter aus als Nike und Kassia das tun – an diesem Tag Anfang 30. Sie strahlt eine Reife aus, die man in egal welcher Gestalt an ihr wahrnimmt. Nur das Strahlen, das von ihren Mundwinkeln bis zu ihren Augen reichte, lässt sie jünger wirken. Glücklich, vollkommen zufrieden.

Das kann sie auch sein, wie Kassia nur zu gut weiß. Sie hat ihrem Mann viele Kinder geschenkt – Mädchen und Jungen. Kassia hat sie nie viel mit dem Thema beschäftigt, doch ist sie sich ziemlich sicher, dass Allegra selbst für die Verhältnisse von Unsterblichen eine ungewöhnlich große Familie hat. Das ist nicht zuletzt sicherlich ein Grund, weshalb ihre Ehe seit nun mehr fast zweihundert Jahren glücklich ist.

Vor langer Zeit hat Kassia sich ein Leben wie ihres gewünscht; mit einer ganz bestimmten Person. Aber das ist zu einer anderen Zeit gewesen; damals ist sie eine andere Person gewesen.

»Ich habe versprochen, mich nicht anzustrengen oder sonst etwas zu tun, das mich oder das Kind in Gefahr bringen könnte. Des Weiteren bin ich ja in Begleitung und bleibe nicht lange. Es sprach also nichts dagegen.«

Neben ihr hört Kassia Nike lachen. »Obwohl du nur in Begleitung zweier Frauen bist. Wie skandalös!« Nike ist der Meinung, dass ein Mann nicht vollständig über das Leben einer Frau bestimmen sollte.

Dass sie sich dementsprechend verhält, hat ihr schon häufiger Ärger eingehandelt. »Und wer passt auf deine Kindern auf? Ich möchte nicht, dass jemand meine Patenkinder schutzlos zurücklässt«, zieht sie Allegra auf. Jeder weiß, dass Allegra sich eher von Formwandlern zerfleischen lassen würde, als dass sie ihre Kinder vernachlässigt.

Allegra lächelt. »Wenn ich dich erinnern darf, sind die Meisten von ihnen inzwischen erwachsen. Zu erwachsen, wenn ihr mich fragt. Es ist jedes Mal seltsam, wenn einer von ihnen das Haus verlässt. Eben noch bringst du sie zur Welt, schon stehen sie auf eigenen Beinen. Meine jüngste Urenkelin ist vor kurzem Mutter geworden. Sie hat ihre Tochter nach mir benannt.« Kurz wartet sie die Glückwünsche ab. »Um auf deine Frage zurückzukommen: Juana und Cristoph haben sich bereit erklärt, auf ihre Geschwister aufzupassen.«

»Habe ich dir je gesagt, dass du meinen vollen Respekt hast? Nicht nur dafür, dass dir stets neue Namen für deine Kinder einfallen, dir gelingt es sogar, sie nicht durcheinander zu bringen. Ich muss gestehen, dass ich das inzwischen nicht mehr kann. Außer natürlich bei meinen Patenkindern«, gesteht Kassia gut gelaunt.

Sie legt keinen Wert darauf, sich selbst niederzulassen und Kinder zu kriegen. Das bedeutet jedoch nicht, dass sie sich nicht jedes Mal freut, wenn Allegra sie zur Patin ernennen möchte.

Wenige Minuten später erreichen sie eines der kleinen Cafés, die im letzten Jahr im ganzen Land aufgetaucht sind. Sie setzen sich für eine Erfrischung. Die Sonne scheint es mit ihrer Wärme an diesem Tag besonders gut mit ihnen zu meinen.

Kassia hat ihren Sonnenschirm kaum zusammengeklappt, als Nike sich zu ihr umdreht. Den Blick ihrer blonden Freundin kennt sie nur zu gut, dennoch fragt sie nach. Sie will glauben, dass sie sich irrt, dass sie etwas Falsches hineininterpretiert.

»Bitte sag mir, dass du nicht wusstest, dass er hier ist.«

Kassia schüttelt den Kopf. Natürlich weiß sie, wovon Nike redet. Sie hat ihren Verdacht bestätigt. Doch sie legt keinen Wert darauf, auf Dante zu treffen. Ihre letzte Begegnung ist einige Jahre her, ihre bisher längste Pause. Sie ist froh um jede Minute gewesen, die man ihr gewährt hat.

Deshalb spielt sie mit dem Gedanken zu gehen. Es muss noch andere Örtlichkeiten geben, wo sie, Allegra und Nike sich unterhalten können. Selbst einen Schweinestall würde sie Dantes Anwesenheit vorziehen. Doch dann siegt, wie so oft in ihrer gemeinsamen Vergangenheit, ihr Trotz. Sie will sich nicht von ihm vertreiben lassen. Sie läuft oft genug vor ihm weg, wenn auch nicht unbegründet. An diesem Tag soll es ein Mal anders sein.

Als sie Anstalten macht, sich hinzusetzen, fällt ihr Blick unfreiwillig auf ihn: Dante hat sich an einem der äußeren Tische niedergelassen. Er erwidert ihren Blick nicht, seine Augen hängen scheinbar interessiert an einem Mann, der Kunststücke auf der Straße vollführt. Doch sein Gesichtsausdruck verrät ihn. Dante weiß, dass sie hier ist. Er hat ihre Anwesenheit mitbekommen. Vermutlich sogar bevor Nike ihn gesehen hat.

Das Einzige, das anders ist, ist die Tatsache, dass er nicht alleine *ist. Seine Begleitung hat ihre schlanken Hände um seinen Arm gelegt und lächelt ununterbrochen.*

Aus den Augenwinkeln bemerkt Kassia, dass Nike und Allegra ihrem Blick gefolgt sind. Nikes Mund öffnet sich vor Erstaunen, Allegra runzelt die Stirn.

Dante hebt den Kopf. Ein Funken tritt in seine Augen, der nichts mit seiner Begleitung zu tun hat. Erkennen, diebische Freude, Belustigung. Kassia wird den Verdacht nicht los, dass er sie erwartet hat. Doch wie soll das möglich sein? Er flüstert der Frau mit den hellbraunen Haaren neben ihm etwas ins Ohr, dann nickt er ihnen auffordernd zu.

»Will er etwa, dass wir uns zu ihm setzen?«, fragt Nike entsetzt.

Er nickt ein weiteres Mal.

Die drei tauschen einen Blick. Keine von ihnen ist sonderlich begeistert, aber sie, drei Frauen alleine, werden ohnehin bereits beobachtet. Es würde ihnen nicht schaden, kurze Zeit in seiner Gegenwart zu verbringen – theoretisch. Kassias Fluchtinstinkt protestiert gegen den Trotz, für den sie sich vor wenigen Sekunden noch selbst gelobt hat.

»Guten Tag, die Damen«, begrüßt er sie. »Wir haben uns lange nicht mehr gesehen.« Wenn sie für diesen Satz jedes Mal Geld bekäme, könnte sie dem Rat bald einen seiner teuren Paläste abkaufen.

Keine von ihnen erwidert etwas, was nichts an seiner guten Stimmung ändert.

An seine Begleitung gewandt, sagt er: »Das sind Freunde von mir. Nike, Allegra und … Kassia.« Bei ihrem Namen lässt er sich deutlich Zeit.

Im Gegenzug stellt er ihnen seine Begleitung als Camille Troyat, Tochter des französischen Botschafters der Menschen, vor.

»Ein Formwandler in dieser Position, das muss ein gefährliches Leben mit sich bringen – auch für Sie. Sie könnten erwischt werden«, bemerkt Nike wie immer direkt und ohne sich mit Höflichkeiten abzugeben. Sie hat die Nase gerümpft.

Kassia hat dank der Tatsache, dass sie selbst zur Hälfte Formwandlerin ist, den Geruch nicht wahrnehmen können.

»Jeder, der mit der Politik zu tun hat, lebt gefährlich. Egal ob Mensch, Formwandler oder Unsterblicher«, erwidert die Frau ruhig, ehe ihr glückseliges Lächeln zurückkehrt. »Bitte, setzen Sie sich doch zu uns. Ich freue mich, auf Freunde meines Verehrers zu treffen.«

Vor Schreck beißt Kassia sich auf die dünnen Lippen. Sie spürt, wie Dantes Blick sie fixiert; er hebt eine Augenbraue, die von einer kleinen Narbe durchbrochen wird, hoch. Sie sagt kein Wort. Stattdessen folgt sie Mademoiselle Troyats Einladung als sei nichts passiert.

»Darf ich fragen, woher Sie unseren guten Freund …« Selbst Allegra kann ihre Gesichtszüge bei dieser Formulierung nur schwer unter Kontrolle halten. »kennen? Wir sehen ihn nicht allzu oft in Begleitung.«

Auf dem Gesicht der Französin breitet sich das Lächeln von einem Ohr bis zum anderen aus. Sie erinnert Kassia an die glückseligen Mädchen, die sich von der Ratsverkündung das große Glück erhoffen. Ein glückliches Leben mit einem Mann, der sie mit Respekt oder sogar ebenbürtig behandelt. Sie denken an ein Leben in Reichtum. Es ist ein Leben, das nur den Wenigsten vorbehalten ist. Es ist zu perfekt, um *wahr zu sein. Kassia weiß das, diese Frauen meistens nicht. Camille Troyat schien ihr so eine zu sein.*

Das sind meistens auch die, die sich bei einer Enttäuschung als Erstes umbringen, *fügt sie in Gedanken hinzu, bevor sie sich wieder auf ihre Gegenüber konzentriert:*

»Er war vor wenigen Wochen bei uns zum Abendessen. Mein Vater lud ihn ein. Sie machen Geschäfte zusammen, aber davon verstehe ich nichts. Meine Schwestern und ich waren sofort hin und weg von ihm. Ein solch galanter Mann ...«

»Ja, er kann ein absolutes Goldstück sein, wenn er etwas bekommen möchte«, murmelt Kassia. Die Übelkeit steigt ihr hoch. Nur zu gut kann sie sich vorstellen, wie sie an seinen Lippen gehangen hat, wenn sie ihn noch immer derart anhimmelt.

»Ich war schon lange nicht mehr in so reizender Gesellschaft wie an diesem Abend«, erwidert Dante und wirft ihr einen Blick zu, der sie erröten lässt. »Verzeihung«, fügt er gespielt entschuldigend an die drei Spanierinnen hinzu. »Ich wollte damit niemanden der Anwesenden in Verlegenheit bringen.«

»Ich hätte unsere Begegnungen ohnehin nie als reizend bezeichnet«, erwidert Kassia trocken und ohne ihn eines Blickes zu würdigen. Für sie gestaltet es sich wesentlich einfacher, das seltsame Mädchen neben ihr zu beobachten. Sie wird nicht schlau aus ihr. Wie kann sie nicht durchschauen, dass Dante zwar vieles ist, aber kein Gentleman, mit dem sie ihre Existenz verbringen kann?

Camille neigt den Kopf zur Seite. »Und darf ich fragen, wann Sie

Signore Occiano kennengelernt haben?«Bildet Kassia es sich ein oder hört sie eine Spur Eifersucht heraus? Als könnte das Mädchen es nicht ertragen, er könnte Kontakt zu anderen Frauen haben.

Erneut werfen Allegra, Kassia und Nike sich einen Blick zu.

»Diese äußerst freundliche Version erst heute«, wagt Nike sich schließlich vor. Sie hat von ihnen am wenigsten ein Problem damit, gegen die Etikette zu verstoßen. »Mit dem Rest verbrachten wir unsere Kindheit.«

Dante wirft ihr einen durchdringenden Blick zu, den sie zu ignorieren scheint.

Ebenso wie seine Begleitung ihren bissigen Ton nicht wahrnimmt. »Wie erfreulich! Dann kennen ihn wohl nur wenige besser als Sie. Es gibt bestimmt einige spannende Geschichten zu erzählen; er macht ja ein solches Geheimnis aus sich.« Sie kichert unbeholfen als sei ihr ihre eigene Neugierde unangenehm. Gleichzeitig stärkt sich ihr Griff um Dantes Arm.

Kassias Laune steigert sich nicht. Viel mehr verstärkt sich ihr Bedürfnis, sich auf das hässliche Kleid ihrer Gegenüber zu übergeben. »Das wird wohl seine Gründe haben. Möglicherweise möchte er nicht sofort gestehen, dass er ungesund stolz ist, ohne jemals etwas im Leben erreicht zu haben.«

»Oder dass er skrupellos ist und andere benutzt, um an sein Ziel zu kommen«, fügt Nike hinzu.

Allegra beugt sich vor. Camilles Verhalten ist derart penetrant, dass nicht einmal sie sich zurückhalten kann: »Dass er schicksalsbedingt auf eine ganz andere versessen ist.«

»Er gehört nicht zu den Guten«, fasst Kassia zusammen.

Dante und sie richten sich gleichzeitig auf. Zum ersten Mal treffen sich ihre Blicke. Kassia kann nicht verhindern, dass der sonderbare Schauer sich über ihre Haut ausbreitet, während sie in die dunklen Abgründe seiner Augen blickt.

Es interessiert Kassia nicht, dass die übrigen Gäste sie beobachten. Es interessiert sie ebenso wenig, dass sie die Gefühle der Französin verletzt. Es verschafft ihr lediglich ein gewisses Maß an Befriedigung, ihn bloßzustellen.

»Was fällt Ihnen ein?«, quiekt Mademoiselle Troyat bestürzt. Sie muss den Kopf in den Nacken legen, um ihr ins Gesicht zu sehen.

»Ich weiß, wovon ich rede, weil ICH es bin, an die er gebunden ist! Das zumindest glaubt er.«

»Wenn es noch von Bedeutung wäre, wüsste ich davon. Das muss Vergangenheit sein!«, erklärt Camille, obwohl sie nicht weiß, wovon sie spricht.

Dante sagt weiterhin nichts. Er beobachtet sie mit einem kaum erkennbaren Lächeln.

Kassia schnaubt beinahe amüsiert. »Das ist es nicht und das wird es auch so schnell nicht werden. Er wird sich nicht zufrieden geben mit dem, was Sie ihm geben können.«

Allegras Hand legt sich auf ihren Arm. Ihrer Freundin ist die Aufmerksamkeit unangenehm. Sie hasst es, wenn es zu einem Streit zwischen ihr und Dante kommt.

»Was denkst du denn, was ich möchte?«, fragt Dante sie nach einem Moment, die Augen zusammengekniffen. Seine Stimme klingt samten, und dennoch hört sie eine Spur Bedrohung heraus.

»Jedenfalls kein dich anhimmelndes Engelchen, deren Familie in unserer Welt für kaum mehr als Putzarbeiten eingesetzt werden würde. Das ist nicht dein Stil. Du bist auf Größeres aus.«

»Und was macht dich da so sicher?« Seine Stimme verändert sich. Kassia erkennt, dass er vorsichtig wird. Er wartet darauf, was sie als Nächstes sagt.

»Weil ich gesehen habe, wie du für deine Machenschaften über Leichen gegangen bist!«

Camilles sieht aus als würde sie schreien wollen. Allegra und Nike hingegen bleiben weiterhin ruhig, wenn auch mit missbilligender Miene. Sie glauben nicht daran, dass Kassia es ernst meint. Sie halten es für eine Übertreibung.

Sie haben ihn auch nicht so oft getroffen wie Kassia.

*

Nicht wissend, an welcher Erinnerung sie hängen geblieben war, schnipste Nike vor ihrem Gesicht herum.

Kassia zog sich wieder zurück und ließ Diana gewähren.

Diese schien trotz der Szene, die sie miterlebt haben musste, keine Antworten auf ihre Fragen zu haben: »Wer ist Camille?«, fragte sie, nachdem sie die Spanierin knapp begrüßt hatte.

»Eine … ja, mittlerweile könnte man fast sagen, eine Freundin. Wir treffen uns gelegentlich mit ihr, seit wir sie davon überzeugt haben, dass Dante nicht der Gentleman vom Dienst ist. Aber egal. Wie geht's dir? War Dante noch einmal bei dir?«

Diana antwortete nicht, als ihre Stieftochter zu ihnen stieß.

Die Neunjährige hatte wie erwartet noch immer das Handy in der Hand. Statt zu spielen, sah sie sich Videos davon an, wie Leute sich bei sportlichen Aktivitäten verletzten. Das war wohl auch der einzige Grund, weshalb der Anflug eines Lächelns auf ihr Gesicht getreten war.

Als sie Nike erblickte, warf sie ihr einen verwunderten Blick zu und murmelte eine kaum verständliche Begrüßung. »Und? Hast du irgendwas gefunden, das in Frage kommt?« Es war das erste Mal, dass sie auch nur einen Hauch Interesse zeigte.

Diana schüttelte den Kopf. »Vielleicht brauche ich einfach nur Hilfe. Sieh dich doch mal um, such dir aus, was dir gefällt und ich probiere es an. In Ordnung?«, schlug sie vor. Kassia hielt es für keine gute Idee, einer Neunjährigen freie Hand zu lassen. Zumal weder sie noch Kassia sicher waren, ob das Mädchen sie nicht hasste.

Madeleine tat wie geheißen.

Doch auch Nike schien das als Signal zu verstehen. Noch bevor Diana auch nur einen weiteren Satz zu ihr sagen konnte, suchte sie nach der nächsten Beraterin. Sie beschwerte sich lautstark, dass sie sich nicht um ihre Kundin gekümmert hätte. Dabei war es Diana gewesen, die sie bereits zwei Mal weggeschickt hatte. Nike schien sich einen Spaß daraus zu machen, die hagere Frau mit dem kurzgeschnittenen Pferdeschwanz aufzuscheuchen. Maßband bringen, den obligatorischen Prosecco bringen und ihr ansonsten erst einmal nicht mehr im Weg stehen.

»Ich habe ungefähr der Hälfte von Allegras Töchtern bei der Suche geholfen. Beziehungsweise wir haben uns Inspiration geholt und dann Allegra schuften lassen. Jedes Kleid wurde ein Unikat. Es gibt also keine bessere Beratung als mich!« Angeberin! Kassia wusste, dass viele der Kleider Allegras Ideen entsprungen waren. Beziehungsweise denen der Bräute. Nike hatte nicht so viel beigetragen wie sie glaubte.

Dann wandte sie sich dem nächstbesten Kleiderständer zu, der so vollgepackt war, dass man von den einzelnen Stücken keine Details mehr ausmachen konnte.

Bereits nach wenigen Sekunden wurde Diana das erste Stück, Spaghettiträger und ausladende Schleppe wie bei Kate Middleton in die Hand gedrückt. Dass dies eigentlich nicht Dianas Vorstellungen entsprach, schien Nike nicht zu interessieren. Typisch.

»Also?«, kam sie anschließend auf ihr ursprüngliches Thema zurück, nachdem Diana in der Umkleidekabine verschwunden war.

Das Kleid war ein solches Ungetüm, das sie nicht einmal auseinanderhalten konnte, wo oben oder unten war. Genauso schwierig gestaltete es sich, einen Reißverschluss zu finden, der verhinderte, dass der korsettartige Brustteil beim Anziehen in Mitleidenschaft gezogen wurde. Sie rief die Angestellte hinzu, um nicht vollkommen unterzugehen.

»Nein, der Einzige, mit dem ich mich gestern herumgeschlagen habe, war mein Verlobter. Wir müssen uns langsam mal Gedanken um die Gästeanzahl machen. Auch wenn ich nicht weiß, wie wir alle seine Freunde unterbringen sollen. Ich dachte immer, Frauen wären die, die ihre Gästeliste nicht reduzieren könnten. Man muss ja nicht jede Person einladen, der man schon einmal begegnet ist.«

»Das klingt definitiv zu langweilig für einen Besuch – selbst für Dante«, stimmte Nike ihr zu. Den Geräuschen zu Urteil suchte sie bereits nach weiteren Kleidern. »Würdest du mich einladen?« An dem Lachen in ihrer Stimme hörte sie, dass die Spanierin es nicht ernst meinte. Glaubte sie. Sicher war sich Diana seit ein paar Tagen bei so gut wie gar nichts mehr. Eine gesunde Einstellung, wie Kassia zugeben musste.

»Das kommt ganz drauf an, ob ich bis dahin frei von Kassia bin. Mit ihr werde ich nämlich ganz bestimmt nicht heiraten!« Den inneren Schlag, den sie dafür von Kassia kassierte, ließ sie sich nicht anmerken. »Mir ist übrigens etwas eingefallen.« Diana lugte aus der Umkleidekabine hervor, um zu sehen, ob Madeleine in Hörweite war. Doch die bestaunte eine Schaufensterpuppe weiter entfernt. »Du hast mich nach Blackouts gefragt. Ich glaube, ich hatte sehr wohl welche. Ist das ein schlechtes Zeichen?«

»Nein, es ist sonst sogar normal. Wie kommst du darauf, dass du welche hattest?« Stoffgeraschel. Nike gab ihr ein weiteres Kleid in die Kabine hinein. Platz für ein drittes würde nun nicht mehr sein, ohne dass Diana es zertrampelte. Bei ihren großen Füßen nicht unwahrscheinlich.

Inzwischen trug sie das erste Kleid. Das Material, den Namen hatte sie bereits vergessen, schmiegte sich überraschend sanft an ihre Haut. Sie blickte an sich herunter und entdeckte mit einem kleinen Grinsen, dass die Schleppe den gesamten Kabinenboden einnahm. Das Lächeln erstarb, als ihr bewusst wurde, dass sich nun darin bewegen musste. Dementsprechend vorsichtig trat sie Nike gegenüber.

»Guck mal auf mein Handy, da tauchen Namen und Nummern in der Anrufliste auf, die ich nie gewählt habe.« Kassia fluchte innerlich. Nike sollte nicht sehen, was sie getan hatte.

»Du ertrinkst förmlich in diesem Kleid«, bemerkte Nike mit einem Nicken, während sie in Dianas Tasche kramte.

»Da könnte ich mich drunter verstecken und niemand würde es bemerken«, stimmte Madeleine zu. Eindeutige Ablehnung!

Zurück in der Kabine hörte sie Nike etwas vor sich her murmeln. »Meinst du, dass du zum Beispiel mit einer gewissen Janja gesprochen hast?«, fragte sie, als es Diana gelungen war, das Kleid ohne Schäden abzulegen.

Kassia zwang sich, zurückhaltend zu bleiben. *Verdammt, verdammt, verdammt.*

»Ich habe ihren Namen gestern in Dantes Unterlagen gelesen. Weißt du, weshalb sie wichtig ist?«

Diana hielt inne. »Nein. Diese Information will Kassia nicht mit mir teilen. Gab es sonst noch etwas Wichtiges bei Dante?«

Das zweite Kleid fühlte sich besser an. Allein es zu tragen gab ihr das Gefühl, hübsch und auffallend zu sein. Dabei hatte sie sich nicht einmal im Spiegel gesehen. Da die Verkäuferin verschwunden war, um einen passenden Schleier zu holen, kam Nike, um ihr das Korsett zu schnüren. Keine gute Idee, denn zu ihrer und Kassias Zeit war es erst eng genug gewesen, wenn alles oben heraus quoll und die Luftzufuhr auf ein Minimum beschränkt war.

»Leider nichts Selbsterklärendes. Wie du mitbekommen hast, habe ich Allegra gebeten, ein paar Dinge zu recherchieren. Sie sitzt an der Quelle, das muss man nutzen. Ansonsten können mir meine Fragen wohl nur Dante und Kassia beantworten – wenn sie nicht beide auf geheimnisvoll tun würden.« Als sie das Korsett ein weiteres Mal festzog, war Kassia sich sicher, dass sie das absichtlich tat. Weil sie wütend auf sie war. »Das Kleid ist übrigens von deiner Stieftochter. Sie sitzt mittlerweile in einem der Sessel und postet im Internet, wie langweilig ihr ist.«

»Sie ist neun und hängt den halben Tag an diesem Ding. Weißt du, wann ich mein erstes vernünftiges Handy bekommen habe? Mit 15. Da war man was Besonderes, wenn man 'nen MP3- Player hatte …«

»Wollen wir darüber reden, was für Kommunikationsmöglichkeiten es gab, als ich fünfzehn war?«, fragte Nike mit einem gekünstelten Lächeln. »Stichwort: Nicht lesen und schreiben zu können, war nichts Ungewöhnliches.« Sie trat zurück und half Diana nach draußen.

Inzwischen war auch die gehetzt wirkende Verkäuferin zurückgekehrt. Sie traute sich nicht zuzugeben, dass auch dieses Kleid nicht zu ihr passte. Stattdessen redete sie es schön, in dem sie den Schnitt des Kleides und Dianas schmalen Körper lobte.

»Du siehst aus wie eine ausgetrocknete Meerjungfrau«, gab Nike hingegen ehrlich zu. Gelassen nahm sie sich eines der herbeigebrachten Gläser Alkohol und schüttelte den Kopf.

Die Verkäuferin änderte ihre Taktik. Sie empfahl Diana,

sie selbst einige Modelle nach ihren Vorstellungen aussuchen zu lassen. »Ein professionelles Auge wie meines darauf werfen zu lassen, kann nie schaden.«

In der Zwischenzeit trank auch Diana an ihrem Prosecco. Dann wartete sie darauf, dass Nike fortfuhr.

»Ich habe noch was gefunden«, sagte Nike schließlich. »Es ist wahrscheinlich nichts Besonderes, aber ich bin nun mal sehr neugierig …« Sie fischte ein kleines Medaillon aus ihrer Jackentasche und ließ es geöffnet in Dianas Hände fallen.

Kassia konnte nicht verhindern, dass sie die Kontrolle übernahm. Kurzzeitig kollidierten ihre und Dianas Gefühle. Überraschung, Verwunderung, Nachdenklichkeit und schließlich Schock.

»Laura«, murmelte sie. Sie wollte nicht sprechen. Nicht darüber. Nicht jetzt. Eine Art von Schmerz, die ihr fremd war, breitete sich in ihr aus.

»Wer ist Laura?«

Sie betrachtete das Bild von allen Seiten. Es schien ihr den Atem zu rauben. Zu lange war es her, seit sie sie gesehen hatte. »Dantes Schwester.«

Nike pfiff überrascht. »Dante hat eine Schwester? Wieso weiß ich davon nichts?«

Sie schluckte. »Weil sie seit vielen Jahren tot ist. Seit Jahrhunderten. Ich bin ihr nur ein-, vielleicht zwei Mal begegnet. Nichts Besonderes. Kurze Zeit später starb sie. Hexenprozesse«, fügte sie hinzu. »Dante hat denjenigen, die sie beschuldigt haben, nie verziehen; er muss wohl noch immer oft daran denken.«

Bevor Nike eine weitere Frage stellen konnte, zog Kassia sich wieder zurück. Sie gab die Kontrolle über den Körper zurück an Diana und verbarg ihre Gedanken vor ihr.

»Möglicherweise hat seine Versessenheit auf Kroatien etwas damit zu tun. Vielleicht war sie da. Dass seine Schwester dort gelandet ist, wäre nicht ungewöhnlich. Arrangierte Hochzeiten gingen damals zum Teil quer über den damals bekannten Globus. Ich werde Allegra bitten, auch das zu überprüfen. Aber das würde noch nicht erklären, was das mit Kassia zu tun hat.«

»Vielleicht denkt er, sie ist dafür verantwortlich.«

Nike schüttelte den Kopf. »Ich weiß, ich wiederhole mich: Das hätte ich bemerken müssen. Man kann Einiges geheim halten, außer wenn man sich so hitzig wie die beiden streitet. Sie wären früher oder später auf dieses Thema gekommen. Sie war seine Schwester! Er hätte Kassia umgebracht, wenn sie Schuld daran wäre. Nein. Wir müssen Allegras Ergebnisse abwarten!«

Die Verkäuferin kehrte mit einer handvoll Kleidern zurück. Eines davon, ein rosa Kleidchen gab sie Madeleine. Diana wusste, dass sie damit keinen Erfolg haben würde. Doch vollkommen blind vom Klischee des kleinen Mädchens in rosa redete sie mit Engelszungen auf sie ein. Sie solle es doch zumindest einmal anprobieren. Es wäre wie vor sie gemacht und ihre Mutter würde sich bestimmt freuen, sie darin zu sehen.

Für den letzten Satz erntete sie einen bösen Blick, der ihr Lächeln verschwinden ließ. »Meine Mutter ist tot!«

Chris' frühere Freundin war bei einem Autounfall gestorben, als Madeleine fünf Jahre alt gewesen war.

Die ältere Dame legte ihr das Kleid hin und wandte sich stattdessen wieder Diana zu, der sie die übrigen vier Modelle vorführte. Zwei davon fielen von vornherein durch, die übrigen wollte sie anprobieren.

»Hast du eine Idee, wo Jessica ist? Ihr wart doch gestern gemeinsam unterwegs, oder?«, fragte sie ihre Begleitung, während sie das Spiel Such-den-Einstig-in-das-teure-Kleid wiederholte.

Ihr entging Nikes Zögern nicht. Es war unmöglich, es nicht zu bemerken. Sie lugte aus der Kabine hervor und sah, wie Nike sich nervös durch ihre Locken ging – wohl bemerkt mit der rechten Hand. Nike bewegte ihre linke Hand nie, wenn es sich vermeiden ließ.

»Was ist los?«, verlangte sie misstrauisch zu wissen.

»Nun ja. Ehrlich gesagt weiß ich nicht, was mit ihr ist … Dante hat uns gestern erwischt.«

»Und?«

»Er war nicht sonderlich begeistert und wollte uns nicht gehen lassen. Als es mir gelang, an ihm vorbei aus dem Zimmer zu kommen, war Jessica noch bei ihm. Es gab keinen Weg, zurück. Also …«

Diana hätte sie am liebsten angeschrien. Sie verzichtete nur darauf, weil sie nicht wollte, dass Madeleine etwas davon mitbekam. Für Kassia wäre das kein Grund gewesen: »Also dachtest du dir: Warten wir einfach ab und tun erst einmal so als sei nichts passiert? Hast du den Verstand verloren? Sie ist meine beste Freundin!«, zischte sie aufgebracht.

»Ich wollte mich darum kümmern, später.«

Die blonde Schönheit unterbrach sich, als Madeleine sich zu Wort meldete: »Was soll mit Tante Jess sein?« Jessica hatte sich immer viel um ihre Nichte gekümmert. Neben Madeleines Oma war Jessica in den letzten Jahren eine Art Mutterersatz geworden. Dementsprechend empfindlich reagierte sie, sobald das Thema auf Chris' Schwester kam. »Da ist sie doch!« Zu Dianas Überraschung deutete sie auf die Türe.

Jessica kam gerade hindurch. Sie war zu ruhig, obwohl sie wissen musste, dass man sie mehr als ungeduldig erwartete.

»Wo warst du?«, fragte Diana und umarmte sie fest. Eine Herausforderung bei dem, was sie noch immer trug. Der hämische Teil von Kassia hoffte darauf, sie möge umfallen. »Wieso hast du nicht auf meine Anrufe reagiert?«

»Hab mein Handy bei Mr. Psycho verloren«, erklärte sie,

während sie auch Madeleine in ihre Arme schloss. »Ist mir nach langem Suchen gerade erst eingefallen. Auf der Arbeit habe ich es nicht vermisst.«

»Hättest du dich nicht irgendwie anders melden können? Du hattest einen ganz normalen Tag, während ich …«

Jessica blickte sie entschuldigend an. »Ich hab nicht dran gedacht, tut mir leid.«

»Und wie zur Hölle …« Nike unterbrach sich, als sie Dianas drohenden Blick aufschnappte. Vor Madeleine konnte sie nicht offen reden, weshalb sie erneut ansetzte: »Wann bist du gestern nach Hause gegangen?«

»Kurz nach dir. Eigentlich hatte ich erwartet, dich noch zu treffen. Meine … Unterhaltung endete schneller als ich erwartet hatte. Dazu noch ergebnislos.«

»Es ist nichts mehr vorgefallen?«, hakte Nike nach. Es war offensichtlich, dass sie das kaum glauben konnte. Ebenso wenig Kassia. Sie hätte drei Dutzend Szenarien schildern können. Keines endete damit, dass Jessica in der Lage gewesen wäre, am nächsten Tag mit ihnen zu reden.

Was bezweckte Dante?

»Nein, überraschenderweise nicht. Ich habe allerdings noch ein Geschenk für dich«, erwähnte sie an Diana gewandt. »Ich gebe es dir, wenn du ein Kleid gefunden hast. Wozu sind wir sonst hier?«

Kassia verstand: Sie hatte etwas von Dante bekommen,

das Madeleine nicht sehen sollte. Immer waren alle darauf bedacht, das Kind zu schützen. Als ging es dabei um sie. Dante war das Mädchen vollkommen egal. Falls er überhaupt von ihr wusste.

Da es ansonsten nichts zu besprechen gab, widmeten sie sich nun vollständig ihrer Suche. In den nächsten Stunden präsentierte Diana ihren Begleiterinnen – auch Madeleine beteiligte sich nun aktiver – verschiedene Exemplare an Brautkleidern. Lange und kurze, enge und ausladende, teure und sehr teure, wobei ihre Meinungen schon bald auseinander gingen.

Nicht bei allen Präsentationen blieben die Kommentare höflich. Nike bewies wieder einmal, dass sie kein Blatt vor den Mund nahm, wenn es um ihre Meinung ging. Dieses Verhalten nahm Madeleine schnell auf. Kassia wurde den Verdacht nicht los, dass es ihr doch ein kleines bisschen Vergnügen bereitete, unfreundlich zu sein. Andere frei zu bewerten, war ein menschliches Bedürfnis. Weshalb sonst hatten so viele Castingshows Erfolg?

Schließlich hatte Diana zwar drei Favoriten, doch entscheiden konnte sie sich für keinen davon. Sie mochte sowohl das schneeweiße schulterfreie Exemplar, das sich eng an ihren Körper schmiegte, bevor es in eine wasserfallähnliche Schleppe überging. Ebenso toll fand sie das Exemplar mit dem herzförmigen Ausschnitt, auf dessen Korsett man ein rotes

Muster gestickt hatte. Das knielange Kleid mit Ärmeln, bei dem man verschiedene helle Töne verwendet hatte, konnte sie auch nicht guten Gewissens weghängen.

Kassia gefiel keines davon, aber niemand fragte nach ihrer Meinung. Nicht einmal Nike.

»Bekomme ich jetzt mein so genanntes Geschenk«, fragte Diana am Abend, als sei es wirklich für sie bestimmt. Kassia legte keinen Wert darauf, etwas von Dante in ihrer Nähe zu haben.

Jessica übergab ihr eine Holzschatulle mit rostigem Scharnier. »Er meinte nur, dass ich dafür sorgen soll, dass Kassia das bekommt. Sie würde schon wissen, warum.«

Als Kassia den Inhalt sah, fühlte sie sich wie bei der Präsentation des Medaillons. Sie stöhnte auf und hätte die Schatulle am liebsten von sich gestoßen, sie zerstört, verbrannt und damit all das, was geschehen war.

»Soll das eine Drohung sein?«, fragte Nike schockiert, als sie den alten Dolch betrachtete. »Will er uns damit einschüchtern?«

Jessica schüttelte den Kopf. »Er wirkte nicht so. Er schien mehr belustigt über die Vorstellung, wie Kassia reagieren würde. Außerdem, wenn er uns einschüchtern wollen würde, hätte er das auch an mir auslassen können.«

»Was soll das dann? Wieder irgendein perverser Witz, den

keiner außer den beiden versteht?« Sie nahm den Dolch, schmucklos und höchstens wegen seines Alters wertvoll, und schwenkte ihn durch die Luft wie eine Theaterattrappe. »Vielleicht ist das auch der Beweis dafür, dass er auf eine besonders heftige Art von *Shades of Grey* steht.« Plötzlich hielt sie inne und legte den Dolch zurück, dieses Mal mit der anderen Seite nach oben. »Na, was haben wir denn da?«

Die Gravur musste nachträglich hinzugefügt worden sein. Sie war gut leserlich, frei von Dreck und Rost.

»Und mal wieder eine Sprache, die ich nicht beherrsche. Ich muss irgendetwas in meiner akademischen Karriere falsch gemacht haben«, bemerkte Jessica. Sie hatte den Kopf schief gelegt und versuchte erfolglos, die Innschrift zu entziffern.

Auch Nike schien ratlos. »Was sagt Kassia?«, fragte sie an Diana gewandt.

Kassia ließ den Körper mit den Schultern zuckte. Sie hatte nicht die Kraft, Diana auszuschließen. Doch sie verhinderte, dass sie verriet, was Dante hatte eingravieren lassen.

Gemacht für die Mächtigen!

»Das sind mir ein paar nutzlose Anhaltspunkte zu viel. Ich schlage vor, dass wir nicht abwarten, ob Allegra etwas herausfindet. Wir sollten zusätzlich noch eine andere Quelle anzapfen!«, schlug Nike vor, als sie wieder Herr über sich selbst war.

»Und welche?«, fragte Jessica.

Nike lächelte, was Kassia nicht gefiel. »Die Hauptquellen. Wir bringen Kassia und Dante noch einmal zusammen. Lang genug, um etwas Nützliches herauszubekommen, aber nicht zu lang, damit wir deine Seele nicht gefährden, Diana.«

»Wie willst du das anstellen? Wird Kassia nicht versuchen, es zu verhindern?«, erwiderte Jessica.

Diana erwiderte Nikes Lächeln, während Kassia Böses ahnte. Ein provoziertes Treffen mit Dante. Wie konnten sie so dumm sein, das zu wollen? »Wir gehen morgen Abend ins *Ruby's*. Der Club ist ein guter Ort dafür. Es ist in der Öffentlichkeit, es gibt Zeugen und laute Musik, sodass man uns nicht belauschen kann. Aber es ist nicht zu öffentlich.«

»Das ist perfekt«, stimmte Nike ihr zu. »Dante würde sich nie einen Tanz mit Kassia entgehen lassen. So führt eins zum anderen; ich sagte ja schon, dass Kassia sich nicht zurückhalten kann, wenn er da ist.«

Allein die Erinnerung daran machte Kassia wütend.

»Kassia wird ihn wohl kaum warnen. Damit würde sie ihm einen Gefallen. Das ist der Vorteil an Leuten wie den beiden: Sie sind berechenbar.«

Durchbruch der Defensive

»Das nennt ihr eine Party? Pfft! Amateure«, zog Nike sie lachend auf, während sie sich die engen Stufen zum Club hinunter bewegten.

Das *Ruby's* war bekannt dafür, dass sich schon so manche Frau auf ihren hohen High Heels hier den Knöchel verstaucht hatte. Nike war von diesem Phänomen ausgenommen. Kassia konnte sie nur für die Selbstverständlichkeit bewundern, mit der sie auf ihren hohen Hacken stand und einige der Besucher überragte. Zehn Zentimeter mussten ihre Absätze mindestens hoch sein. Nike liebte es, hervorzustechen.

Ohnehin sah Nike in ihrem schwarzen Kleid, das andere so nicht einmal im Hochsommer anziehen würden, ziemlich gut aus. Es schmiegte sich eng an ihre angeblich gottgegebenen Kurven. Die Farbe ließ ihre Taille noch schlanker erscheinen als das ohnehin der Fall war. Das bestätigten die Blicke, die sie regelmäßig erntete. Kassia spürte, dass Diana, die sonst kein Problem mit ihrer Figur hatte, Komplexe bekam.

Nur ihre Handschuhe – bis zum Ellebogen hoch gezogen, sodass sie ihr einen Hauch von Audrey Hepburn verliehen – stachen gesondert hervor.

»Was hast du denn?«, fragte Diana. »Es ist vielleicht keiner dieser Nobelschuppen, die du gewöhnt bist, aber wir haben hier alles, was wir brauchen.«

Nike zuckte mit den Schultern, während sie einer vorbeigehenden Gruppe Männer ein Lächeln schenkte. Damit bewies sie, wie viel in einem einzigen Ausdruck stecken konnte: Einerseits zeigte sie Höflichkeit, bedankte sich für das Interesse und begutachtete ihrerseits, wen sie im Blickfeld hatte. Andererseits machte sie nur mit ihrem Blick deutlich, dass sie heute nur in ihren Träumen bei ihr landen würden.

»Mag sein«, erwiderte sie schließlich. »Womöglich bin ich auch voreingenommen. Als ich das letzte Mal hier war, versteckten mein damaliger Freund, seine Geschwister und ich uns vor den Bomben der Nazis. Das war der Nachteil, wenn man sich in den Neunzehnhundertvierzigern in der Nähe von London aufhielt. Wobei, eigentlich war man damals ja nirgendwo auf diesem Kontinent wirklich sicher.«

»Du warst während des Zweiten Weltkrieges in diesem Raum?«, fragte Jessica sie. Die laute Musik verhinderte, dass sonst jemand sie hören konnte.

»Jap, schätze, ich bin es also gewesen, die Kassia auf die Idee gebracht hat, vorbeizukommen. Ich fand es vorher immer äußerst nett hier. Mein Freund führte mich sogar einige Male in das Theater, das ihr so verehrt. Er wurde erst spät eingezogen, weil er krank war ... Lassen wir das! Wir sind ja nicht gekommen, damit ihr euch Anekdoten aus meinem

Leben anhört. Halten wir lieber nach Kassias Lieblingsitaliener Ausschau.«

Lieblingsitaliener?

Sie setzten sich an die Bar und bestellten Cocktails, wobei Nike ihren nicht selbst bezahlen musste. Vermutlich würde sie an diesem Abend nicht ein einziges Mal ihr Portemonnaie zücken müssen.

Diana schien mit der mangelnden Aufmerksamkeit kein Problem zu haben. Immerhin erinnerte sie der Verlobungsring an ihrem Finger daran, dass es eine besondere Person gab, die mehr von ihr wollte als ihr nur einen Drink auszugeben.

Diese Sicherheit erschien Kassia so lange her, dass es sich fremd anfühlte. Nicht so, wie sie es ursprünglich erwartet hatte.

Jessica hingegen, die sich an diesem Abend nicht weniger herausgeputzt hatte als die Unsterbliche, inklusive dem dringend benötigtem Besuch beim Friseur, wirkte verstimmt.

Diana, deutlich empathischer als Kassia es bei ihr gewesen wäre, wollte ihre beste Freundin darauf ansprechen. Sie wollte sie mit einem Kompliment zu ihrer nun wieder einheitlichen Haarfarbe aufmuntern, als sie nur wenige Schritte entfernt den Blick von jemandem auffing.

»Chris?«

Grinsend kam Dianas Verlobter auf sie zu. Er grüßte seine Schwester und stellte sich Nike vor, bevor er die Arme um Dianas Taille legte. Sein Kuss schmeckte nach Bier und den Kirschbonbons.

»Hi«, sagte er schließlich und verschränkte seine Finger in den Laschen an ihrem Hosenbund.

»Was machst du hier?«, fragte Diana überrascht. »Ich dachte, du wärst mit den Jungs in Schottland.« Trotz des üblichen Flatterns in ihrer Magengegend, schien sie sich nicht über seine Anwesenheit freuen zu können.

Kassia spürte, wie gerne sie Zeit mit ihm verbracht hätte. Sie wollte mit ihm lachen, tanzen, trinken und die Nacht verbringen. Andererseits war sie nicht aus Spaß hier, sondern um eine ganz bestimmte Person zu warten.

»Magen- Darm- Virus«, erklärte Chris knapp und beugte seinen hellen Haarschopf erneut vor, um sie zu küssen. »Keine Sorge, mich hat es nicht erwischt. Deshalb sind die drei von uns, die nicht über der Toilette hängen, was trinken gekommen.«

»Und deine Mutter passt auf Madeleine auf?«

»Klar, sie hat mich förmlich rausgeworfen. Sie freut sich über jede Extraminute, die sie mit ihr verbringen kann. Du weißt doch, wie sie ist ... Sag mal, stimmt etwas nicht? Du siehst aus als hätte ich dich gerade abserviert.«

»Mit mir ist alles in Ordnung, keine Sorge.« Diana zwang sich zu einem Lächeln. »Bin nur müde, hab zu wenig geschlafen.«

»Zu viel über die Kleider nachgedacht? Madeleine war ganz begeistert. Wenn auch mehr von den Kleidern, die an dir, ich zitiere ‚scheiße' aussahen. Damit hast du ihr einen großen Spaß bereitet.«

»Nicht nur ihr. Aber ansonsten verbringe ich meine Zeit damit, nachzurechnen, wie ich unser Budget am besten sprengen kann.«

Ihre Antworten beruhigten ihn. »Sehr gut, na ja, bis auf das Geld, ich wollte für die Hochzeit keinen Kredit aufnehmen.« Er lachte kurz auf. »Dann lasse ich die Damen sich wieder ihren Frauengesprächen widmen. Bevor ich Dinge über meine Schwester höre, die ich nicht wissen möchte.« Er warf Jessica einen schiefen Blick zu. »Ich komm später noch mal vorbei. Ich liebe dich.« Ein letzter Kuss, dann verschwand er zu einem der Tische weiter entfernt, an dem seine Freund nur schemenhaft zu erkenne waren.

»Nett«, bemerkte Nike, die ihren zweiten Drink zu sich zog. Gedankenverloren spielte sie an dem gelben Schirmchen daran. »Wie lange seid ihr schon zusammen?«

»Nächste Woche drei Jahre.«

Nike nippte an ihrem Getränk. »Ich kenn mich da heutzutage nicht so aus. Ist das eine kurze Zeit, um ans Heiraten zu denken?«

»Definitiv kurz«, meldete Jessica sich von der Seite, wofür

sie einen Stoß in die Seite erntete.

»Ist es nicht«, widersprach Diana. »Es gibt Einige, die es sich länger überlegen. Meine Eltern zum Beispiel haben erst geheiratet, als sie Mitte dreißig waren. Und das glaube ich eher aus finanziellen Gründen, für sie war es nicht wichtig, ihre Beziehung auf einem Blatt Papier stehen zu haben. Chris und ich sind da eben anders, wir möchten es so und wir sind ja wohl alt genug, um zu wissen, was wir tun.«

»Ich erinnere mich, dass Chris das auch einmal über eine gewisse Ferienfahrt gesagt hat. ‚Keine Sorge, Mama, wir sind erwachsen, wir wissen, was wir tun'. Zwei Monate später hat er unseren Eltern eröffnet, dass er Vater wird.«

»Mein Gott, Jess. Damals war er achtzehn! Selbst du musst zugeben, dass er sich seitdem verändert hat. Sonst wäre ich niemals auch nur mit ihm ausgegangen.«

Kassia wusste, dass sie die Diskussion häufiger führten. Jedes Mal betonte Jessica, dass sie sich eigentlich nur das Beste für sie und ihren Bruder wünschte. Sie freute sich darüber, dass Diana ein offizieller Teil ihrer Familie wurde. Dennoch änderte das alles nichts an der Tatsache, dass sie die Hochzeit für zu früh hielt, sogar als überstürzt hatte sie es einmal bezeichnet. Vermutlich weil sie selbst bereits zwei Mal verlobt gewesen war – beide Beziehungen waren kurz danach gescheitert.

Nike warf Diana einen Blick zu, der eine Spur Mitleid beinhaltete. »Ich begreife noch immer nicht, dass Kassia sich ausgerechnet dich ausgesucht hat. Ich meine, dass sie dich trotz deiner Verlobung gewählt hat. Sie muss doch bemerkt haben, dass du deine Abende nicht damit verbringst, heulend auf dem Sofa zu sitzen und die Männerwelt zu verfluchen. Sonst hat sie eigentlich immer darauf geachtet, dass genau so etwas nicht passiert. Vielleicht waren ihre Auserwählten ein oder andere Mal verheiratet, aber das waren andere Zeiten. Wenn ich euch erzähle, wie manche Ehen früher abliefen – und ich meine Ehen, die als vollkommen normal galten – würde es euch kalt über den Rücken laufen. Sei es drum. Sie ist wie sie ist und sie tut die undurchsichtigen Sachen, die sie tut.«

»Leider«, stimmte Jessica ihr zu.

»Und wo wir schon bei dem Thema ‚unreife Männer' waren: Ich sehe da jemanden, der nicht erwachsener geworden ist, seit Columbus den Ruhm für die ‚Entdeckung Amerikas' erntete.« Nike deutete auf den Gang zu den Toiletten.

Zunächst sah Kassia nichts außer einer Schlange knapp bekleideter Frauen. Die Meisten versuchten ihrer Begleitung etwas zuzuflüstern, was sich bei der Lautstärke als schwierig gestalten musste. Andere führten kleine Tänzchen auf, die weniger mit dem Takt der Musik als mit der Natur zu tun haben durften. Doch dann fiel ihr ein schwarzer Haarschopf auf, der sich von den gackernden Frauen abhob.

Kassia spannte sich an.

»Was soll ich jetzt tun?«, wollte Diana wissen

Nike blieb gelassen. »Cool bleiben und warten, bis er zu uns kommt. Er würde Verdacht schöpfen, wenn du den ersten Schritt machst.«

»Und was, wenn er dieselbe Taktik verfolgt? Er wartet doch nur darauf, dass Kassia ein Zeichen von Schwäche zeigt.«

Sie zeigte kein Zeichen von Schwäche. Niemals. Besonders nicht ihm gegenüber.

»Vertrau mir. Früher oder später wird er kommen. Ganz von alleine.«

Dante ließ sich Zeit, bis er Nikes Erwartungen erfüllte. Jede von ihnen trank zwei weitere Cocktails. Und auch nach mehreren Schalen Erdnüsse machte er noch keine Anstalten, zu ihnen zu kommen. Kassia spürte, dass er sie gelegentlich beobachtete. Ihre Kontrolle über Diana nahm wieder zu, ohne dass sie es beabsichtigte. Sie wurde ungeduldig.

Erst nachdem Nike mehreren Männern einen Korb gegeben, und Diana ein weiteres Mal Chris abgewimmelt hatte, spürte Kassia das vertraute Gefühl. Die prickelnde, verfluchte Vorfreude, die nur eines bedeutete:

»Ich nehme an, in diesem Jahrhundert spart man sich die Höflichkeiten und fragt nur noch: Bock zu tanzen?« Dante, den Mund nur wenige Zentimeter von ihrem Ohr entfernt, stand hinter ihr.

Sie spürte Dianas Überforderung. Doch Kassia hatte dieses Problem seit Jahrhunderten nicht mehr. Sie wusste, was zu tun war: »Das muss dir als geborenem Romantiker ja ungelegen kommen«, bemerkte sie voller Sarkasmus. Sie drehte sich zu ihm um. »Was willst du?«

»Wer wird denn da gleich unfreundlich? Das ist so eine unschöne Art von dir und deinen Freundinnen.« Er warf einen Blick in Richtung Nike. »Darf ich dich denn nicht einfach fragen, ob du mit mir tanzen möchtest?«

Von wollen konnte keine Rede sein. Sie sah es als eine Gelegenheit, ihn aus dem Konzept zu bringen. Wenn auch nicht aus denselben Gründen wie Nike das geplant hatte.

Obwohl Nike oder Jessica sie bei der lauten Musik unmöglich hören konnten, blieb sie in der Nähe, als ihr Körper sich langsam im Takt zu bewegen begann. Zu sehen wie Dante es ihr gegenüber gleichtat, war ein geradezu berauschendes Erlebnis. Denn die Halbformwandlerin durchlebte Erinnerungen an Tänze und Bälle aus vergangenen Zeiten.

»Ich schätze, es gefällt dir, dass ihr Verlobter andauernd zu uns guckt«, bemerkte er mit erhobener Stimme.

»Was soll ich machen?« Sie bewegte ihre Hüften gekonnt. »Soll ich dich, wenn er fragt, als ihren entfernten Cousin ausgeben? Du hättest ohnehin nicht locker gelassen, wenn ich abgelehnt hätte.«

Für einen kurzen Moment bleibt sein Blick an ihrem Körper hängen. »So macht es viel mehr Spaß. Dich alleine im Niemandsland anzutreffen, hat seinen Reiz verloren.«

Ein Ruck ging durch den Körper. Ihre Stirn runzelte sich. »Du hast genau diese Masche zu oft abgezogen. Es wird langweilig.« Man merkte ihr nichts an; sie klang gänzlich emotionslos. Nur Diana hätte verraten können, dass seine Worte sie aufregten.

Dante lächelte. Er hob ihren Arm und ließ sie eine halbe Drehung machen, bevor er sie zu sich zog. Ihr Rücken lehnte an seinem Brustkorb. Dennoch hörte sie nicht auf, ihre Hüften zu bewegen.

»Es gibt viele Dinge, die sich bei uns wiederholen«, raunte er ihr zu.

Deutlich spürte Kassia seinen Atem auf der Haut. Auf der einen Seite wollte sie Abstand zwischen sich und Dante bringen, auf der anderen Seite fand sie immer mehr Gefallen an der Situation. Nicht nur an der Herausforderung, Dante zu locken, sondern an dem, was es bei ihr auslöste. Ein Prickeln, das sich auf wenige Körperteile beschränkte.

»Natürlich tun sie das. Wo du dich nicht veränderst. Du verfällst regelmäßig in alte Muster. So wie jetzt.« Sie zuckte zusammen, als sich seine Hand auf ihre Taille legt.

»Ich würde mir mal Gedanken darüber machen, warum ich das tue. Oder ob du mich nicht dazu … verführst.« Mit einer Drehung entließ er ihren Körper; lediglich ihre Hand ließ er nicht los.

Kassias Wut wurde durch Dianas in ihr verstärkt. »Tja, da hast du dich wohl selbst verraten. Ich habe doch angeblich keinerlei Einfluss auf dich.«

»Wenn du meinst«, erwiderte er und wechselte plötzlich das Thema. »du weißt nicht zufällig, was Nike von mir wollte? Es ist ja nichts Neues, das sie sich in fremde Angelegenheiten einmischt, aber seit wann macht sich das Prinzesschen die Finger schmutzig?«

»Als ob du das nicht wüsstest!«

Dante neigte den Kopf zur Seite. »Ich dachte, du würdest sie davon abbringen. Nicht dass bei ihrer Sucherei noch Dinge über dich auftauchen, die niemand erfahren soll.«

Kassia unterband jegliche Gefühlsverbindung, die sie zu Diana hatte. Der Mensch durfte nichts von dem mitbekommen, was geschah. »Woher sollte ich wissen, dass du deine alten Hirngespinste wieder aufgegriffen hast? Was auch immer der Grund dafür ist, du solltest es hinter dir lassen!«

»So wie du?« Er lachte überheblich. »Ich weiß von deinen Telefonaten. Ich weiß, wer Janja ist. Mir ist nur nicht klar, warum du ihre Hilfe in Anspruch nimmst. Sie wird dir nicht das geben können, das du willst.«

»Du hast keine Ahnung, was ich will!«, presste sie zwischen zusammengekniffenen Zähnen hervor.

»Ach nein? Wer weiß es, wenn nicht ich? Von den wenigen Personen in deinem Leben, kenne ich dich am längsten. Ich weiß, wer du einmal warst; was deine Wünsche und Träume waren. Ich weiß, was du getan hast oder gerne getan hättest. Ich habe dich in den letzten Jahrhunderten häufiger gesehen als alle deine angeblichen Freundinnen zusammen. Sie konntest du vielleicht täuschen, ich durchschaue dich jedes Mal.«

Kassia tat unbeeindruckt.. »Klingt wie eine Liebeserklärung. Da muss ich aber dich leider wieder enttäuschen. Wir haben eindeutig unterschiedliche Vorstellungen einer Beziehung. Was dein kleines Geschenk bewiesen hat.«

»Hat es dir nicht gefallen? Es sollte eine Art Souvenir sein.«

»Ich brauche kein Erinnerungsstück. Mein Gedächtnis funktioniert selbst bei Ereignissen von vor so langer Zeit noch ausgezeichnet.«

In Dantes Augen trat ein Ausdruck, der ihr nicht geheuer war. »Wer sagt, dass es nicht erst vor kurzem wichtig war?«

Dieses Mal dauerte es länger, bis Kassia sich wieder fing. »Ich weiß nicht, womit du mich einschüchtern willst, Dante. Es gibt nur noch zwei Personen, die mir wichtig sind. Die eine versucht gerade hinter dir, diesen schmierigen Typ abzuwimmeln und die andere arbeitet an ihrer neuen Modekollektion. Also warum machen wir es nicht folgendermaßen: Du sagst mir, was der Mist soll, ich werde dich auslachen und dann werden wir uns in zweihundert Jahren am Ende der Welt wieder begegnen. Leider tust du mir ja nicht den Gefallen, dich vorher von irgendeinem Waffennarr versehentlich erschießen zu lassen.«

Er lachte so leise, dass man es kaum hörte. »Vergiss es! Wir sind noch nicht fertig!« Dennoch trat er zurück.

Gleichzeitig ließ auch Kassia nach. Es fühlte sich an als würde sie sich bis auf einen winzigen Punkt in ihrer Brust zusammenziehen.

Der Grund dafür war von seinem Tisch aufgestanden und stürmte auf sie zu. Chris. Die Art, wie die angebliche Art mit Dante getanzt hatte, musste ihn eifersüchtig gemacht haben.

»Was soll das?«, verlangte er zu wissen.

»Gar nichts!«, erwiderte nun wieder Diana, während Kassia das Geschehen wie eine Art Zuschauerin der ersten Reihe beobachtete. Auch wenn sie dabei mehr auf Dante achtete als auf den jungen Mann vor ihr.

»Ach nein? Für mich sieht das aber anders aus. Wer ist das?« Er machte eine unwirsche Handbewegung in Richtung Dante, der kommentarlos neben ihr stehen geblieben war.

»Ein … Bekannter. Du kennst ihn nicht. Wir haben uns unterhalten.«

»Ja, das habe ich gesehen. Wusste gar nicht, dass man bei dieser Art von Unterhaltung neuerdings auf Tuchfühlung gehen muss.«

»Wir haben uns kaum berührt!« Was sollte sie anderes sagen? *,Ich war das gar nicht, die mit ihm getanzt und mit ihren Blicken ein wenig geflirtet hat. Das war jemand, von dem ich besessen bin. Falls es dir das ein Trost ist: Im Bett gelandet wären sie nicht'.* Kassia hätte gern gesehen, wie jemand auf eine solche Offenbarung reagierte. Bei all den Körpern, die sie eingenommen hatte, war so etwas noch nie passiert. »Du tust so als hätte ich, keine Ahnung, mit ihm rumgemacht oder Schlimmeres! Da war nichts, worüber du dir Sorgen machen musst!« Die Lüge kam ihr leicht über die Lippen. Eine Entwicklung, die Kassia ihrer Anwesenheit zuschrieb. Obwohl Kassia sich selten darum kümmerte, wussten sie beide, dass er sich im schlimmsten Fall sehr wohl Sorgen um sie machen musste.

»Da bin ich mir nicht so sicher!« Unter Chris' Wut mischte sich Enttäuschung.

»Was soll das denn heißen?« Ein weiterer Blick zu ihren Begleiterinnen. Sie saßen noch immer und taten nichts.

»Glaubst du, ich bemerke nicht, wie seltsam du dich in letzter Zeit verhältst? Wir sehen uns kaum noch, es sei denn, das Treffen ist lange verabredet. Du übernachtest nicht mehr bei mir und wimmelst mich andauernd ab. Und Jessica …« Er ruckte mit dem Kopf in Richtung seiner Schwester. »weicht mir aus, wenn ich sie auf dich anspreche.«

»Und welchen ach so wahrscheinlichen Schluss hast du

daraus gezogen? Dass ich ´ne Affäre mit deiner Schwester habe? Du spinnst!«

Chris verzog das Gesicht. »Nicht unbedingt mit meiner Schwester …«

Kassia hörte Dante vergnügt glucksen. Ein Laut, der selten etwas Gutes verhieß.

»Ich habe keine Ahnung, warum du auf eine solche Idee kommst. Wir wollen heiraten, hast du das vergessen?« Um ihre Worte zu unterstreichen, fuchtelte sie mit dem Ring vor seinem Gesicht. »Also was sollte ich für einen Grund haben?«

»Eben genau deshalb. Die Hochzeit, der ganze damit verbundene Stress, Madeleine … Wenn wir erst einmal verheiratet sind, wirst du mehr Verantwortung übernehmen müssen und …«

Nun war es an Diana zu lachen. Es war kein fröhliches, ausgelassenes Lachen. Es war eher verzweifelt. »Ach daher weht der Wind. Sag mal hast du zu viele Talkshows gesehen? Du glaubst, ich würde unsere Beziehung sabotieren wollen, weil ich Angst vor der Zukunft habe? Hast du auch nur einen Moment lang darüber nachgedacht, dass ich mir das bereits sehr gut überlegt habe?«

»Doch durchaus, aber …«

»Jetzt pass mal gut auf!« Sie stellte sich auf Zehenspitzen, um mit ihm auf einer Höhe sein zu können. Er war kleiner als Dante, aber dennoch groß genug, um Diana zu überragen.

»Möglicherweise hast du in den vergangenen Wochen gesehen, dass ich nicht 24 Stunden überwältigt war. Dass ich viel nachgedacht habe. Das will ich gar nicht abstreiten, aber das ist doch verständlich. Ich werde bald mein ganzes Leben umkrempeln, weil ich dann nicht nur Mutter werde, sondern die Mutter einer Neunjährigen! Da wird man wohl einen Moment nicht so ganz begeistert sein dürfen, oder?«

»Ich war um einiges jünger, als ich in dieser Situation war …«, gab er lautstark zu bedenken.

»Natürlich warst du das! Du warst der Vorzeige-Teenie-Daddy, quasi ein Wunder. Du kannst nicht erwarten, dass jeder so leicht umschalten kann. Ich brauche dafür ein wenig länger, doch ich bemühe mich. Weil ich dich will, weil ich sie will!« Sie wusste, sie redete sich in Rage. »Und nur weil ich ein paar Tage nicht an dir hing, musst du nicht direkt das Schlimmste befürchten! Ich hatte viel zu tun, war mit den Gedanken woanders … Aber wir werden heiraten und wir werden glücklich bis an unser Lebensende. Happy End et cetera.«

Dieses Mal war Dantes Lachen deutlicher zu hören. Auch Chris bemerkte es. Er runzelte die Stirn.

»Was ist so lustig?«, blaffte Diana den Italiener an. Sie klang dabei wie Kassia.

Mit einem ausladenden Schritt trat Dante an sie heran. »Unter diesen Umständen würde ich den Mund nicht so voll nehmen.« Es war das erste Mal, dass er Diana direkt ansprach anstatt auf Kassias Hervorlugen zu warten. »Die Beziehungen, in die Kassia integriert war, sind niemals gut ausgegangen. Das solltest du vielleicht im Hinterkopf behalten.«

Sie starrte ihn an, ohne zu wissen, was sie erwidern sollte. Auch Kassia hätte nicht gewusst, was sie hätte sagen können. Zu schockiert war sie.

Chris drängte sich zwischen sie. Aufgrund seiner breiten Statur wirkte er bedrohlicher als Dante, was ihn nicht beeindruckte.

Kassia wollte nicht länger hören, was sie zu sagen hatten. Überstürzt rannte sie in der Gestalt der Engländerin davon. Sie stürmte hinaus durch den Hinterausgang, den Kassia in Dianas Gedanken aufgeschnappt hatte.

Früher waren sie und ihre Freundinnen dort verschwunden, um heimlich zu rauchen. Diana rauchte seit ihrem Studienbeginn nicht mehr, die Stummel auf dem Boden verrieten ihr, dass andere es noch taten. Auch in der Nachtluft konnten sie noch Spuren des Geruches ausmachen.

Wieso musstest du mich nehmen?, hörte Kassia Diana fragen. *Hättest du dir nicht irgendjemand anderen suchen können?*

Kassia antwortete ihr nicht. Bestimmt gab es Verrückte, die einen Spaß daran hätten, ihren Körper mit ihr zu teilen. Sie hätten Gefallen an den Treffen mit Dante gefunden. Junge, naive Frauen, die ihn interessant fanden.

Aber die hatte sie nie gewollt. Besonders jetzt nicht.

»Alles in Ordnung?« Jessica erschien im Hof.

Nike folgte ihr nur wenige Sekunden später. Ihre beste Freundin wirkte besorgt – eine Reaktion, die sie selten nach einer Begegnung mit Dante erlebt hatte. »Lass dich davon nicht unterkriegen«, versuchte Nike, sie aufzumuntern. »Dante redet viel, wenn der Tag lang ist. Etwas Handfestes ist selten dabei.« Leere Worte. Sie konnte nichts von ihrer Unterhaltung mitbekommen haben.

»Und um Chris musst du dir auch keine Sorgen machen. Der hatte bestimmt schon einen sitzen, als er euch gesehen hat. Männer eben«, fügte Jessica hinzu, die Dianas Hände in ihre nahm und sie auf die Beine zog.

»Haben sie sich geprügelt?«, fragte Diana verunsichert.

Leicht amüsiert schüttelte Jessica den Kopf. »Stell sie dir bitte mal bei einer Prügelei vor! Sie würden mehr darüber jammern, wie weh ihnen ihre Fäuste tun. Chris sitzt inzwischen wieder bei seinen Kumpels, er beruhigt sich. Du kennst doch meinen Bruder.«

»Dante hingegen scheint verschwunden«, warf Nike ein.

»Das ist mir ganz Recht«, erwiderte Diana, der Kassia die Kontrolle wieder zurückgegeben hatte. »Ich glaube, ich verstehe jetzt, was du meintest, Nike. Einerseits kann ich mir gut vorstellen, dass er auf andere anziehend wirken kann – wenn man darauf steht. Andererseits hat er etwas Gruseliges. Nicht nur in diesem ich-verfolge-dich-seit-Jahrhunderten- Sinn, das habe ich ja bereits kennengelernt …«

Nike neigte den Kopf zur Seite als wolle sie sie ansehen. Ihr Mund öffnete sich zu einer Antwort. Doch dann wanderte ihr Blick an ihr vorbei und blieb an der Lücke zwischen den Nachbargebäuden hängen. Neben der Tür die einzige Möglichkeit, den Hof zu verlassen. »¡*Mierda!* Wenn das Zufall ist, fresse ich meine Klamotten!«

Zunächst sah Kassia nichts. Die Dunkelheit verschluckte die Umgebung. Nach und nach lösten sich eine Hand voll Gestalten aus den Schatten.

Formwandler!

Im Gegensatz zu Nike erkannte sie sie nicht am Geruch. Es war etwas an ihrer Art, wie sie sich bewegten und sie anstarrten. Wie Beute!

Manchen von ihnen sah man auf den ersten Blick kaum an, dass sie nicht menschlich waren. Sie sahen aus wie all die, denen man auf der Straße begegnete, ohne sie wirklich wahrzunehmen. Zwei von ihnen jedoch verstärkten ihre Aufmerksamkeit. Beim ersten glaubte sie zu sehen, wie sich unter seinem T- Shirt Hautlappen vom Körper lösten, der Zweite wirkte abgewrackt wie ein Drogenabhängiger auf Entzug; abgemagert und mit starrem Blick.

Angst machte sich in ihr bemerkbar. Formwandler tauchten nicht zufällig an Orten auf, wo es potenzielle Opfer ohne

Zeugen gab. Und wenn doch beschlossen sie, die Situation zu nutzen.

Neben ihr verkrampfte Nike sich. Wie von selbst strich sie über ihren linken Arm.

»Na, wen haben wir da?«, fragte der von ihnen, der zu zerfallen drohte.

Der Nächste gluckste: »Drei junge Frauen ganz alleine. Was sollen wir nur davon halten?«

»Das überlassen wir ganz euch. So lange ihr es woanders macht. An einem Ort, wo man sich für dein Gelaber interessiert.« Nike trat vor. Sie gab vor, tough zu sein. Sie tat es immer, ob für sie alle oder nur für sich selbst hätte Kassia nicht mit Sicherheit sagen können.

»Und wer versucht, uns Vorschriften zu machen?« Die Formwandler lachten.

Nike erwiderte den Blick des Anführers. »Die, die ein Recht dazu hat.«

Zwei von ihnen kamen näher auf sie zu. Wie Hunde schnupperten sie in der Luft. »Wir haben eine Unsterbliche vor uns. Was für ein Zufall.«

»Nicht nur irgendeine.« Ein vollkommen normal aussehender Junge, nicht älter als vierzehn. Sein Blick hing an Nikes Handschuhen. Dann brach er in hysterisches Kichern aus. »Ich habe von ihr gehört. Sie war mal so dumm, sich mit meinem Cousin anzulegen.«

»Dein Cousin? Da musst du genauer werden«, erwiderte Nike. »Ich hab zu viele von euch Widerlingen gesehen, um euch auseinanderhalten zu können.«

Der Vierzehnjährige machte einen Satz nach vorne. Er fletschte die Zähne. Bevor Nike reagieren konnte, riss er ihr die Handschuhe weg. Dabei lachte er als sei das nur ein Spiel für ihn.

Erschrocken verschränkte Nike die Arme hinter dem Rücken. Sie wollte niemanden sehen lassen, wie sich das Metall vom Mittelfinger bis hin zum Ellebogen zog. Sie trug eine Prothese.

»Na, hoppla. Vielleicht hilft das deiner Erinnerung auf die Sprünge. Wo ist denn dein Arm abgeblieben?«

Nike schluckte. »Als ich ihn das letzte Mal sah, steckte er im Arsch deines Cousins. Er hat einen hohen Preis dafür gezahlt, mich anzugreifen! Willst du ihm Gesellschaft leisten?«

»Was willst du denn tun?«, fragte ein anderer aus dem Hintergrund. »Meinst du, wir hätten Angst vor dir oder den Verboten des Rats?«

Wie aufs Stichwort erschien eine weitere Gruppe, deutlicher erkennbar durch ihre abfallenden Hautfetzen.

Kassia verstand, was passieren würde. Sie würden sie angreifen. Sie würden sie angreifen und sie verletzen, um sich zu ernähren. Vermutlich würden sie nicht einmal Halt davor machen, dass sie zur Hälfte einen von ihnen war.

Sie wich zurück.

Die Formwandler bildeten einen Kreis und drängten sie, Jessica und Nike dichter zueinander.

»Irgendwelche Tipps, wie wir lebend hier rauskommen?«, fragte Jessica.

»Erstens: Haltet euch an der Mauer, damit sie euch nicht von hinten schnappen und in zwei Teile reißen können. Zweitens: Lasst nicht zu, dass sie ihre Zähne in euer Fleisch hauen.«

Der Angriff erfolgte schnell. Innerhalb weniger Sekunden waren die Formwandler bei ihnen. Als Erstes stürzten sie sich auf Nike, die Stärkste von ihnen. Vier Mann gleichzeitig brachten sie zu Fall und bedeckten ihren Körper. Kassia glaubte zu sehen, wie sie häufiger zurückzuckten als die Unsterbliche wie wild um sich trat oder schlug.

Sie selbst wurde von einem von ihnen so heftig getreten, dass sie in einen Haufen Müll stürzte. Nur mit Glück konnte sie verhindern, dass ihr Kopf dabei gegen die Steinmauer schlug. Der Formwandler packte sie an den Haaren und zog sie zu sich. Sein Körper zitterte vor Erwartung, als sein Griff plötzlich erschlaffte.

Als er zusammenbrach, sah Kassia Jessica hinter ihm auftauchen, in der Hand eine Eisenstange. »Ich hab keine Ahnung, was ich sonst tun sollte«, brachte sie atemlos hervor. »Da drüben in der Ecke liegen eine ganze Menge davon.«

Schon drehte sie sich um und schwang ihre Waffe nach dem Nächsten.

Sie verfehlte ihn und verlor beinahe das Gleichgewicht. Schockiert sah Kassia, wie sie strauchelte. Es erschien ihr Ewigkeiten her, seit sie das letzte Mal in einen Angriff der Formwandler geraten war. Wie hatte sie sich damals verhalten?

Panik breitete sich auf ihrem Gesicht aus, als ihr Angreifer den breiten Mund aufriss. Gerade noch rechtzeitig fing sie sich und schleuderte ihm das Eisen entgegen. Wie der Erste brach er bewusstlos zusammen.

Jemand rief nach Diana. Nike, der es gelungen war, sich zu befreien. Auch sie war bis zu den Eisenstangen gekommen und hieb sowohl damit als auch mit ihrer Prothese auf alles ein, das sich bewegte und nicht menschlich war. Dass ihr dabei drohte, ihren Ersatzarm zu verlieren, schien ihr egal zu sein.

»Nimm dir so ein verdammtes Ding und hilf uns!«, rief Nike, ehe sie ein weiteres Mal verdeckt wurde.

Sofort rannte sie los. Sie hatte ihre Hand nicht einmal um das Metall geschlossen, als die Tür zum Club aufgestoßen wurde. Kurz erwartete sie eine weitere Truppe Formwandler, stattdessen war es Chris … und nur Sekunden später auch Dante.

Dass Chris nun in Reichweite der Formwandler war, erschreckte nicht nur Diana dermaßen, dass sie beinahe vergaß, was sie vorhatte.

Erst Nikes erneute Rufe rissen sie aus ihrer Trance. Den Blick immer noch viel zu häufig auf die Neuankömmlinge gerichtet, rannte sie los. Mit dem Rücken zur Wand näherte sie sich dem Haufen übrig gebliebener Formwandler, deren Hauptziel noch immer Nike zu sein schien. Ihre Arme zitterten, nur mit Mühe hielt sie die schwere Waffe.

Als sie endlich nahe genug war, um zu schlagen, verfehlte sie ihr Ziel um wenige Zentimeter. Der Formwandler hob den Kopf, brachte ein unmenschliches Geräusch hervor … und ignorierte sie ansonsten.

Ihr blieb keine Zeit, sich darüber zu wundern. Sie verlagerte ihr Gewicht, um einen besseren Stand zu haben und versuchte es ein weiteres Mal.

Die Szene wiederholte sich. Nur dass der Formwandler sich duckte, damit sie nicht traf.

Dieses Mal zögerte sie nicht und schlug mehrmals zu.

Mehrmals sah sie sich nach Chris um, ohne ihn sehen zu können. Es verstärkte ihre Nervosität und gleichzeitig ihren Willen, den Angriff zu beenden.

Während sie den mittlerweile siebten ihrer Angreifer bewusstlos schlug, fiel ihr etwas Weiteres auf, dass an der Situation nicht stimmte: Niemand griff sie an. Sie war es, die auf die Formwandler zukam und keiner von ihnen wehrte sich.

Das konnte kein Zufall sein. Jemand musste die Formwandler beauftragt haben. Aber nicht sie war das eigentliche Ziel.

Zum ersten Mal, seit er nach draußen gekommen war, besah sich Kassia Dante genauer: Er schien weder verwundert noch schockiert zu sein. Dazu griff er nicht ein. Weder um ihnen zu helfen noch den Formwandlern. Und auch ihn niemand angreifen zu wollen.

Noch einmal sah sie sich nach Chris um und fand ihn. Hinter Dante, nicht weit von ihm entfernt und offenbar zu schockiert, um sich bewegen zu können. Zu spät bemerkte Diana, dass die übrig gebliebenen Formwandler ihrem Blick folgten. Ein begeistertes Geräusch kam aus ihren Kehlen.

Ob der Schrei von Kassia oder Diana kam, wusste sie nicht. Jessica rannte an ihr vorbei. Auch Nike hechtete nach vorne, doch sie waren nicht schnell genug.

Chris hatte keine Chance, sich zu wehren. Die Formwandler schlugen auf ihn ein, gruben ihre spitzen Fingernägel in seinen Körper und rissen an ihm wie an einer Puppe. Diana hörte seine Schmerzensschreie, die von Übelkeit erregenden Geräuschen durchbrochen wurden. Sie ließ ihre Stange fallen; ihre Beine fühlten sich an, als hätten die Formwandler ihr die Muskeln herausgerissen.

Erst nachdem Chris nicht mehr in der Lage war zu schreien, regte sich Nike, die man deutlich in Mitleidenschaft gezogen hatte. Als sie den letzten Formwandlern die Schädel zertrümmerte, übergab Jessica sich neben ihr.

Dann rannten sie zu Chris.

Er war blutüberströmt, sein Gesicht war aufgequollen und seine Kleidung ebenso wie sein Fleisch zerrissen. Dem Winkel seines Beines nach, hatten sie es ihm gebrochen. Dennoch lebte er wie durch ein Wunder. Ganz schwach hörte sie seinen Atem.

»Ruf einen Krankenwagen!«, brachte sie hervor. Sie spürte, wie Diana Tränen in ihren Augen kribbelten. Sie traute sich nicht, ihn zu berühren. Jeder Zentimeter seines Körpers wirkte verwundet.

Er durfte nicht sterben. Nicht jetzt, nicht so. Nicht durch ihre Schuld. Ohne sie wäre er nicht hier gewesen.
Nicht ohne sie und nicht ohne Dante.

Sie musste nicht aufblicken, um zu wissen, dass der Irre verschwunden war.

»Ruf, verdammt noch mal endlich einen Krankenwagen! Sonst stirbt er!«, schrie sie.

Es verging einige Zeit, in der scheinbar nichts passierte. Sie nahm nicht wahr, ob Jessica ihr Telefon herauszog. Ebenso wenig registrierte sie, dass Nike die Formwandler auf einen Haufen zusammenwarf wie Sandsäcke.

Bis sie das verbrannte Fleisch roch.

»Es ist die einzige Möglichkeit, sie endgültig zu töten«, erklärte Nike. »Sie verwandeln sich innerhalb weniger Sekunden zu Asche – als hätte es sie nie gegeben.« Sie kam auf sie zu und legte ihre echte Hand auf ihre Schulter. »Wir müssen jetzt gehen.«

»Ich muss hier bleiben, bis der Krankenwagen kommt. Ich muss sicher gehen, dass er nicht stirbt.«

»Hilfe kommt gleich. Aber wir können nicht bleiben. Was glaubst du, wie das hier für andere aussieht? Ich sorge dafür, dass nichts Schlimmeres passieren wird! Es tut mir Leid«, fügte sie hinzu.

Hilfe

Normalerweise konnte Nike leichter mit den Treffen von Dante und Kassia umgehen. Sie waren so oft nach demselben Muster verlaufen.

Dieses Mal war es anders.

Sie hatte nicht zum ersten Mal gesehen, wie Leute um sie herum verletzt oder getötet wurden. In ihrer Jugend hatte man sich um die besten Plätze bei Hinrichtungen gestritten. Sie hatte mehrere Kriege miterlebt. In jedem hatte sie Leichen gefunden, war über verstümmelte Körper gestolpert und hatte versucht, Schwerverletzte zu retten. Dennoch war sie damals sicherer gewesen. Nur selten hatte sie damit gerechnet zu sterben.

Dieses Mal wäre sie kein zufälliges Opfer gewesen. Dieses Mal war alles geplant gewesen, sie zu töten. Dante war bereit gewesen, sie töten zu lassen. Anders konnte sie sich den Angriff nicht erklären. Formwandler waren dumm. Sie waren nie derart organisiert oder ließen eines ihrer Opfer in Ruhe. Es sei denn, man trug es ihnen auf.

Dante wollte, dass Nike verschwand. Er wollte Kassia für sich, um ihr Spiel fortzusetzen. Oder um es auf seine Art zu beenden. Und genau deshalb wollte er nicht, dass Kassia etwas passierte.

Für ihn grenzte das an eine Liebeserklärung!

Doch er war nicht so erfolgreich gewesen wie geplant. Nike wusste von Jessica, dass Chris durchkommen würde. Er lag im künstlichen Koma. Die Formwandler hatten ihm einige Knochen gebrochen, Leber und Nieren waren geschädigt. Eine Transplantation war jedoch nicht nötig. Noch in der Nacht hatte man ihn operiert, um innere Blutungen in den Griff zu bekommen. Alles war glatt verlaufen. Die Chancen standen gut.

Nike selbst war mit Kratzern, einer blutigen Nase und ausgerissenen Haaren davon gekommen. Lediglich ihr Ego war angeknackst; sie hasste die Prothese und dass die Formwandler sie entblößt hatten. Sie schämte sich dafür. Die Handschuhe gaben ihr das Gefühl, vergessen zu können, was sich darunter verbarg.

Die Einzige, um deren psychische Verfassung sie sich Sorgen machte, war Diana.

Seit dem Morgen nach dem Angriff hielt sie sich von Nike fern. Jeglichen Annäherungsversuch, jeden Besuch, jedes Telefonat und jede Nachricht ignorierte sie. Sie verbrachte ihre Zeit entweder in ihrer Wohnung, wo Nike nicht an sie herankam oder bei Chris, wo sie nicht von seiner Seite wich.

Die Spanierin versuchte, Verständnis dafür zu haben. Doch gab es Dinge, die getan werden mussten. Dinge, für die sie Diana brauchte.

Sie mussten zum Rat!

Nike mochte nicht viel von ihren Verkündungen halten, aber der Rat wusste zu handeln, wenn es nötig war. Mit dem Angriff hatte Dante ihnen etwas geliefert, womit sie ihnen vorsprechen konnten. Darauf wartete sie seit Ewigkeiten. Es gab eine Chance, Dante loszuwerden, womit ihnen allen geholfen war. Dafür musste Diana sie begleiten; sie und damit Kassia.

Doch Diana weigerte sich. Sie war nicht bereit, nach diesem Vorfall ihre Familie alleine zu lassen. Weder den verletzten Chris noch seine Tochter. Sie konnte nicht gehen. Besonders nicht, wenn sie niemandem sagen konnte, wohin.

Nike benötigte keine eigene Familie, um sich dieser Problematik bewusst zu sein. Doch würde die Reise einen entscheidenden Vorteil bringen. Sie würde bald frei sein. Frei von allem, in das Kassia, Dante und auch Nike sie gezogen hatten. Dann würde sie sich ihrer Familie widmen können, ohne zu fürchten, die Konflikte einer Gruppe Unsterblicher würden ihr dazwischenfunken.

Aus diesem Grund schlug Nike auch am fünften Tag bei ihr auf, um sie zu überzeugen. Aber die Haustüre war angelehnt, die Wohnung verlassen. Jessica war bei ihrer Mutter. Von Diana fehlte jede Spur.

Sie rief Dianas Mitbewohnerin an. Als die junge Frau kam, durchsuchten sie gemeinsam ihre Sachen. Auf ihrem Handy fanden sie eine SMS an die ominöse Janja. Kassia musste sie geschickt haben.

Mit Hilfe ihres Handys übersetzte Nike die Nachrichten vom vergangenen Nachmittag. »Sie ist zum Flughafen. *Madre de dios.* Sie will nach Kroatien!«

Eine Stunde später war Nike am Flughafen. Jessica war nicht bei ihr. Sie war ins Krankenhaus gefahren und deckte Diana.

Nike informierte sich nach Flügen nach Kroatien. Es kamen nur zwei in Frage. Keiner war bisher abgeflogen. Sie besorgte sich ein Ticket und suchte die Gates nach Diana ab.

Am anderen Ende des Gebäudes, zwischen Urlaubern, quengelnden Kindern und ungeduldigen Geschäftsleuten fand sie sie.

Die Engländerin führte sich auf als sei sie aus einer Psychatrie geflohen. Unruhig ging sie auf und ab und murmelte unablässig vor sich hin.

Für jemanden, der mit einer Halbformwandlerin aufgewachsen war, war leicht zu erkennen, was passierte: Diana kämpfte gegen Kassia. Während Diana in England bei ihrem verletzten Verlobten bleiben wollte, schien Nikes beste Freundin ihr eigenes Vorhaben in die Tat umsetzen zu wollen. Was auch immer sie in Kroatien zu tun beabsichtigte: Im Augenblick schien sie damit erfolgreicher als Diana in ihrer Abwehr.

»Ich kann nicht«, hörte sie sie sagen. »Ich muss zurück … Ich kann nicht bleiben … Er braucht mich.«

Nike griff nach ihrer Hand und drehte sie zu sich. Sie zuckte zusammen, als sie Diana in die Augen sah. Denn dort sah sie nicht mehr den Menschen, sondern ihre beste Freundin. Je stärker Kassia wurde, desto eher nahmen ihre Augen ihre ursprüngliche Form an, da sie das Tor zur Seele waren.

»Kassia … Diana«, verbesserte sie sich. »Was machst du hier?«

Dianas Blick wirkte gehetzt, ihre Augen glasig. »Ich dachte, er würde es nicht noch einmal tun. Er tut es wegen mir …«

»Er tut alles wegen dir!«

»Wie konnte ich zulassen, dass es erneut passiert?« Dann kehrte Diana zurück. »Ich kann nicht mit.«

»Du musst nur stärker sein als sie. Schaffst du das? Wir brauchen dich!«

»Du willst zum Rat«, erinnerte sie sich.

Nike nickte. »Du musst dich beruhigen und versuchen, Kassia zurückzudrängen.« Sie wusste nicht, wie das gehen sollte; sie war es gewöhnt, selbstbewusst und allwissend zu spielen.

Kassia kämpfte derart stark um die Kontrolle, wie Nike es nie zuvor erlebt hatte. Ihr Körper zitterte, ihre Augen rollten hin und her wie bei einem Exorzismus in Filmen. Doch allmählich gewann Diana die Oberhand.

»Ich weiß nicht, wie lange das funktionieren wird«, sagte sie. Sie klang außer Atem. »Sie wehrt sich gegen mich.«

»Was will sie tun?«

Diana zuckte mit den Schultern. »Sie ist außer sich; dennoch kann sie Teile vor mir verbergen. Ich glaube, sie Angst vor dem Rat.«

»Wie kommst du darauf?«

»Weil es jedes Mal schlimmer wurde, sobald ich über deinen Vorschlag nachdachte.« Sie neigte den Kopf nach unten. »Ich habe Angst. Was ist, wenn etwas passiert? Gestern Nacht habe ich geträumt, dass Dante Chris in seinem Bett erstickt.«

»Ich weiß aber nichts anderes mehr, wie wir ihn aufhalten können. Der Rat ist deine beste Chance, so bald wie möglich wieder ein normales Leben zu führen. Es tut mir Leid, dass es nicht anders geht.«

Diana nickte, wenn auch noch immer zögernd.

»Sollen wir?«

»Jetzt sofort?«

»Ja. Ich muss noch ein paar Telefonate führen, aber dann sollten wir keine Zeit mehr verlieren. Apropos Handy …« Sie reichte Diana ihr Handy, das sie aus ihrer Wohnung hatte mitgehen lassen.

Diana zögerte. »Danke. Was ist mit Jessica?«

»Sie bleibt hier. Sie könnte ohnehin nicht mit. Nur Unsterbliche können das Gelände des Rates betreten. Jessica würde es nicht einmal sehen können.«

»Und was ist mit mir?«

»Du müsstest eine Ausnahme sein, weil Kassia in dir ist.«

Die Reise nach Monaco war beschwerlich.

Nike hatte Angst, Dante könnte von ihrer Reise erfahren. Deshalb verzichtete sie auf die Option, einen Flug zu nehmen. Angesichts der Umstände war sie bereit zu glauben, dass Dante sie beobachtete. Oder dass er Leute hatte, die das für ihn taten.

Deshalb bastelte sie einen komplizierten Plan der verschiedensten Transportmöglichkeiten.

Während sie sich mit Bus und Bahn bis zum Eurotunnel vorarbeiteten, waren weder Diana noch sie gesprächig. Diana starrte aus dem Fenster und murmelte gelegentlich etwas vor sich hin. Vermutlich gab Kassia sich noch immer Mühe, ihre eigenen Interessen durchzusetzen.

Die meiste Zeit strapazierte Nike ihren Handyakku. Sie hatte Spaß an *Angry Birds* und *Tetris* gefunden.

»Allegra will uns begleiten«, erzählte sie Diana nach einer Weile, als sie sich bereits zwischen England und Frankreich befanden. »Da sie ohnehin gerade in Paris arbeitet, sollen wir sie dort treffen. Ist das okay für dich? Sie kennt einige der Ratsmitglieder persönlich, weshalb sie hilfreich sein kann.«

Diana nickte lediglich.

Es war dunkel, als sie in einem Bahnhof in der Bretagne eine Pause einlegten. In einem Restaurant, in dem vermutlich mehr Ungeziefer als Menschen ein und aus gingen, aßen sie eine Kleinigkeit.

Bis zu diesem Zeitpunkt hatte Nike nicht bemerkt, wie sehr ihr Magen knurrte.

»Meinst du, du schaffst es noch bis Paris? Es dauert nicht mehr lang und ich möchte ungern hier übernachten«, fragte sie und stocherte in etwas herum, dass angeblich ein Fisch sein sollte.

Diana zuckte mit den Schultern. Es war offensichtlich, dass sie mit ihren Gedanken weit entfernt war. »So lange ich bald schlafen und duschen kann.«

»Allegra besitzt ein Apartment in der Innenstadt. Wir werden ihr Bad benutzen können.«

Diana nippte an ihrem Wasser. »Wolltest du nicht jede Möglichkeit umgehen, dass Dante uns findet? Wenn er merkt, dass wir weg sind, wird er doch als Erstes bei eurer Freundin nachsehen, oder?«

»Bestimmt. Das wird ihm nur nicht gelingen. Er kennt schließlich nicht jeden von Allegras Decknamen.«

Diana sah sie verwundert an.

»Wir alle haben das. Selbst wenn man sich ständig als sein eigener Nachfahre ausgibt, fällt irgendwann jemandem etwas auf. Wir sind vorsichtig.«

Nach einer Stunde ging ihre Reise weiter. Dieses Mal verzichteten sie auf die Busse, mieden jedoch weiterhin die großen Bahnhöfe. Nicht lange, bevor sie ihr Ziel erreichten, schlief Diana ein. Auch Nike fühlte die Müdigkeit; sie zwang sich, wach zu bleiben. Einer von ihnen musste es. Sie wollte Diana wenigstens ein bisschen Zeit gönnen, in der sie sich keine Sorge machte.

Es überraschte sie, wie viele Gedanken sie sich um diesen Menschen machte. Dass Kassia die Seelen ihrer Hüllen zerstörte, verdrängte sie für gewöhnlich. In ihren schlimmsten Momenten war sie einfach froh gewesen, dass sie so Kassia weiterhin sehen konnte. An die Menschen dahinter hatte sie selten Gedanke verschwendet.

Mitten in der Nacht erreichten Allegras Wohnung.

Diana schlief wieder ein, kaum dass sich ihr die Möglichkeit bot.

Nike hätte es ihr gerne gleichgetan, verzichtete jedoch. Sie saß auf Allegras Sofa, den Kopf an die Lehne gelehnt, während sie dabei zusah, wie ihre Freundin eine Flasche Wein öffnete. Ihr entging dabei nicht, dass sie sich vermehrt über den Bauch strich.

»Du bist schwanger«, stellte sie fest, als Nikes Glas Wein

das Einzige auf dem Tisch blieb. »Gratuliere.«

Allegra schenkte ihr ein Lächeln. »Dreizehnte Woche. Der Termin ist Anfang April. Philipe ist in heller Aufruhr. Er möchte am liebsten, dass ich nach Hause komme.«

»Man kann nach sieben Fußballmannschaften an Kindern noch so aufgeregt sein? Ganz zu schweigen von euren Enkeln und Urenkeln und Ururenkeln …«

»Wenn du ein Kind hättest, und du weißt, dass ich dir das von ganzem Herzen wünsche, wüsstest du es. Es ist immer etwas Besonderes.« Dann verdüsterte sich ihr Gesicht. »Besonders wenn man immer im Hinterkopf hat, dass es eigentlich acht Fußballmannschaften sein sollten …«

Allegra führte eine Bilderbuchgroßfamilie, um die man sie beneiden konnte. Bis auf die elf Kinder, die sie verloren hatte.

Fünf waren Fehlgeburten gewesen, verursacht durch Stress und einen Sturz von der Treppe. Zwei Kinder hatte die Pest mit sich genommen. Als Allegra selbst erkrankt war, hatte ihr das beinahe den Lebensmut genommen Drei Söhne, keiner älter als fünfundzwanzig, waren im Krieg gefallen. Man hatte Allegra viele Orden für ihre Dienste überreicht. Nike bezweifelte, dass sie das tröstete. Manche davon konnte sie bis heute nicht ansehen. Ihre zweitjüngste Tochter hatte 1986 in Tschernobyl gearbeitet.

»Ich habe übrigens kaum etwas herausfinden können«, wechselte Allegra das Thema. Sie vermied es, über diese

Kinder zu sprechen. »Philipe konnte mir nur sagen, dass der Rat sich in letzter Zeit oft mit anderen Räten abspricht; verschiedene Landesvertreter, auch aus dem Osten, sind angereist. Ich weiß nicht, ob das hilfreich ist. Ansonsten halten sie sich bedeckt wie immer.«

»Denkst du wir werden wirklich etwas erreichen können, wenn wir dort sind?«

»Hängt davon ab, inwieweit Dantes Machenschaften wichtig für sie sind. Es lohnt sich schon wegen der Sache mit den Formwandlern mit ihnen zu reden.«

Nike schnaubte und trank einen Schluck. »Erinnere mich bitte nicht an diese fleischfressenden Widerlinge. Der Rat sollte sie alle einfach auslöschen.«

»Du verallgemeinerst.«

Nike schätzte Kassias Cousine für ihren Verstand, ihre Beherrschung und ihre Loyalität. Aber sah man von dem Verlust ihrer Kinder ab, war Allegra unschuldig wie ein Baby. Alles Böse, das sie kannte, kam aus Geschichten oder dem Fernsehen. In Situationen wie dieser, fragte Nike sich, ob das Allegra nicht zu blauäugig gemacht hatte.

»Sie sind alle gleich. Instinkte hin oder her. Sie töten nicht nur, um zu überleben. Den Bastarden im Hinterhof habe ich die Begeisterung angesehen.« Ein kurzer Blick auf die Stelle, die wieder von einem Handschuh verborgen wurde.

»Camille ist eine Formwandlerin«, bedachte Allegra. »Ist

sie für dich auch ein Monster?«

»Allein aufgrund der Tatsache, dass sie Dante sympathisch findet.« Ein schlechter Versuch, einen Witz zu machen. »Ja. Ich finde Formwandler abartig. Daraus habe ich nie ein Geheimnis gemacht. Mittlerweile mag ich Camille, deshalb lasse ich es mir nicht anmerken, wenn wir sie treffen. Im Hinterkopf bleibt es trotzdem.« Sie tat sich eine Haarsträhne aus dem Gesicht.

»Warum hast du dann kein Problem mit Kassia? Sie ist es zur Hälfte.«

Nike biss sich auf die Lippen, als sie zu Allegra blickte. Ihre Augen wirkten vertrauenerweckend und einschüchternd zugleich. Eine Eigenschaft, die sie sonst mit einer Mutter verband. »Kassia ist anders. Sie nimmt nur den Körper; sie verletzt oder tötet ihn nicht.«

»Sie hat einigen die Seele geraubt, hast du das vergessen? Wenn sie nicht daran gedacht hat zu gehen, weil sie sich wohl fühlte, weil Dante sie ausnahmsweise in Ruhe ließ. Sie hat das Leben dieser Frauen zerstört, ihnen alles genommen, was sie hatten. Kassia ist mir wichtig, sie gehört zu meiner Familie, aber ich finde ihren Egoismus schlimmer als das, was die Formwandler tun.«

Nike nickte. Ein Anflug von schlechtem Gewissen breitete sich in ihr aus.

»Lass uns schlafen«, schlug Allegra nach einigen Minuten

Stille vor. »Ich möchte morgen früh weiterreisen. Der Rat erwartet uns am Abend.«

*

Die letzte Etappe ihrer Fahrt war kaum komfortabler als die Erste. In den Zügen roch es nach Schweiß, Erdnussflips und Erbrochenem.

Wenn Diana sich keinen von Allegra geborgten Schal vor die Nase hielt, war der Gestank kaum zu ertragen. Nike und Allegra schien es kaum besser zu gehen, auch wenn Letztere behauptete, sie hätte Schlimmeres erlebt.

Einige Beispiele erzählte sie ihnen, wovon nicht einmal sie und Nike alle kannten.

Diana schien froh darum, auch wenn manche ihrer Geschichten sie an ihre Stieftochter erinnerten. An Momente, die sie mit ihr erlebt hatte oder die sie sich bei Madeleine vorstellen konnte. Dann dachte sie beschämt daran, dass sie die Neunjährige bei ihrer Großmutter zurück gelassen hatte.

Sowohl sie als auch Kassia zählten die Stunden, seit sie vom Flughafen fort waren. Wenn auch aus unterschiedlichen Gründen.

Die Achtunddreißigste begann, als Nike sie anstupste und nach vorne deutete. »Kannst du es sehen?«

Natürlich sah Kassia es. Das Gelände des Rates. Den

Palast, den die Unsterblichen irgendwann in der Vergangenheit unbemerkt von den Menschen erbaut hatten.

»Bilde ich mir das ein oder ist er komplett aus Glas?«, fragte Diana überrascht.

»Größtenteils«, bestätigte Allegra.

»Musste ja außergewöhnlich und protzig sein. Deshalb auch der ganze Schnickschnack mit den Balkons und Türmchen … Drinnen ist es noch schlimmer«, fügte Nike hinzu. Kassia konnte ihnen nur zustimmen, doch Diana hörte ihnen kaum zu.

Sie starrte auf das Gebäude, das einerseits undurchdringlich und erhaben wirkte. Andererseits schien man die Sonne hindurch zu sehen. Sie wollte sich auf einzelne Konstruktionen konzentrieren, sie in sich aufnehmen, um alles verarbeiten zu können. Doch das war kaum möglich. Jedes Mal wurde sie von etwas Neuem abgelenkt. Es war, als sähe sie es wie Diana zum ersten Mal.

»Dagegen ist der Buckingham Palace langweilig. Sah euer Ratsgebäude damals ähnlich aus?«, fragte Diana.

Nike schüttelte den Kopf. »Wir waren bescheiden. Uns konnte man zum Staunen bringen, wenn ein Haus größer war als der Schweinestall der Nachbarn.«

Sie erreichten das Eingangsportal, dessen Gitterstäbe im Licht glitzerten. Als sie näher herantrat, tat sich eine kleinere Tür im Portal auf.

»Das Große wird nur für die wichtigen Gäste geöffnet«, erklärte ihre Cousine und ging hinein als gehöre es ihr.

Die hohe Eingangshalle war spärlich eingerichtet und erinnerte an die Wartezimmer in Arztpraxen. An den Wänden hatte man einige große Teppiche in verschiedenen Farben aufgehängt. Sie alle wirkten derart alt, sodass man bei einer Berührung befürchten musste, sie könnten zu Staub zerfallen. Dazu standen vereinzelte Topfpflanzen neben ledernen Sitzgelegenheiten. Der moderne Stoff stellte einen deutlichen Gegensatz zu den Teppichen dar.

»Das was du auf den Teppichen siehst, waren einst die Wappen der einzelnen Ratsfamilien. Nur Wenige führen sie noch«, erklärte Allegra. Sie schien ruhig, während Kassia ein nervöses Kribbeln verspürte. Nicke zupfte unablässig an ihren Handschuhen.

Sie hatten die Mitte des Raumes noch nicht erreicht, als eine Stimme ertönte. »Wer seid ihr?«

Die Frauen wechselten einen Blick. Allegra erhob die Stimme. »Allegra Oscura Nuri, 56. des Jahrganges 1482. Bezirk SV. Ich erbitte die Hilfe des Rates.«

Nike starrte an die Decke. »Nike Luengo Costa, 68. des Jahrganges 1482. Bezirk SV Ich erbitte die Hilfe des Rates.«

»Kassia Oscura Tirado, 74. des Jahrganges 1482. Bezirk SV. Ich erbitte die Hilfe des Rates.« Kassia übernahm nicht die Kontrolle, sondern übermittelte lediglich die nötigen

Informationen.

Minutenlang standen sie in der Halle, ohne dass jemand reagierte. Die Ignoranz erschien Kassia seltsam, kam jedoch nicht völlig unerwartet. Sie hatten einen Termin und Allegra war eine Freundin des Rates. Aber so war der Rat.

Nike murrte. »Ich schwöre, wenn hier nicht bald was passiert, dann …«

»Bist du verrückt geworden?«, unterbrach Allegra sie. »Einen Schwur in diesem Gebäude abzugeben …«

»Was soll daran so schlimm sein?«, wollte Diana wissen.

»Das Gelände des Rates ist magisch, besser kann man es nicht ausdrücken. Jeder Schwur, der hier abgegeben wird, und sei er nur daher gesagt, ist bindend. Er wird eintreten. Ich kenne jemandem, dem die Haare ausgefallen sind, nur weil er aus Wut die falsche Wortwahl getroffen hat.«

Endlich tat sich etwas. Am Ende des Raumes erschien wie durch Geisterhand eine Treppe, die sie in einen büroähnlichen Raum mit Glasfront führte.

Dieser Raum erschien in einem bläulichen Licht. Das Glas, aus dem die Wände gemacht werden, erinnerte mehr an Eis. Auch hier hatte man eine lederne Sitzgelegenheit aufgebaut. Die schwarzen Sofas wirkten in der Zerbrechlichkeit, die der Palast ausstrahlte, zu wuchtig. Daran konnte er auch der Glastisch davor nichts ändern, auf welchem man ihnen bereits drei Gläser Wasser hingestellt hatte.

»Willkommen«, begrüßte sie ein älterer Herr im Anzug, dessen graue Haare man nur erahnen konnte. »Es freut mich, euch wiederzusehen.« Der Mann trat auf Allegra zu und küsste sie auf die Wange. Er lächelte, als er sich erkundigte, wie es ihr und ihrer Familie ging. Auch an Nike trat er heran. Das Verhältnis zwischen der Blondine und ihm ein anderes war. Er siezte sie.

Schließlich reichte er Diana die Hand. »Sie müssen die junge Frau sein, von der Allegra berichtete. Sie tragen eine von uns in sich.«

Diana nickte. »Diana Thornton.«

»Mein Name ist Nabril. Ich würde ihnen der Höflichkeit entsprechend gerne meinen Nachnamen nennen, aber er ist zu kompliziert, um ihn auch nur vollständig aussprechen zu können. Ich bin der Vorsitzende dieses Rates. Setzen Sie sich!«

Sie folgten seiner Bitte, wobei Kassia sich von Sekunde zu Sekunde unwohler fühlte. Das Sofa unter ihr schien sie zu verschlingen. Sie sank darin ein wie in Treibsand. Dazu schien es ihr, als würde Nabril, obwohl er sich wie ein Gentleman verhielt, sie mit seinem Blick durchlöchern.

»Was kann ich für Sie tun? Allegra hat sich bisher bedeckt gehalten.« Er sprach Englisch, aus Höflichkeit Diana gegenüber.

Kassia ärgerte sich, dass er auf sie Rücksicht nahm. Sie hasste es, wenn der Rat sich freundlicher darstellte als er es wirklich war. Sie kümmerten sich sonst auch nicht um das, was andere wollten oder brauchten.

Nike übernahm die Aufgabe, ihm die Geschichte von Kassia und Dante zu erzählen. Von der Verkündung, bei welcher Nabril anwesend gewesen war, sowie ihrem darauffolgenden Kampf gegen ihr Schicksal. Das Chaos, welches sie dabei verursachten, sowie das ungesunde Verhalten Dantes schmückte sie dabei besonders aus. Bis sie zu den Ereignissen in England kam.

»Sie sehen, dass er zu einer Gefahr geworden ist, vor der wir uns nicht schützen können. Alle Versuche, ihn zu stoppen, sind gescheitert. Deshalb sind wir hierher gekommen.«

»Außerdem ...«, fügte Diana nervös hinzu. »Wollten wir fragen, ob es eine Möglichkeit gibt, dass Kassia meinen Körper gegen ihren Willen verlässt.«

Vergiss es!, dachte Kassia nicht zum ersten Mal in den vergangenen Tagen.

»Um mit Ihrer Frage zu beginnen, Miss Thornton: Dem Rat ist es nicht möglich, derart gegen eine Halbformwandlerin zu handeln. Es steht nicht in unserer Macht, sie zu trennen. Wir müssten in ihren freien Willen eingreifen und das verstößt gegen unsere Gesetze«, erklärte Nabril mit ernster

Miene.

»Klar, der freie Wille muss geschützt werden. Aber das unabdingbare Schicksal vorhersagen zu wollen, ist vollkommen in Ordnung«, murmelte Nike neben ihr.

Kassia spürte Dianas Enttäuschung, empfand jedoch kein Mitleid für sie. Sie war so dumm gewesen zu glauben, der Rat hätte eine Lösung für sie. Der Rat verursachte Probleme, er löste sie nicht.

»Es tut mir Leid«, erklärte Nabril. »Dennoch war Ihr Besuch nicht umsonst, denn der Name Dante Occiano ist uns nicht unbekannt. Er kam vor einigen Monaten zu uns.«

»Was?« Nike sprach aus, was Kassia dachte. »Weshalb?«

»Er wollte eine Befreiung von diesem Rat erwirken. Angeblich steht ihm ein Platz im osteuropäischen Rat zu.«

»Das ist vollkommen unmöglich!« Kassia regte sich.

»In den Rat aufgenommen zu werden, ist ein Erbrecht!«, protestierte auch Allegra. »Eine Ausnahme hat es erst drei Mal gegeben! Es muss eine Ausrede sein. Schließlich ist das neben einer Heirat der einzige Grund, weshalb man das Zuständigkeitsgebiet wechseln darf.«

»Das ist mir durchaus bewusst.« Der Vorsitzende wirkte nicht genervt, weil Allegra ihm die Regeln vorbetete, die er zum Teil selbst verfasst hatte. Vor achthundert Jahren.

Kassia benutzte Dianas Stimme: »Durch welche Familie will er in den Rat kommen?« Sie biss die Zähne zusammen.

Nabril warf ihr einen überraschten Blick zu. »Er behauptet, mit der Erbin von Kroatien verheiratet zu sein.«

»Es gibt keine Erben in Kroatien!« Allegra, die Hand wieder auf den Bauch gelegt, beugte sich vor. »Ich habe mich durch die Geschichte der Unsterblichen gearbeitet. Ladislaus Rosiç war das letzte Mitglied der Familie außerhalb des Rates. Er ist vor kurzem gestorben.«

Kassia hatte damit gerechnet, dass er tot war, nun war es ihr bestätigt worden.

»Außerdem, selbst wenn er eine Erbin gefunden hätte: Das Ratsmitglied der Familie lebt noch. Ich habe das Wappen in der Eingangshalle gesehen. Ihr beherbergt ihn derzeit. Dante wird nicht so dumm sein und in den Gläsernen Palast eindringen, um ihn zu töten.«

»Es bräuchte keinen Mord. Es ist kein Geheimnis, dass Zoran Rosiç über einen Rücktritt nachdenkt.«

»Dante kann dennoch nicht sein Nachfolger werden. Schließlich könnte ich mir jetzt einen Ring an den Finger stecken und behaupten, ich hätte kurz vor dem Zusammenschluss Deutschlands ein Mitglied des bayrischen Rates geheiratet. Alle Zeugen sind mittlerweile tot. Würdet ihr mich als Witwe anerkennen und einen Platz für mich schaffen?«

»Selbstverständlich lassen wir uns nicht mit einer Behauptung abspeisen. Er sagt, die Erbin lebe noch«, erwiderte Nabril. Er sprach an Nike gewandt, dennoch fühlte Kassia sich beobachtet. Sie wusste es nicht sicher.

Kassia schnaubte. »Sie sollten wissen, dass Dante nicht immer so dumm ist wie er aussieht. Wann hat man sie denn für tot erklärt?«

»1610, da war sie allerdings schon mehr als ein Jahrhundert lang verschwunden.«

»Das dachte ich mir. Das ist eine lange Zeit. Bis auf das Ratsmitglied wird es nur noch Wenige geben, die sich an sie erinnern. Es wäre ein Leichtes für Dante, sich jemanden zu suchen, der ihr ansatzweise ähnlich sieht und sie als die Erbin vorzustellen.«

»Die Erbin war zur Hälfte Formwandlerin wie ihr, Señorita Tirado.« Der Vorsitzende hatte durchschaut, dass es nicht mehr Diana war, mit der er sprach. »Sie soll ihren Körper heimlich verlassen haben. Signore Occiano wusste dies und behauptete, er würde in Kürze ihre Seele mit ihrem ursprünglichen Körper verbinden. Wenn sie seine Geschichte bestätigt ...«

»Verzeihung, Nabril«, warf Allegra ein. »Aber auch das muss nicht bedeuten, dass er die Wahrheit sagt. Um dieses Ziel zu erreichen, braucht er einfach nur irgendeine Halbformwandlerin. Diese muss er einfach nur mit Informationen füttern und sie zu einer Aussage vor dem Rat zwingen. In seinem kranken Kopf muss er denken, Kassia dafür benutzen zu können.«

»Weshalb?«, fragte Nike. »Ich dachte, der Rat hätte Mittel, die Wahrheit herauszufinden.« Abwechselnd sah sie Nabril und Allegra an.

»Die Erben haben das Recht, eine solche Befragung abzulehnen. Es sei denn, sie stehen unter Verdacht, eine Straftat begangen zu haben.«

»Als ob Kassia sich von ihm zwingen lassen würde. Das ist eine Nummer zu heftig.«

Allegra schüttelte den Kopf. »Ich weiß ehrlich gesagt nicht mehr, ob wir uns da so sicher sein können. Dieses Mal verletzt er sie.«

»Inwiefern? Der Angriff galt nicht ihr«, warf Nike ein.

»Ich rede nicht davon, dass er sie körperlich verletzt, sondern seelisch. Der Dolch, der Angriff auf dich, selbst die Tatsache, dass Dianas Verlobter verletzt wurde, spricht dafür.«

»Ich schätze, sie mag ihn«, erklärte Allegra als hätte sie sie gehört. »Sie mag die Beziehung zwischen ihm und Diana. Dafür spricht, dass sie sie nicht sabotiert hat. Im Gegenteil. Bis zum gestrigen Morgen …«

Kassias Zustand verschlimmerte sich. Von einem Moment auf den anderen begann ihr Körper zu zittern. Dieselbe Verwirrung, mit der sie am Flughafen gekämpft hatte, kehrte zurück. »Er will es tun. Er will die Geschichte wiederholen.« Ein Gefühl, als würde sie ersticken, schien von ihr Besitz zu ergreifen. Kassia verlor die Kontrolle über sich selbst.

»Wovon reden Sie?«, fragte Nabril.

»Er tut dasselbe wie damals. Er stellt Behauptungen auf, er manipuliert, bis ihm die Aufmerksamkeit sicher ist. Er tötet. Er tötet die Männer, um zu bekommen, was er will.«

»Wovon sprichst du?«, fragte Nike besorgt. »Wen hat er getötet? Chris lebt!«

Sie schüttelte unentwegt den Kopf. »Wir hätten nicht herkommen dürfen. Das hat alles noch schlimmer gemacht. Es sollte ein Geheimnis bleiben. Niemand sollte es mehr auch nur erwähnen …« Abrupt sprang sie auf und wich zurück.

Erneut rief Nike nach ihr.

»Ich kann nicht zulassen, dass …« Sie rannte davon, ohne zu wissen, wohin sie sollte. In der Sekunde, in der sie einen klaren Gedanken fassen konnte, wollte sie nur von hier weg.

Auch Nabril erhob sich. Er ließ sie nicht aus den Augen: »Taja Rosiç, bleiben Sie stehen!«

Zwischenspiel

Kassia fühlte sich, als hätte man ihr in die Magengegend geschlagen. Schockiert starrte sie Nabril und ihre Freundinnen an. Tonnen an Gedanken schienen gleichzeitig durch ihren Kopf zu wirbeln.

»*Gospoda* Rosiç. Liege ich falsch mit meiner Vermutung?«

Der Name klang seltsam, obwohl er einst richtig gewesen war.

Mehrere Minuten lang regte sie sich nicht. Ihr Blick ruhte auf dem Mann, der sie enttarnt hatte. »Wie haben Sie das herausgefunden?«, fragte sie.

»Ihre Reaktionen waren zu emotional, als dass sie eine Unbeteiligte sein können.«

»Sie wissen gar nichts! Niemand versteht, warum ich gehen musste.«

Nabril nickte scheinbar verständnisvoll. »Möchten Sie uns nicht erzählen, was passiert ist?«

»Ich weiß nicht, ob ich das kann.« Bewusst vermied sie es, Allegra und Nike anzusehen.

»Es würde nicht nur uns, sondern auch Ihnen helfen. Es muss schwierig sein, ein Geheimnis so lange für sich zu behalten.«

Kassia schüttelte den Kopf. Die Vergangenheit war der

Schwachpunkt, den sie nie hatte verbannen können. Dabei wusste nicht einmal ER die gesamte Wahrheit. Er kam ihr am Nächsten.

»Willst du ihn schützen?«, hörte sie Nike fragen. Die Blondine klang verletzt.

»Nein, ich …«

»Warum hast du uns dann belogen?«

»Weil ich es musste. Ich wollte vergessen …«

Nabril unterbrach sie. Erneut bat er sie, über seine Bitte nachzudenken.

Kassia hatte nichts anderes erwartet. Sie erwog, zu verneinen. Doch letztendlich sah sie keinen Sinn darin, es länger zu verheimlichen. Sie nickte.

Nabril rief einen Diener zu sich und ließ nach anderen Ratsmitgliedern schicken. Kassia wusste, dass eine Befragung nur in der Anwesenheit mindestens dreier Mitglieder stattfinden durfte. Anschließend führte er sie durch eine weitere Tür in den Nachbarraum.

Dahinter eröffnete sich ihnen ein kreisrunder Raum, in welchem die wenigen Stühle auf die Mitte ausgerichtet waren.

Kurzzeitig verspürte Kassia so etwas wie Enttäuschung. Sie hatte sich den sagenumwobenen Raum der Wahrheit eindrucksvoller vorgestellt als eine Besenkammer.

»*Gospoda* Rosiç, wenn Sie sich bitte in den Kreis begeben würden. Ihre Begleiterinnen können sich setzen.«

Wieder tat Kassia, was man ihr sagte. Den Blick auf das schwarz- grüne Kreismuster auf dem Boden gerichtet, spürte sie, wie sich eine unsichtbare Hand auf ihre Schulter zu legen schien. Der Druck weitete sich auf ihren Kopf aus, ließ ihren Mund taub werden. Es tat nicht weh. Das musste der Zwang sein, die Wahrheit zu sagen. Als sie exakt in der Mitte des Raumes war, nahm sie zur Kenntnis, dass zwei weitere Unsterbliche den Raum betraten. Schließlich fragte sie so distanziert wie möglich. »Gibt es etwas Bestimmtes, das Sie zuerst wissen möchten?«

»Die Wahrheit über deinen Freund wäre äußerst nett, *principessa*«, schlug Nike wütend vor.

Hörbar sog Kassia die Luft ein.

»Dante nennt dich so, wenn ihr nichts mehr um euch herum wahrnehmt. Ich habe es mehrmals gehört. Es ist sicherlich kein Kosewort und …«

Nabril hob die Hand, um sie zum Schweigen zu bringen. Er trat vor. »Die Wahrheitspflicht, welcher die Befragten unterliegen, wirkt nur, wenn ein Ratsmitglied die Fragen stellt. Einwürfe wie Ihre sind weder sinnvoll noch hilfreich. Daher werde ich Sie bei einer weiteren Unterbrechung des Raumes verweisen. Haben Sie mich verstanden?«

Sowohl Nike als auch Allegra nickten.

Dann wandte Nabril sich an Kassia. »Nennen Sie uns bitte ihren vollständigen Namen.«

»Taja Edine Rosiç.«

»Stehen sie in irgendeiner Verbindung zum hier anwesenden Ratsmitglied Zoran Rosiç?«

»Ich bin die einzige Tochter seines Bruders Ladislaus und der Formwandlerin Damaris Rosiç, geborene Floridis.« Ihr Blick war nun starr auf den Vorsitzenden gerichtet.

»Wann wurden sie geboren?«

»Am 5. Oktober 1467. In Zagreb.«

Nabril nickte. »Und wie kommt es, dass sie unter falschem Namen leben?«

Kassia verzog das Gesicht. »Um das zu erklären, müsste ich weiter ausholen …«

»Wir haben Zeit.«

Kaum hörbar seufzte sie. »Gegen Ende des 15. Jahrhunderts hatte meine Familie einen Platz im kroatischen Rat inne. Jedoch war ich die einzige Nachkommin und als Frau stand es mir nicht zu, diesen Platz einzunehmen. Daher setzte man auf meine Heirat. Bereits als Zweijährige verlobte mein Vater mich deshalb mit Amino Gogolja, dem Sohn eines befreundeten Herzog. Amino und ich wussten davon, wir hörten unsere Eltern häufig darüber sprechen, aber wir dachten uns nie etwas dabei. Nichts Ernsthaftes. Erst als wir älter wurden, setzten wir uns ernsthaft damit auseinander. Wir erfuhren, was es bedeutete, verheiratet zu sein, was man von uns erwartete. Der Hochzeitstag war für meinen achtzehnten

Geburtstag angesetzt. Es hat uns eine Weile verängstigt, aber irgendwann erreichten wir den Punkt, an dem es uns gefiel. Wir wollten heiraten, weil wir uns ineinander verliebt hatten.«

Der Ansatz eines Lächelns stahl sich auf ihr Gesicht. Dieser Teil der Geschichte klang noch wie eines der recht vorhersehbaren Märchen, die zum Weltruhm zweier Brüder aus Deutschland beigetragen hatten.

»Wir verbrachten sehr viel Zeit miteinander. Wir nutzten jede Gelegenheit, um für uns zu sein. Manchmal, wenn wir gemeinsam ausritten, hängten wir unsere Begleiter ab und versteckten uns vor ihnen. Bei offiziellen Anlässen zogen wir den Ärger meines Vaters auf uns, weil ich mich weigerte, mit jemand anderem als ihm zu tanzen. Manchmal schlich ich mich sogar nachts aus dem Haus, um ihm im Pferdestall zu treffen. Wir waren glücklich, sehr glücklich. Wir wollten heiraten, wir wollten miteinander schlafen, wir wollten alles.

Doch anderthalb Monate vor meiner Hochzeit, gab es Unruhen an der Grenze zu Ungarn. Mein Vater rief seine Soldaten zusammen, zu denen auch Amino zählte. Für sein Alter hatte er es schon weit in der Armee gebracht. Ich weiß noch, wie er mir von seinem Weggang erzählte. Er versprach mir, rechtzeitig zurück zu sein. Ich erklärte ihm lächelnd, dass ich ihn sonst auch umbringen lassen müsste.«

Kassia biss sich auf die Lippen. Es fiel ihr schwer, weiterzusprechen.

»Wochenlang hörte ich nichts von ihm. Ich wusste nicht, ob er noch lebte oder gestorben war. Ich fürchtete mich vor den Nächten, denn andauernd bekam ich Alpträume, wie man seine Leiche zurückbrachte. Damit ich nicht auch tagsüber von grausamen Bildern heimgesucht wurde, stürzte ich mich in die Vorbereitungen für die Hochzeit. Ich bettelte meinen Vater an, mir irgendwelche Aufgaben zu geben. Ich tat alles, jede Kleinigkeit, die sich finden ließ. Nichts davon änderte etwas an meiner Furcht oder wie sehr ich Amino vermisste, aber sie stimmten mich optimistischer.

Bis eines Tages ER auftauchte. Er war ein Fremder, der Gerüchten nach aus einem der westlichen Länder kam. Das erste Mal sah ich ihn auf der Straße. Ich kam von einem Besuch bei Aminos Familie. Mein Blick blieb kurz an ihm hängen, nicht länger als an Anderen. Soweit ich weiß, hat er mich da nicht einmal wahrgenommen; er war wie mit Scheuklappen auf das nächste Wirtshaus zugesteuert. Unter gewöhnlichen Umständen hätte ich ihn bald wieder vergessen. Ich war recht ich- bezogen und hatte ein Talent dafür, meine Umgebung auszublenden. Doch solche Begegnungen wiederholten sich. Und je häufiger ich ihn sah, desto besser blieb er mir in Erinnerung. Anfangs geschah alles aus der Ferne; ein kurzer Blick, ein zufälliges Entdecken. Nichts Besonderes. Später gab es einen Nachmittag auf dem Marktplatz. Meine Begleiterin und ich waren dabei, Früchte zu kaufen, als ich meinen Blick schweifen ließ. Überall waren Menschen, dennoch schien er sofort herauszustechen. Wie eine schwarze Fackel. So unwahrscheinlich und albern das klingen mag: Quer über diesen Platz trafen sich unsere Blicke. Er schenkte mir ein schiefes Lächeln, das ich für attraktiv hielt. Er zeigt es mir manchmal immer noch. Nur dass ich ihn heute dafür erwürgen könnte!«

Sie warf Nabril einen entschuldigenden Blick zu.

»Spätestens da war ich fasziniert von ihm. Er hatte dieses selbstsichere Auftreten und dazu Düstere an sich, das mich anzuziehen schien. Mit einem Mal wurde ich bei Ausflügen aufmerksam, sobald ich einen dunklen Haarschopf sah. Ich fragte mit einer höflichen Distanz, die ich mir selbst nicht abkaufte, ob man etwas über ihn wüsste – was nie der Fall war. Bald stellte ich fest, dass er häufiger in der Gegend war, sogar in unserem Haus. Dann schlich ich mich in die Eingangshalle, versteckte mich jedoch hinter einer der Säulen. Niemand sollte sehen, wie ich ihn anstarrte.

Aus heutiger Sicht hatte ich aber erst ein ernsthaftes Problem, als er es mir gleichtat. Mehrmals glaubte ich zu spüren, wie er mir hinterher starrte. Manchmal erwiderte er sogar meinen Blick. Die Art, wie er es tat, schien von Mal zu Mal intensiver zu werden. Ich hatte das Gefühl, unsere Begegnungen veränderten mich. Ich konnte es mir nicht erklären. Ich wusste nichts über ihn, nicht einmal seinen

Namen. Wir sprachen kaum miteinander. Das war auch besser so. Denn wenn ich seine Stimme hörte, verfolgte mich der samtene Ton Tag und Nacht. Trotzdem brannte ich darauf, mehr über ihn zu erfahren, ihn kennenzulernen. In meinen unvernünftigsten Momenten wäre ich bereit gewesen, den Zorn meines Vaters dafür in Kauf zu nehmen. In klaren Momenten kam ich mir dafür umso verdorbener vor. Ich war wie besessen von einem Mann, mit dem ich nicht verlobt war. Ich war so beschämt, dass ich ständig betete und die Beichte ablegte. Selbst dem Priester teilte ich nicht alles mit.

Bis ich mich besann. Ich liebte Amino, daran hatte sich nichts geändert. Ich vermisste ihn. Ich wollte ihn heiraten; ihn und niemanden sonst, sei er noch so faszinierend. Deshalb entzog ich mich den Blicken und verbannte die verbotenen Gedanken.

Am Tag meiner Hochzeit schien er weder in meinen Gedanken noch in der Stadt herumzuspuken. Ich konzentrierte mich vollkommen auf die Zeremonie, die mir bevorstand. Einem Boten zu Folge sollte Amino am Nachmittag endlich zurückkehren. Ungeduldig wartete ich und brachte meine Zofen mit meinem Gezappel an den Rand der Verzweiflung. Es ist nicht leicht, ein Korsett zu schnüren, wenn man zittert oder bei jedem Geräusch aufspringt.

Irgendwann war diese Reaktion gerechtfertigt. Draußen auf den Straßen war es zu einem Tumult gekommen. Es konnten nur die zurückgekehrten Soldaten sein. Doch es gab etwas an ihrer Geräuschkulisse, dass mich nervös stimmte. Es klang nicht nach der üblichen, vom Volk gefeierten Ankunft. Ohne darüber nachzudenken, dass ich das teuerste Kleid der Stadt trug, rannte ich nach draußen. Die Pferde waren unruhig. Ich meine, Frauen hätten geschrien. Als ich den Ort des Geschehens erreichte, kämpfte ich mich an den Schaulustigen vorbei. Die aufgebrachten Tiere bäumten sich auf. Als würde man sie mit einem brennenden Eisen stechen. Unser Stallknecht war bemüht, sie zu beruhigen. Er suchte Hilfe, doch niemand achtete auf ihn.

Alle beobachteten den Kampf zwischen den zwei Männern auf dem Boden. Ineinander verhakt rollten sie sich herum, sie keuchten und stöhnten. Amino ließ nichts unversucht, um seinen Angreifer abzuschütteln. Er trat und schlug um sich. Er versuchte, an sein Schwert zu kommen und musste gleichzeitig verhindern, dass der andere Mann dieselbe Chance hatte. Dann war da das Geräusch, als ein Dolch aus seiner Scheide gezogen wurde. Ich erkannte es sofort. Mein Vater war ein Waffennarr, ich war mit Klingen jeglicher Art aufgewachsen. Ich hatte allerdings noch nie gesehen, wie jemand erstochen wurde. Der Mörder verschwand, bevor man ihn aufhalten konnte. Es war der Mann, der mich in den Wochen zuvor so viel beschäftigt hatte. DANTE HAT MEINEN VERLOBTEN AM TAG

MEINER HOCHZEIT ERMORDET!«

Nike und Allegra keuchten gleichzeitig auf.

Kassia wusste, dass ihr Ausdruck sich verhärtet hatte. Sie spürte Tränen in den Augen, die sie wegblinzelte. Sie wollte nicht vor dem Rat weinen.

Nabril gönnte ihr einen kurzen Augenblick Ruhe. »Wann haben Sie erfahren, wer er war?«, fragte er dann.

Langsam atmete sie ein und aus. »Einen Tag vor Aminos Beerdigung. Eine Bekannte kam vorbei, sie sprach mir ihr Beileid aus. Um mich abzulenken, führte sie mit mir Gespräche über annähernd alles, das ihr einfiel. Sie meinte es gut. Eine davon stammte aus ihrer Kindheit in Italien. Da ich verständlicherweise empfindlich geworden war, reagierte ich besonders auf das, was sie mir über ihren älteren Bruder berichtete. Er sei ein dunkler Wirbelwind, impulsiv, leidenschaftlich. Er liebte sie so sehr wie sie ihn. Umso mehr hatte sie sich gefreut, als er sie besucht hatte. Doch war er an dem Tag wieder verschwunden, als Amino gestorben war. Je mehr sie erzählte, desto sicherer wurde ich mir, dass er Aminos Mörder war. Es passte zu gut zusammen, als dass ich mich irren konnte.

Damit hatte ich wenigstens einen Namen. Dante Occiano.

Das Wissen verstärkte meine Wut. Ich ging zu meinem Vater, der bereits das gesamte Land nach ihm absuchen ließ. Ich wollte mehr, ich wollte, dass man die gesamte Welt durchforstete, wurde jedoch fortgeschickt. Dasselbe geschah, als die Suche nach einigen erfolglosen Wochen eingestellt wurde. Ich bettelte meinen Vater an, weiterzumachen, doch das schien ihn nicht mehr zu interessieren. Ich schätze, ich war überflüssig geworden, nur noch ein lästiges Mädchen. Alleine konnte ich das Familienerbe nicht antreten und niemand wollte mich mehr heiraten. Als sei ich verflucht. Mein Vater half mir mit seinem Verhalten nicht. Im Gegenteil. Als sei ich Schuld an Aminos Tod, wurde er immer strenger. Als ich es beispielsweise wagte, bei einem Besuch des Rates unaufgefordert zu sprechen, sperrte er mich drei Tage lang ein. Ich war gefangen, während der Mörder frei war.

Ich brauchte eine Beschäftigung und fand sie nach einer Weile in Dantes Schwester. Sie war die Einzige, die ich sehen wollte. Ich machte ihr keine Vorwürfe, ich erzählte ihr nicht einmal, für wen ich ihren Bruder hielt. Dafür fragte ich sie über ihn aus. Ich musste etwas finden, um mich eines Tages an ihm rächen zu können. Aber ihre Besuche endeten, als sie drei Monate später wegen der Ausübung schwarzer Magie auf dem Scheiterhaufen landete.« Kassias Blick glitt zu ihren Freundinnen. Sie wusste nicht, was sie fühlen sollte.

»Sie waren immer noch in Kroatien. Wie kam es, dass Sie ihn Jahre später in Spanien trafen?«

Freudlos lachte Kassia auf. »Wie es dazu kam? Oh, wenn

ich aufmerksamer gewesen wäre, hätte ich es vorhersehen können: Ende Januar hatte ich mich in den hinteren Teil unserer Bibliothek zurückgezogen. Nicht wissend, dass ich dort war, taten mein Vater und einer seiner Vertrauten es mir gleich. Sie redeten über meine Mutter und mich. Meine Mutter war krank, weil sie sich nur selten einen neuen Körper suchen durfte. Mein Vater fürchtete sich vor den Wechseln und verbot es meistens. Er begriff nicht, wie sehr sie sie brauchte. Mein Vater war wütend. Er hatte versucht, sie zu retten und war dabei auf einen Deal mit einem Fremden eingegangen. Doch dieser war nur auf seinen eigenen Vorteil bedacht gewesen. Ich lauschte lang genug, um zu verstehen, wovon genau er sprach: Dante hatte ihn erpresst. Er hatte behauptet, ein Heilmittel für meine Mutter zu haben. Im Gegenzug wollte er mich heiraten. Amino war weggeschickt worden, in der Hoffnung, er würde bei den Unruhen sterben. Da das nicht passiert war, hatte Dante die Sache in die Hand genommen. Danach hatte mein Vater dafür gesorgt, dass er ungestraft davonkam. Was blieb ihm anderes übrig, wo er ihn als Mitwisser enttarnen konnte?

Ich wusste immer, dass mein Vater bereit war, Himmel und Hölle für seine Frau in Bewegung zu setzen, wenn nötig. Früher fand ich das bewundernswert. Ich wollte genau das auch haben. An diesem Nachmittag schockierte er mich so sehr, dass ich es nicht länger in seiner Gegenwart aushielt. Ich beschloss, zu fliehen. Die Stadt zu verlassen, das Land. Ich wollte so viel Distanz wie möglich zwischen uns bringen. Meine Amme Sofia war die Einzige, der ich mich anvertraute. Sie wollte mir helfen, war sogar bereit, mit mir zu kommen. In einer Nacht- und Nebelaktion flohen wir.

Es dauerte, bis wir die Küste erreichten. Das lag nicht nur daran, dass es weder Züge noch Flugzeuge gab. Wir mussten aufpassen, an wen wir uns wandten. Jeder konnte ein potenzieller Verräter sein und meinen Vater auf uns aufmerksam machen. Als wir den Hafen erreichten, schlossen wir uns spontan einer Gruppe an, die nach Spanien wollte. Zuvor hatten wir uns nicht einmal Gedanken um ein genaues Ziel gemacht. Es war die Sorte Fähre, auf der sich niemand für den anderen interessiert, so lange man zahlte. Besser hätten wir es nicht treffen können. So ließen wir Kroatien hinter uns.

Kurz vor der Straße von Gibraltar kam ein Sturm auf. Das Schiff war alt, es konnte dem Wetter nicht standhalten. Unter Deck wurden wir hin und her geschüttelt. Der Wind peitschte. Wasser drang herein. Es roch ekelerregend nach Fisch und Algen und Tod. Durch ein Loch in der Decke mussten wir dabei zusehen, wie einer der Männer vom Wind gegen den Mast geschleudert wurde. Sein Kopf zerbarst. Wir schrieen. Ich glaube, jemand übergab sich auf mein Kleid. Das Schiff begann zu sinken. Die Wellen peitschten höher und zogen Passagiere in die Tiefe. Eine davon erfasste uns. Dabei verlor ich Sofia. Wasser drang in meine Lungen, der Weg nach oben war versperrt. Ich dachte, ich ertrinke. Dann war da eine Hand. Einer der Matrosen half mir. Ich weiß noch, dass ich mich nach Sofia umsah, dann wurde ich ohnmächtig.

Als ich aufwachte, war ich in einem Kloster in der Sierra Nevada. Einer der Mönche, Bruder Rafael, ein wohl genährter freundlicher Mann, erzählte mir, wie der Matrose mit mir angekommen war. Jahrelang hatte ich Alpträume, wie ich auf einer Planke hing und auf dem Meer trieb. Ob es wirklich so war, weiß ich nicht.«

»Deshalb warst du so, wenn Allegra und ich uns rausschlichen, um von den Klippen zu springen. Du hast alles mitgemacht, nur wenn es darum ging, wurdest du panisch«, flüsterte Nike.

Kassia nickte: »Ich fragte den Mönch, ob er etwas von anderen Überlebenden gehört hätte. Außer mir überlebte nur der Kapitän. Ich wollte es nicht glauben. Ich weigerte mich, etwas zu mir zu nehmen, fragte täglich nach Sofia. Doch Bruder Rafael schüttelte jedes Mal den Kopf und zwang mich zu essen. Ich litt an einer Lungenentzündung. Aus heutiger Sicht rettete mich nur die Tatsache, dass ich die Stärke der Unsterblichen vererbt bekommen habe. Ein Hoch auf meinen Vater!« Kassia schnaubte. »Ich blieb eine Zeit im Kloster.

Hauptsächlich, weil ich Schwierigkeiten hatte, alles zu verarbeiten. Ich hatte alles verloren: Amino und damit meine Zukunft, meinen Vater und mit ihm das Vertrauen in mein bisheriges Leben. Sofia, meine einzige Freundin. Nicht zu vergessen meine Mutter. Wie ich später erfuhr, starb sie kurz nach meiner Ankunft in Spanien. Ich war erst achtzehn!« In einer hilflosen Geste warf sie die Hände in die Luft.

Wieder ließ Nabril ihr Zeit, in der sie unruhig hin und her wanderte, ohne den Kreis zu verlassen.

»Ich nehme an, Sie sind von da aus in ihr späteres Heimatdorf gegangen?«

»Ja. Als ich von einem Dorf an der Grenze zu Portugal hörte, in dem nur Unsterbliche und Formwandler lebten.«

»Wie haben Sie es geschafft, sich unerkannt unter sie zu mischen?«

Während ihrer gesamten Erzählung hatte Kassia nicht so lange gezögert. »Als ich dort ankam, sah ich drei Mädchen, nicht älter als vier Jahre. Sie spielten zusammen. Nike, Allegra und die echte Kassia. Ich hörte, dass Letztere wie ich eine Halbformwandlerin war und das brachte mich auf eine Idee: In der Nacht schlich ich mich zu ihr. Ich löste mich von meinem Körper, um von ihrem Besitz zu ergreifen. Es war mein erster Wechsel, es war schmerzhaft – als würde man mir jedes Körperteil einzeln abhacken. Ich befürchtete, es würde nicht funktionieren. Ich sah mich als körperloses Etwas weiterleben. Aber es gelang mir. Ich übernahm ihren Körper. Mein eigener verschwand. Er löste sich in Luft auf.

Es war befremdlich, eine Vierjährige zu sein, während man die Erfahrungen einer Erwachsenen hatte. Ich hatte nicht mehr diese kindliche Unschuld, die ich mir so sehr zurückwünschte. Doch damit kam ich klar. Irgendwie. Ich war immer eine gute Schauspielerin gewesen. Ich lebte Kassias Leben, wuchs noch einmal auf und lernte, wie ich hätte leben können. Es war die zweite Chance, die ich gewollt hatte. Und sie war gut. Wahrscheinlich mehr als ich verdient hatte.

Bis Dante auftauchte. Nach sechs Jahren stand er einfach vor mir. Anfangs dachte ich, ich irre mich. Ich war paranoid. Aber dann stellte er sich mir vor und ich sah ihn in seiner erwachsenen Gestalt. Ich hätte ihm die Augen auskratzen sollen. Doch ich hielt mich zurück, denn er gab vor, mich nicht zu erkennen. Er behauptet es bis heute. Und den Rest kennen Sie ja.«

»Nicht ganz. Was meinten Sie zuvor damit, dass sich die Geschichte wiederholt?«, fragte Nabril.

»Ich habe mich zu einer Dummheit hinreißen lassen, als ich nach England kam. Ich nahm Diana, weil sie mir ähnlich ist. Sie hat eine ähnlich starke Leidenschaft für das Theater, für seine Schönheit. Dazu hat sie diesen Freund, diesen Verlobten, den sie so sehr liebt. Nach all der Zeit wollte ich etwas davon abbekommen, es noch einmal fühlen. Das hat Dante durchschaut. So leicht habe ich es ihm lange nicht mehr gemacht. Ich denke, das war der Grund für den Angriff der Formwandler: Dante wollte, dass ich erneut dabei zusehe, wie quasi mein Verlobter starb.«

Nabril neigte den Kopf. »Haben sie dafür Beweise?«

»Nein, die brauche ich auch nicht. Ich kenne Dante. Ich bin die Einzige, die ihn einzuschätzen weiß. Sonst noch etwas oder darf ich gehen?«

Einige Stunden später befand Kassia sich auf einem der Balkone. Nach der Befragung wollte sie nicht mit ihren Freundinnen sprechen. Es gab nur eine Person im Gläsernen Palast, deren Anwesenheit sie akzeptierte, die sie sich nahezu wünschte.

»*Dobar dan, ujak* Zoran.« Es war ewig her, seit sie das letzte Mal Kroatisch gesprochen hatte. Es zu schreiben war etwas anderes gewesen. Nun fühlte es sich seltsam an, als gehöre es nicht zu ihr.

»Taja«, erwiderte Zoran freundlich. Ihren Namen zu hören, war noch seltsamer. »Es ist schön, dich zu sehen.«

»Du bist einer der Wenigen, denen ich das glaube. Ehrlich gesagt wusste ich nicht, dass du noch lebst. Ich hörte, mein Vater sei im Rat ...«

Er lehnte sich an die kaum sichtbare Brüstung. »Dein

Vater und ich tauschten den Platz vor einiger Zeit. Das kam mir zu diesem Zeitpunkt gelegen. Nach seinem Tod ging ich meiner Pflicht wieder nach.«

»Hast du in deiner Pause eine Familie gegründet?«

»Nein. Ich wollte, aber … das Schicksal sah für mich anderes vor. Dein Vater war der von uns, dem eine Familie vorbestimmt war.«

»Woraus er viel gemacht hat!«, bemerkte sie sarkastisch.

»Ladislaus ließ mehr als einhundert Jahre nach dir suchen. Er ahnte, weshalb du fortgegangen bist. Sein schlechtes Gewissen trieb ihn an den Rand des Wahnsinns. Dazu der Verlust deiner Mutter und die Sorge um dich. Er hat sich mehr um dich gesorgt als du meinst.«

Kassia schnaubte.

»Ich verstehe dich. Warum du gegangen bist und warum so denkst. Aber es hätte andere Wege gegeben. Du hättest zu mir kommen sollen.«

Sie schüttelte den Kopf. »Er war dein Bruder! Ich dachte, man würde mir nicht glauben. Nein … das stimmt nicht. Ich habe nicht nachgedacht. Die Erklärungen legte ich mir später zusammen.«

»Das war wohl nicht nur dein Problem.«

Sie sah ihn von der Seite an. »Wusste Mutter von meinem Verschwinden, bevor sie starb?«

»Nein. Als es ihr immer schlechter ging, beschloss

Ladislaus, zu warten. Er dachte, man würde dich rechtzeitig finden. Er wollte sie nicht unnötig aufregen. Sie halluzinierte, war oft ohnmächtig, weshalb es nicht schwer war, deine Abwesenheit zu verbergen. Als er sich endlich dazu durchrang, mit ihr zu sprechen, war es bereits zu spät. Sie starb in dem Glauben, du wärst sicher und behütet in deinem Zimmer.«

Erleichtert schloss Kassia die Augen.

»Du warst sehr tapfer bei der Befragung. Es muss großen Mut erfordert haben. Sie wäre stolz auf dich gewesen.«

Zoran und ihre Mutter hatten sich gut verstanden. Er hatte nie ein Problem damit gehabt, dass sie eine Formwandlerin war. Sie war ihm immer dankbar dafür gewesen, dass er sich für ihre Hochzeit ausgesprochen hatte.

Ihr Onkel trat zu ihr. Eine Mischung aus Trauer und Verbundenheit, die ihr fremd war, wanderten über seine Züge. »Erinnerst du dich noch, wie wir das letzte Mal den Geburtstag deines Vaters gefeiert haben? Du und Amino waren alleine ...«

»Nach dem Essen haben wir uns verbotenerweise zurückgezogen. Du hast uns erwischt, als wir uns küssten. Ich hatte Angst, ihn deshalb in nächster Zeit nicht sehen zu dürfen.« Sie bemerkte ein unangenehmes Ziehe in der Brust.

Zoran nickte. »Deine Freundin erwähnte, dass Dante dich *principessa* nennt. Das kam mir bekannt vor. Ich meine, Amino hätte an diesem Abend etwas Ähnliches zu dir gesagt.«

»*Princeza*.« Kassia biss auf ihre Unterlippe. »Er hielt mich für eine. Er schwor, mich wie eine zu behandeln, mir ein besseres Leben zu ermöglichen als sich jede von ihnen auch nur erträumen könnte.« Sie lächelte peinlich berührt, dann wandte sie den Blick ab. »Dante war bereits in Zagreb, als Amino noch da war. Er muss es auch einmal mitbekommen haben. Er benutzt es, um mich in den Wahnsinn zu treiben, schätze ich.«

»Und warum wolltest du vorgestern nach all der Zeit wieder nach Kroatien? Deine Freundinnen kamen vorhin zu mir und meinten, sie hätten dich am Flughafen davon abgehalten.«

Sie zögerte. »Es war ein Plan, den ich nicht ausgeführt habe …«

»Ich würde dich nicht aufgrund einer Idee anzeigen, wenn das deine Sorge ist. Du bist meine Nichte. Ich bin lediglich neugierig.«

»Ich wollte Amino zurückholen«, hauchte sie. »Eine Hexe namens Janja sollte mir dabei helfen. Ich traf sie auf einer meiner Reisen …«

Ihr Onkel seufzte. »Taja.«

»Ich weiß, nur Mitglieder des Rates dürfen Magie anwenden …«

»Unabhängig davon ist es unmöglich. Denkst du, du bist

die Erste, die das tun möchte? Dein Vater kam aus genau demselben Grund zu mir. Er wollte deine Mutter zurück. Es gibt ein paar Wenige, die die Macht besitzen, einen Körper zum Leben zu erwecken. Doch das wäre nicht dasselbe. Du könntest Amino sehen, ihn berühren, aber er hätte weder Erinnerungen an dich noch eine Persönlichkeit. Er wäre nicht mehr er. Außerdem darf der Betreffende nicht länger als sechs Monate tot sein.«

Kassia nickte. Ihr Verstand hatte gewusst, dass es keine gute Idee war; es war ihr Herz, das sie geleitet hatte.

»Weißt du«, wechselte Zoran nach einigen Minuten Stille das Thema. »Ich bin überrascht, wie viel er dir zu bedeuten scheint.«

»Amino? Selbstverständlich tut er das. Er war alles, was ich wollte. Er steht für alles, was ich war und das mir etwas bedeutete.«

»Ich meinte nicht ihn.«

Kassia verkrampfte sich. »Dann weiß ich nicht, von wem sprichst.« Sie schüttelte den Kopf. »Wie könnte ich einen Mann lieben, der so ist wie er? Er ist berechnend und kalt, er hat keine Seele … Niemand könnte ihn lieben …«

»Außer jemand, der ein anderes Bild von ihm hat. Eine Person, die ihm ähnlicher ist, als sie es zugeben möchte.«

Kassia schnaubte. »Du hast mich seit 500 Jahren nicht mehr gesehen. Woher willst du das wissen?«

»Ich bin ein Ratsmitglied. Wir sind für unsere Intuition bekannt. Meine sagt mir, dass Dante Occiano dir etwas bedeutet.«

»Ich würde mir für ihn die Hände schmutzig machen – wenn ich persönlich umbringe. Das ist alles!«

Überraschungsangriff

»Verdammte Scheiße, sie ist beim Rat! Ist dir nicht klar, was das bedeutet? Wie sollen wir unseren Plan umsetzen, wenn diese nutzlosen Fossilien mit ihr reden?«

»Beruhige dich. Zugegeben, damit habe ich nicht gerechnet, doch das Blondie und die fette Kuh sie nach Monaco geschleppt haben, hindert uns an Nichts. Oder hast du vergessen, dass wir noch ein Ass im Ärmel haben?« Wütend beendete Dante das Telefonat.

Es gab nicht viel, dass in den letzten Tagen wie geplant verlaufen war. Das ärgerte ihn. Auch wenn es ihm gelungen war, aus mancher Situation noch das Beste herauszuholen. Er war wütend auf diejenigen, die glaubten, ihm einen Strich durch die Rechnung machen zu können. Doch auch Kassia hatte sich nicht so verhalten wie erwartet. Bei der Planung seines Vorhabens, hatte er sich viele Szenarien für ihre Reaktion ausgemalt. Dass sie zum Rat ginge, war nie dabei gewesen.

Wie viel würde sie ihnen erzählen?

Ein Blick auf die Armbanduhr sagte ihm, dass sie seit einigen Stunden dort war. Formwandler hatten sie beobachtet und ihm berichtet, wie sie im Gläsernen Palast verschwunden war. Sie hatten sie aufhalten wollen, doch Dante hatte sie davon abgehalten. Es wäre keine Lösung gewesen, hätte zu viel Aufmerksamkeit erregt.

Nun musste er umdisponieren.

Mit dem Anflug eines Lächelns ging er in den Keller des Hauses, das er seit wenigen Tagen besetzte. Der Besitzer war vor kurzem gestorben. Er ging in den Raum am Ende des Flures, der durch eine schwere, mit Schlössern und Riegel gesicherte Tür vom Rest des Hauses abgetrennt wurde. Um seine neue Idee in die Tat umsetzen zu können, schaltete er das Nötigste an Beleuchtung ein – eine flackernde, nackte Glühbirne. Dann positionierte er sein Handy auf einem Vorsprung auf Schulterhöhe, den Videomodus eingeschaltet. Die Vorteile des technischen Fortschritts waren ihm selten so bewusst gewesen. Den an einen Stuhl gefesselten Mann hinter ihm beachtete er nicht.

Er positionierte sich so, dass er vollkommen von der Kamera eingenommen wurde. »Kassia. Oder sollte man wieder Taja sagen?« Er zauberte das Lächeln hervor, das sie hasste. »Ich schätze, Dick und Doof haben bewirkt, dass du dem Rat mehr erzählt hast als du ursprünglich wolltest. Davon, was vor Spanien war. Oder zumindest den Teil, der dich gut dastehen lässt. Das ist eine besondere Situation – für uns beide, das musst du zugeben. Ein Gutes hat es: Es bietet mir die perfekte Überleitung für meine Überraschung. Danke dafür, *principessa*. Ich nehme an, du erinnerst dich an deinen

Verlobten?! Den, der als Erster starb, meine ich. Hast du seine Leiche nach dem Kampf eigentlich noch einmal gesehen? Nein. Gut. Alles andere hätte mich auch verwundert. Schließlich bin ich ihm erst kürzlich begegnet.«

Er legte eine Pause ein, in der er sich ihre Reaktion ausmalte. Diese Idee gefiel ihm mit jedem Wort mehr.

»Wobei, *begegnet* klingt zu freundlich. Sagen wir, ich habe ihn gesehen. Nicht bei bester Gesundheit oder glücklich, dafür lebendig. Das dürfte mehr sein, als du dir in den fünfhundert Jahren erträumt hast. Allerdings … ist es so lange her. Ich könnte mich irren. Glücklicherweise gibt es da ja jemanden, der mir bei dieser Frage helfen könnte. Also« er trat zur Seite und lenkte die Kamera in Richtung des Mannes hinter ihm. »Ist er das?«

Der Mann war kaum zu erkennen. Seine mit Schmutz bedeckten Haare fielen ihm ins Gesicht. Es kostete ihn Mühe, den Kopf hoch zu behalten. Dante hatte ihn in den letzten Tagen weder schlafen lassen noch ihm viel Nahrung gegeben. Kaum wurde er sich der Aufmerksamkeit bewusst, begann der Blonde an seinen Fessel zu zerren. Doch er war zu schwach, um etwas gegen sie ausrichten zu können. Dante nahm ihm den Knebel ab. Der Mann brachte kaum mehr als Gebrabbel hervor, aus dem man so gerade ihren Namen heraushören konnte. Es würde seine Wirkung erzielen.

Nach zwei Minuten knebelte Dante ihn wieder und trat

zurück ins Bild. »Und? Was meinst du? Er ist es, nicht wahr? Er hat eine Narbe dort, wo sich der Dolch durch seine Haut bohrte. Das spricht dafür. Du darfst gerne vorbeikommen und es dir selbst ansehen. Das solltest du sogar. Komm nach Zagreb! Wohin genau, brauche ich dir vermutlich nicht zu sagen. Euer Weinkeller war nebenbei bemerkt schon einmal besser gefüllt. Wenn du allein kommst, darfst du zu ihm. Du kannst mit ihm reden oder bei seinem Zustand eher einen Monolog in seiner Gegenwart führen. Wenn du nicht alleine kommst oder deine Freundinnen mitsamt dem Rat vorschickst ... Nun ja, ich habe bewiesen, dass ich Leute von der Bildfläche verschwinden lassen kann – in welcher Form auch immer. Ah ja, solltest du versuchen, deine Hexenfreundin auf mich anzusetzen: Spar dir die Mühe. Sie wird dir weder mit deinem Schatz noch mit sonst etwas jemals helfen können. Du verstehst ...« Er trat vor und hatte den Finger bereits auf der Stopptaste, als er noch ein letztes Mal ansetzte. »Ich erwarte dich in spätestens zwei Tagen hier. Lass es uns dort beenden, wo es begonnen hat.«

Als das Video fertig und an Kassia geschickt war, verließ er den Raum.

Ursprünglich hatte er nicht vorgehabt, so weit zu gehen.

Er hasste ihren früheren Verlobten noch mehr als Nike. Er war ihm immer ein Dorn im Auge gewesen. Eigentlich wollte er nicht einmal, dass Kassia ihn sah. Doch was blieb ihm übrig? Er brauchte etwas, um sie nach Kroatien zu bekommen. Selbst nach all der Zeit würde sie für ihn noch immer alles stehen und liegen lassen – zumindest ging er davon aus. Auf eine Bestätigung würde er noch warten müssen.

In dem schwachen Licht des Kellers konnte er kaum glauben, dass es nicht immer so zwischen ihm und Kassia gewesen war. Es gab ruhige Momente, die sie miteinander geteilt hatten, schöne, nahezu lustige. Sie waren freundlich miteinander umgegangen oder hatten es zumindest versucht. Bis zu einem gewissen Punkt hatten sie Spaß miteinander gehabt.

Er erinnerte sich an einen Abend, an dem sie all dies gehabt hatten. Einen vergleichbaren hatte es nie zuvor und auch später nie wieder gegeben. Womöglich hätte es dort sogar einen Neuanfang für sie geben können.

Bis sie ihm ein Geheimnis verraten hatte …

*

1867: Wien, Österreich

Seit seiner Ankunft spürt er, dass etwas anders ist. Für gewöhnlich hält er nicht viel von solchen Vorahnungen. Er weiß nichts mit ihnen anzufangen. Aber dieses Mal lässt es sich nicht abschütteln. Es hat von ihm Besitz ergriffen, so wie die Seele einer gewissen Person es mit Menschen tut.

Womit es zu tun hat, wird ihm erst bewusst, als er sich auf der prunkvollen Feier des Kaiserpaares einfindet.

Die Einladung hat er sich von jemand anderem genommen. Wie bei allem, von dem er glaubt, es könnte interessant für ihn sein. Er hat Erfahrung darin, den Leuten weiszumachen, er sei der Richtige. Er hat gelernt, Veranstaltungen wie diese zu nutzen.

Er denkt nicht daran, dass der Besuch des Festes womöglich nicht seine freie Entscheidung war. Er kennt genügend Personen, die behaupten würden, das Schicksal führe ihn. Er denkt nicht daran, dass dieser Abend zu etwas anderem als Gespräche über Politik und Wirtschaft führt, bis sie neben ihm steht.

»Dante.« Es ist eine erstaunlich hohe Stimme, die ihn anspricht. Sie passt zu der Frau, die zwar älter als er zu sein scheint, dennoch durch ihre zierliche Figur jugendlich wirkt.

Verwundert blickt er sie an. Er hat sich niemandem mit seinem richtigen Namen vorgestellt.

Sie lächelt wissend. »Es sind die Haare, nicht wahr? Wenn ich mich nicht irre, war ich noch nie blond.«

Sie hat Recht. Wenn er an Kassia in ihren verschiedenen Erscheinungen denkt, sieht er sie anders vor sich. Größer, kurviger, mit dunklen Haaren und ohne den Blick, den sie ihm zuwirft:

Es wirkt, als freue sie sich, ihn zu sehen. In ihre Augen ist ein Funke getreten, der nichts Herausforderndes oder Bösartiges an sich hat.

Sie verblüfft ihn.

»Lass mich raten, in wessen Begleitung du hier bist«, zieht er sie auf, um seine Gefühle zu verbergen. »Du bist die Ehefrau dieses stattlichen Herrn in Uniform, dessen Schnauzbart so lang ist wie dein Haar. Oder stellst du dich als Gouvernante des Kronprinzen anständig an? Du wirst dich doch nicht so weit vorgewagt haben, Besitz von der Tochter des Kaiserpaares zu ergreifen.«

Sie amüsiert sich über seine Vorschläge. Er weiß nicht, wann sie das zum letzten Mal getan hat. Es gefällt ihm. »Wenn du dich informiert hättest, wüsstest du, dass das nicht möglich ist. Die Prinzessin ist nicht einmal im heiratsfähigen Alter. Ich bin eine der Hofdamen.«

»Das wäre mein nächster Vorschlag gewesen. Obwohl ich mir nicht vorstellen kann, wie du dieser Aufgabe nachgehst. Du im Dienste einer Anderen – das Bild will nicht in meinem Kopf. Zumal die Kaiserin genau wie du recht launisch sein soll, wie ich hörte.«

Sie zuckt mit den Schultern und wechselt auf seine andere Seite. Ihr eisblaues Kleid raschelt über den Boden. Ein Geschenk von Allegra, wie er vermutet.

»Es ist mein erster Ball seit langem«, bemerkt sie. »An diesem Abend möchte ich nicht daran denken.«

»Was möchtest du dann?«, fragt er, obwohl er die Antwort bereits zu kennen glaubt. Er beugt sich zu ihr vor. »Dürfte ich um diesen Tanz bitten?«

Für einen Außenstehenden muss es wirken als würde sie sich zieren. Ein Schauspiel. Sie tut es seinetwegen, wie jedes Mal. Er glaubt, dass sie sich dadurch überlegener fühlt. Es ist Teil ihres Spiels geworden.

Sie stimmt zu.

Auf der Tanzfläche sind nicht viele versammelt. Einige Männer in Uniformen mit ihren Ehefrauen, die gelangweilt dreinschauen. Sie haben ihre besten Jahre hinter sich und wollen sich nicht eingestehen, dass ihnen nur noch ihr Titel geblieben ist. Die Jugendlichkeit und Schönheit haben sie an die nächste Generation abgeben müssen.

Nichts von dem, was er sieht, erinnert an die Feste, auf denen er früher war. Feste, auf denen Königinnen mit ihren Hofdamen exotische Tänze aufführten und Jungfrauen im Vorbeitanzen umgarnt worden sind. Nichts erinnert daran – außer Kassia.

Zu Beginn des Musikstückes macht sie einen tiefen Knicks, bei dem es unmöglich ist, keinen Blick auf ihr Dekolleté zu werfen. Eine beabsichtigte Geste. Er tut es ihr mit einer Verbeugung gleich, bevor er sie berührt. Seine linke Hand umschließt ihre, seine Rechte legt sich auf ihre Taille.

»Du hast mir nie erzählt, wo du gelernt hast, zu tanzen«, *sagt sie, während ihre Füße sich zum langsamen Takt bewegen.* »Wer hat dir beigebracht, dich auf dem Parkett der Adligen und Könige zu bewegen?«

Nur selten fragt sie ihn etwas aus den Teilen seiner Vergangenheit, welche sie nicht miteinander teilen.

»Als ich volljährig wurde, verbrachte ich Zeit am Hof des Herzogs von Mailand. Dort habe ich mir Einiges abgeguckt. Der Rest ergab sich mit der Zeit durch die verschiedensten Leute.«

Sie lässt sich von ihm in eine Drehung führen, die sie zu einer

Zweiten ausweitet. In ihrer Zeit in Spanien ist er ihr häufiger bei den Dorffesten begegnet. Dort hat er gesehen, wie sehr sie es liebte, herumgewirbelt zu werden, bis ihr schwindlig wurde. Bei einem Tanz mit ihm hat er diese Begeisterung zuvor nie gesehen.

»Hast du auch von mir gelernt, wenn du mich beobachtet hast?« Noch immer wirkt sie verändert. Sie zeigt ihm nicht, was sie sonst für ihn empfindet. Hass, Verachtung, Wut. Sie wirkt nicht wie Kassia. Und auch wenn das unmöglich ist, ist sie an diesem Abend auch nicht mehr Kassia.

Für einen flüchtigen, zerbrechlichen Moment ist sie wieder Taja. Taja, die glücklich war. Taja, die unbeschwert war, deren größte Sorge das Wetter an ihrem Hochzeitstag gewesen ist. Sie erinnert ihn derart stark an die junge Frau in Zagreb, dass er vor Erstaunen beinahe vergisst, weiterzutanzen.

»Was ist los mit dir, Dante?«, fragt sie amüsiert. Seine Abwesenheit ist ihr aufgefallen.

»Ich bin lediglich verwundert. Du hast dich wieder dem Adel zugewandt. Mit all dem Prunk, den Verpflichtungen und den Intrigen. Damit hatte ich nicht mehr gerechnet.« Wenn er ihr sagt, was er wirklich denkt, würde er wie ein Idiot dastehen.

»Überraschungen gehören zu den Dingen, die mir besonders liegen.« Ein Funken Argwohn huscht über ihr Gesicht, bevor er sich in ein Lachen auflöst.

Auch er lacht und führt sie in eine weitere Drehung. Das Orchester hat den Takt gewechselt und fordert schnellere Schritte. »Überraschungen und das Talent, die Aufmerksamkeit von Männern auf dich zu ziehen.« Mit einer Kopfbewegung deutet er auf eine Stelle rechts von ihr. »Er starrt dich an, seit wir unsere Unterhaltung begonnen haben. Ein Verehrer von dir, principessa?«

Der Name lässt sie zusammenzucken. Sie will sich ihm entziehen. Beinahe entgleiten ihm ihre Hände. Mit einem ausladenden Schritt nach vorne, hält er sie bei sich. »Ich kenne ihn nicht sonderlich gut. Er ist ein Freund des Kaisers.«

»Das beantwortet nicht meine Frage. Es sagt mir nur, dass du kein Interesse hast. Hast du es aufgegeben, heiraten zu wollen?«

Die Atmosphäre, die sie so anders hat wirken lassen, löst sich auf. Er kann es spüren und bereut seine Worte. Seltsam, wo es sonst kein größeres Vergnügen für ihn gibt, als ihren Stolz zu untergraben.

»Du weißt besser als jeder andere, dass das Leben der Männer an meiner Seite kurzweilig ist. Nun, da ich darüber nachdenke, sollte ich dich vielleicht doch heiraten. Dann wärst auch du bald Geschichte«, fügt sie hinzu. Die Häme entspricht noch nicht dem üblichen Maß. »Damit würde sich der Kreis schließen. Schließlich war eine Heirat mit mir der Grund, weshalb ER sterben musste.«

Er lässt sie zur Seite gehen, als ein Herr auf ihn zutritt, um ihn abzulösen. Dante wirft ihm einen düsteren Blick zu, der ihn zurückkeilen lässt. »Amino war zur falschen Zeit am falschen Ort.«

»Dass du dich wagst, seinen Namen auszusprechen ...«

Das hat er noch nie getan. »Es war nicht geplant, dass ich ihn töte! Er sollte bei den Unruhen sterben – als Soldat, wenn dir das besser *gefällt gerne auch als Held.«*

Ihr Blick bohrt sich in seinen. »Das wird meine Meinung auch nicht mehr ändern. Es ändert nichts daran, dass du es warst, der ihn angegriffen hat. Niemand hat dich dazu gezwungen. Es war deine Entscheidung!«

Zum ersten Mal bringt ihn das Thema zum Stocken.

Entgegen früherer Behauptungen erinnert er sich noch sehr genau an den Nachmittag. An den Kampf, die Schmerzen und an die Schläge, bevor er den Dolch zog. Er erinnert sich an die Wut in ihm, die anhielt, bis er Aminos Atem nicht mehr hören konnte. Und besonders erinnert er sich an den Moment, als ihm bewusst geworden ist, was er getan hat.

Wenn Kassia darüber redet, ist ihr Blick nicht anders als damals. Auch diesen kennt er noch bis ins Detail.

»Ich …« Er verspürt das Bedürfnis, sich zu entschuldigen, wohl wissend, dass sie sie nicht annehmen wird. Sie ist zu stolz und er ist reichlich spät. Es würde nichts ändern. Was sollte er sagen?

Es tut mir aufrichtig Leid, dass ich dazu beigetragen habe, dass dein Leben auf den Kopf gestellt wurde. Entschuldige, dass ich den Mann, den du bei jeder Gelegenheit als die Liebe deines Lebens bezeichnest, eine Waffe zwischen die Rippen gejagt habe.

Wenn er sie wäre, würde er sich selbst nicht glauben. Auch wenn er es an diesem Abend, auf diesem Ball ernst meinen würde.

»Kennst du das Gefühl der Reue?«, fragt sie ihn, als ob sie seine Gedanken liest. Weiterhin tanzt sie mit ihm, auch wenn ihre

Bewegungen die Leichtigkeit verloren haben. »Ich habe einige Fehler in meinem Leben begangen. Viele haben mit dir zu tun, manche nicht. Ich sollte mich für sie schämen und tue es nicht. Doch es gibt eine Sache, die ich wirklich bereue, die mir Übelkeit bereitet, wenn ich daran denke. Kennst du das?«

Er erwidert nichts.

»Hast du je so empfunden?«, wiederholt sie.

Er setzt zu einer Antwort an. Sie würde ,ja' lauten. Für jetzt.

»Ich habe sie getötet. Nicht persönlich, so etwas überlasse ich dir. Dennoch trage ich die Schuld. Ich sorgte dafür, dass sie sich an zwielichtigen Orten aufhielt und die richtigen Leute sie dort sahen. Ich ließ verdächtige Gegenstände in ihrem Haus platzieren, nachdem ich den Rat auf sie aufmerksam gemacht hatte. Die Zeugen, die sich meldeten, musste ich nicht einmal bestechen. Sie sagten aus, weil es ihnen gefiel, jemanden zu denunzieren. Sie hofften, dass so niemand sie selbst verdächtigte. Sie waren Mitläufer. Ich hingegen habe alles arrangiert!«

Er hat ernsthaft überlegt, sich zu entschuldigen, doch ihre Worte lassen ihn keinen Ton hervorbringen.

»Ich habe mich geschämt, ich tue es immer noch. Ich kämpfe gegen meine Gewissensbisse, denn sie war unschuldig. Ein Opfer der Umstände. Aber wenn ich dich ansehe, fühlt es sich an als könne ich damit leben. Dann bin ich beinahe zufrieden, dass ich deine Schwester auf den Scheiterhaufen gebracht habe!«

Im Fall, dass …

»Allegra! Sieh dir das an! Verdammt, wenn ich diese seltendämliche Halbformwandlerin in die Finger bekomme, drehe ich ihr den Hals um!«

Allegra stürzte zur Tür herein, kaum dass Nike den Mund geschlossen hatte. »Was ist denn passiert? Wo ist Kassia?«

»Abgehauen. Zu ihm. Wohin auch sonst? Nur sie kann so verrückt sein und diesem Mörder hinterher rennen!«

»Was macht dich da so sicher? Nachdem sie uns gestern ihre Geschichte erzählt hat, wirkte sie nicht so …«

»Sie hat schon wieder ihr Handy vergessen.« Sie warf Allegra das Teil zu, das sie vorzugsweise auch gegen die Wand geschleudert hätte. »Man kann ja nicht mehr anders als ihr nachzuspionieren«, fügte sie aufgebracht hinzu.

Als Allegra den Bildschirm entsperrte, hörte sie Dantes Stimme.

Nur zu gut konnte Nike sich vorstellen, was für einen Spaß es ihm die Aufnahme bereitet haben musste. »Ihm ist wahrscheinlich einer dabei abgegangen. Sie kann nicht allen Ernstes glauben, dass ihr Verlobter lebt und sie es vorher nicht mitbekommen hat.«

»Das wissen wir nicht.«

Nike hasste es, wenn Allegra bemüht vernünftig war. »Ja klar, und Kassia ist jetzt nicht nach Kroatien unterwegs,

193

sondern spielt Verstecken mit ihrem Onkel. Du spinnst doch! Ich werde jetzt den nächsten Flieger nach Zagreb buchen und den beiden gehörig einen vor den Latz knallen! Ich hab Kassia nicht durch die verdammte Pampa geschleppt, damit sie zu ihm rennt und womöglich noch auf seine Forderung hin ihren alten Körper zurücknimmt.« Sie hob die Hand, als Allegra sie unterbrechen wollte. »Versuch gar nicht erst, auf mich einzureden! Ich lasse mich weder umstimmen noch werde ich darauf warten, dass der Rat sich berät, ohne dass was dabei rauskommt. Ich habe gesagt, dass ich dafür sorge, dass dieser Wahnsinn endet, und das werde ich auch.«

Allegra verschränkte die Arme vor der Brust. »Ich wollte dich lediglich darauf hinweisen, dass ich nach dieser Horrorzugfahrt hierher ein Flugticket erster Klasse brauche. Ich bin zum neunundachtzigsten Mal schwanger. Meine Füße fühlen sich platt wie Flundern an, und wenn mich im Flugzeug die Morgenübelkeit überkommt, dann bitte auf einer Boardtoilette, in der ich keine klaustrophobischen Zustände bekomme. Können wir dann?«

Sie gaben Nabril und Kassias Onkel Bescheid, bevor sie sich auf den Weg zum nächsten Flughafen machten. Beide wollten sie dazu bewegen, auf den Rat zu warten, doch darauf verzichteten sie.

»Wir sollten Jessica anrufen«, fiel Nike auf, während sie am Gate auf das Flugzeug warteten. Laut der Anzeige über ihren Köpfen sollte es noch eine halbe Stunde dauern. »Es würde mich nicht wundern, wenn sie hinterherkommen will.«

Allegra schlug ein Bein über das andere. »Passt sie nicht auf ihre Nichte auf? Sie kann sie nicht alleine lassen, wenn ihr Vater im Koma liegt.« Da sprach die Mutter!

»Sie wird nicht die Einzige sein, die sich um sie kümmern kann. Aber wenn Jessica hört, dass Diana bei Dante ist – alleine …«

»Wirst du ihr erzählen, dass Kassia die Kontrolle übernommen hat? Offenbar dauerhaft, meine ich.«

Nike schüttelte den Kopf. »Ich will sie nicht noch mehr beunruhigen.«

Obwohl das Telefonat ihr Vorschlag gewesen war, wollte Nike nicht, dass Jessica mitkam. Dante war gefährlich. Er war für Chris' Zustand verantwortlich. Er war ein Mörder. Dennoch ließ sich Jessica nicht davon abbringen.

Während sie nicht einmal eine Stunde in der Luft verbrachten, überlegten Nike und Allegra, was sie bei ihrer Ankunft erwarten würde.

Nike prophezeite der Schwangeren Böses. »Er will sie besitzen, sie ausnutzen. Er wird sie festhalten, bis sie nachgibt. Bestimmt bringt er sie dazu, die widerlichsten Dinge mit ihm zu tun.«

»Er hat sie nie angefasst!«, bedachte Allegra, die zu versuchen schien, noch eine Spur Gutes in Dante zu sehen.

»Bisher nicht. Aber bei ihm würde mich nichts mehr wundern!«

Später besprachen sie ihre Taktik.

»Ich denke, es ist keine gute Idee, wenn wir beide einfach bei Dante reinplatzen. Möglicherweise ist Kassia noch nicht da und wir würden uns verraten«, bedachte Allegra.

Nike zuckte mit den Schultern. Als ob Dante sie nicht längst erwarten würde.

»Wir sollten uns aufteilen. Du und Jessica könnt zum Friedhof gehen, um herauszufinden, ob Kassias Verlobter noch lebt.«

»Und wie sollen wir das schaffen? Uns mit Schaufeln bewaffnen und ihn ausbuddeln? Es dürfte nicht mehr viel von ihm übrig sein. Genau genommen: Nichts!«

»Im besten Fall wird es Unterlagen geben.«

»Unterlagen kann man fälschen. Das ist kein Phänomen der Moderne.«

Allegra verdrehte die Augen. »Dann gibt es vielleicht noch Leute, die sich an ihn erinnern. Die euch bestätigen können, ob sie wirklich ihn begraben haben und nicht nur einen Sarg voller Steine. Falls Letzteres zutrifft und derjenige sich Sorgen um eine Strafe macht: Die Tat dürfte verjährt sein.«

»Hört sich unnötig kompliziert an.«

»Hast du eine bessere Idee?«

Nike schüttelte den Kopf. »Und was willst du so lange

machen? Im Hotel schlafen? Du kannst die Schwangerenkarte nicht andauernd ausspielen.«

»Das hatte ich auch nicht vor.« Wieder legte sie eine Hand auf ihren Bauch. »Wir zwei werden uns umhören, wo Dante untergekommen ist. Du magst es vergessen haben, aber wir sind nicht Kassia. Wir wissen nicht, wo sie gewohnt hat. Ich habe nicht daran gedacht, ihren Onkel zu fragen.«

An ihrem Ziel angekommen, verabschiedete Nike sich von Allegra. Sie hatte ein schlechtes Gewissen, der Schwangeren diesem Stress auszusetzen. Mit zum Rat zu kommen, war das eine, Zagreb etwas anderes. Doch Allegra war wie sie alle ein Sturkopf. Sie hätte sich nicht abwimmeln lassen.

Dann wartete sie darauf, dass Jessicas Maschine aus London ankam.

Zwei Stunden später hatte sie ihr weitere Details von ihrem Besuch beim Rat erzählt. Jessica reagierte ähnlich wie sie, sie fluchte und benutzte einige unschöne Ausdrücke. Anschließend fragten sie sich zum ältesten Friedhof der Stadt durch.

»Was passiert eigentlich mit euch, wenn ihr sterbt?«, fragte Jessica irgendwann, während sie durch die Straßen der Stadt gingen.

»Dasselbe wie bei euch. Wir werden begraben, zerfallen nach und nach, die Viecher kommen und beteiligen sich et cetera. Soweit ich weiß, geht dieser Prozess bei uns nur schneller von statten. Je älter wir bei unserem Tod sind, desto eher holt die Erde uns. Eine Art Ausgleich dafür, dass wir nicht natürlich altern. Was danach mit uns passiert … keine Ahnung, da gehen die Meinungen auseinander.«

»Ihr habt keine eigene Religion, in der ihr, was weiß ich, den Begründer des Rates wie einen Gott verehrt?«

Nikes Mundwinkel verzogen sich zu einem Lächeln. »Nein. Auch wenn ich mir das gut vorstellen könnte. Wenn wir religiös erzogen wurden, dann meist auf die klassische Art. Christentum, Judentum, Islam und so weiter. In meinem und Allegras Fall war es, wie könnte es in Spanien anders sein, katholisch.«

»Glaubst du denn daran?«

Nike ließ sich Zeit. »Wenn man so alt ist wie ich, ist es nicht leicht. Man kann kaum bei dem bleiben, dass man einmal gelernt hat. Bei einigen Dingen ist das auch besser so. Gottesgnadentum, Hexenprozesse … das war lästig. Ich weiß, dass Allegra noch grundsätzlich am Katholizismus hängt. Dazu glaubt sie an den Rat und alles was sie sagen – solange es Sinn ergibt. Kassia … Wenn ich an sie und Dante denke, glaube ich, dass sie zumindest ans Schicksal glaubt..«

Zu ihrer Linken taten sich die Tore des Friedhofes auf. Sie schlugen ein und gingen den asphaltierten Weg entlang an den Gräbern vorbei. Nike achtete aus den Augenwinkeln auf

Namen und Daten. Die Meisten waren später geboren worden als sie – und angeblich innerhalb einer normalen Lebensspanne gestorben. Doch nicht alle davon konnten stimmen, dazu hatten zu viele Unsterbliche hier gelebt. Der Rat hatte bereits vor Jahrhunderten, Wege gefunden, die entsprechenden Grabsteine zu markieren, sodass nur Leute wie sie die Wahrheit erkannten. So wusste Nike beispielsweise anhand der Form der Jahreszahlen, dass ein Mann schräg gegenüber nicht 1869, sondern 1986 gestorben war.

»Was ist mit dir?«, fragte Jessica, der nicht entgangen war, dass Nike sich vor einer Antwort drückte.

»Ich glaube an nichts so richtig. Irgendwann habe ich mal aufgeschnappt, dass es einen Gott gibt, der nicht in das Leben der Menschen eingreifen kann, weil er ihnen den freien Willen gegeben hat. Das hat mich nicht hundertprozentig überzeugt, klingt jedoch besser als das Meiste, was der Rat verzapft.«

»Warum hast du eigentlich ein Problem mit ihnen? Haben sie dir damals keine Friede- Freude- Eierkuchen- Welt gezeigt?«

»Wie kommst du darauf?«

»Weil du mir lang und breit erklärt hast, was der Rat zu Kassia sagte. Und Allegra erwähnst du auch häufiger – entweder um sie als gutes Beispiel anzuführen oder um Witze auf ihre Kosten zu machen. Aber du hast nie erzählt, was du bei der Verkündung erfahren hast.«

»Weil es nichts zu erzählen gibt. Sie haben mir ein paar Fetzen an den Kopf geworfen, Bilder gab es keine. Als ich später nachfragte, weigerten sie sich, mir irgendetwas zu erklären.«

»Weshalb? Haben sie das grundsätzlich nicht gemacht oder nur bei dir?«

Nike zögerte, unsicher, ob sie Jessica, die sie kaum kannte, erzählen sollte, was passiert war. »Es war eine Bestrafung. Zuvor hatte man mich beschuldigt, mit einem Mauren im Bett gelandet zu sein. Das Problem daran war nicht nur, dass er zu den östlichen Eindringlingen, wie man sie nannte, gehörte, sondern dass ich unverheiratet war.«

»Und stimmte es?«

»Ich habe mich gut mit ihm verstanden, ja. Er war ein netter Mann, überhaupt nicht so barbarisch und gottlos wie der Rat behauptete. Wir haben Dinge getan, die nicht gerne gesehen wurden, aber Sex gehörte nicht dazu. Das hat sich jemand ausgedacht.«

Jessica nickte. »Also hast du nie herausgefunden, was der Rat dir vorenthalten hat?«

»Oh doch, das war ja das Beste: Nachdem ich lange darüber nachgedacht habe, erkannte ich einen Sinn in diesem Wortsalat: *Du wirst die Liebe erst finden, wenn du in der Lage sein wirst, sie zu verstehen.* Was für ein Schwachsinn!«

In diesem Augenblick erinnerte sie sich selbst an Kassia.

Sie tat so, als berühre sie nichts von dem, was vorgefallen war. In Wahrheit war sie nicht so distanziert. Sie glaubte, dass die Worte des Rates einen wahren Kern enthielten, auch wenn sie zur selben Zeit überzeugt war, dass die Verkündungen nicht unabänderlich waren. Sie kannte viele Unsterbliche, an denen sie die Wahrheit festmachen konnte, sogar Kassia gehörte dazu. Ein weiterer Grund, weshalb sie so oft wie möglich bei ihren Treffen anwesend sein wollte. Sie wollte verstehen, was Liebe alles beinhaltete – neben dem dauerhaften Strahlen und dem endlosen Kinder kriegen, das sie von Allegra kannte.

Deshalb machte sie sich seit einiger Zeit auf die Suche. Sie wollte es nicht länger dem Zufall überlassen, die Liebe zu finden. Bisher ohne Erfolg. Es wunderte sie nicht angesichts der Tatsache, dass sie nicht einmal wusste, wonach genau sie Ausschau hielt. Es konnte ein Unsterblicher sein, ein Mensch, ein Formwandler – Gott bewahre – oder, und das wäre dem Rat zuzutrauen, sie suchte nach niemandem. Eines Tages würde sie wissen, nach wem sie Ausschau gehalten hatte, doch dann würde es zu spät sein. Sie würde zu den Unglücklichen gehören, deren Schicksal nichts Gutes für sie bereit hielt. Wenn ja, dann würde sie nicht zulassen, dass sie so endete wie die Mädchen aus ihrem Heimatdorf: Verrückt vor Sehnsucht, manche aus Verzweiflung in den Selbstmord getrieben.

Sie verbannte das Thema, als sie ihr Ziel erreichten.

»Die Familie von Kassias Verlobten«, bemerkte Jessica, ihrem Blick folgend.

Die Herzogenfamilie hatte nur wenige Gräber für sich beansprucht. Neben Amino, dessen Grab am Rand lag, waren lediglich zwei Vorfahren und seine Eltern beerdigt worden.

Jedes Grab war gepflegt. Jemand sorgte dafür, dass der Stein nicht verwitterte und die Schrift lesbar war. Es gab kein Anzeichen für Unkraut, stattdessen Blumen, die ihren Farben und dem Geruch nach nicht älter als zwei Tage waren.

So hatte sie es auch mit dem Grab ihrer Eltern gemacht, bevor es zusammen mit dem gesamten Dorf dem Erdboden gleichgemacht worden war. Dank der Menschen stand dort heute ein Hotel. Ironischerweise wurde dort ein Wellnessprogramm angeboten, das niemals alternde Haut versprach.

»Ich konnte mir nie vorstellen, dass dort unten wirklich jemand liegt«, erzählte Jessica mit schief gelegtem Kopf. »Als Kind dachte ich, es wäre nur ein Symbol.«

Nike lächelte. »Und was dachtest du, was mit den Körpern passiert?«

»Keine Ahnung. Dass sie sich in Luft auflösen oder so. Aber wenn ich jetzt vor dem Grab ihres Verlobten stehe, kann ich mir nicht vorstellen, dass er nicht hier ist.«

»Er muss tot sein«, stimmte Nike ihr zu. »Im Grunde will ich mir das nur bestätigen lassen.« Sie wandte sich ab. »Dort drüben ist die Hütte des Friedhofwärters. Wir sollten keine Zeit verschwenden.«

Nike dachte daran, was Allegra über sie sagte. Dass sie mehr Glück als Verstand hätte. Für gewöhnlich zweifelte sie an dem Vergleich – wenn einer unverschämtes Glück hatte, dann Allegra. Allerdings konnte sie nicht abstreiten, dass sie durchaus in Situationen geriet, die andere als Glück bezeichnen würden. So war es auch auf dem Friedhof.

Selbst unter Unsterblichen war die Chance, einen Mann nach einem halben Jahrhundert ohne die Hilfe des Rates zu finden, gering. Immerhin gab es nur Wenige, die seit den 1480ern am selben Ort lebten und denselben Job ausführten. Für Nike wäre das nichts gewesen. Sie brauchte die Abwechslung.

Kaum hatten sie sich der Tür genähert, fiel ihnen ein Schild ins Auge, ebenfalls mit einem Code für Unsterbliche manipuliert. Der Bewohner hatte den Worten nach schon auf dem Friedhof gearbeitet, als Nikes Eltern nicht einmal volljährig gewesen waren.

Nachdem sie geklopft hatte, dauerte es keine fünf Sekunden, bis die Türe geöffnet wurde. Der Mann vor ihr entsprach nicht dem Bild, das Nike sich von ihm gemacht hatte. Daran, dass man sich bei einem Unsterblichen nie auf die eigene Vorstellung verlassen konnte, hatte sie nicht gedacht – ein Zeichen, dass sie zu lange unter Menschen gelebt hatte. Statt eines gebückt gehenden Herren mit Koteletten und Altersflecken, stand in der Tür jemand Typ Sportlehrer. Der scheinbar Vierzigjährige trug eine Stoffhose und ein kariertes Hemd, von dem er sich den Staub abklopfte. Er begrüßte sie auf Kroatisch.

Nike lächelte verlegen. Sie war es nicht gewöhnt, sich nicht ausdrücken zu können. Sie beherrschte mehr als ein Dutzend Sprachen, doch Kroatisch zählte nicht dazu.

Der Mann begriff, dass sie ihn nicht verstanden, und wechselte ins Englische – mit einem derart starken Akzent, dass nicht nur Jessica das Gesicht verzog. »Was kann ich für Sie tun? Gibt es wieder Probleme mit den Jugendlichen? Ich habe dem Bürgermeister erst gestern gesagt, dass ich nicht noch häufiger nachts auf Patrouille gehen kann.«

»Nein, nein, deshalb sind wir nicht gekommen. Wir hätten eine Frage zur Familie Gogolja«, ergriff Jessica das Wort.

Er schüttelte den Kopf. »Ich wüsste nicht, inwiefern ich Ihnen da helfen könnte. Ich habe keinen Kontakt zu *gospodin* Gogolja. Andere Familienmitglieder sind mir nicht bekannt, sofern sie nicht auf meinem Friedhof liegen.«

»Das wissen wir. Entschuldigung, ich hätte mich klarer ausdrücken sollen: Es geht um einen der Toten.«

»Um Amino Gogolja«, fügte Nike hinzu. »Er soll im Oktober 1485 dort drüben beerdigt worden sein. Von ihnen, vermuten wir.«

Er ging sich durch das schüttere Haar. »Kommen Sie rein. Solche Themen sollte man nicht an der Tür besprechen.«

Der Raum war eine karge Mischung aus Büro, Wohn- und Schlafbereich. Letzteres erkannte man nur an einem zerschlissenen Sofa an der Wand gegenüber. Für Nike grenzte es an ein Wunder, dass das bescheidene Heim des Mannes eine Heizung besaß.

Mit einem Nicken bedeutete er ihnen, sich auf die Stühle am Schreibtisch, dem Hauptaugenmerk des Raumes zu setzen.

»Der arme Mann ist vor so langer Zeit gestorben; ohne den Grabstein hätte ich seinen Namen längst vergessen. Was interessiert Sie an ihm?«

Jessicas Miene war ihre Überraschung abzulesen. Nike hingegen wusste, wie wichtig die Adelsfamilien einst neben den Ratsfamilien gewesen waren. Man vergaß sie nicht.

»Wir …« Die Beine übereinanderschlagend, überlegte Nike, welche Lüge am glaubhaftesten erscheinen würde. »haben Gerüchte gehört, er lebe noch. Eine Freundin von uns glaubt, ihn vor kurzem gesehen zu haben. Wir wollten uns vergewissern, was dran sein könnte. Ich würde nur ungern jemandem Hoffnungen machen, um sie dann wieder zerstören zu müssen.«

Abwesend schüttelte er den Kopf. »Ich war vor Ort, als er vom Pferd gerissen und von diesem Mann angegriffen wurde.

Ein schrecklicher Tag. Alle waren in Aufruhr wegen der Rosiç- Hochzeit. Die Leute liebten solche Großereignisse. Und dann das. Mitten auf der Straße. Die arme Familie. Das arme Mädchen. Ich habe sie danach gelegentlich im Vorbeigehen gesehen; sie hat kein einziges Mal mehr gelächelt.«

»Sie reden von Ka … Taja«, korrigierte Jessica sich. Sie hatte die Ellebogen auf die Knie abgestützt, den Kopf nach vorne gestreckt.

Für eine Sekunde kam es Nike so vor, als blicke sie wachsam umher und würde auf etwas warten.

»Ja, die Verlobung zwischen den beiden war einer der Gründe, weshalb der Mord an ihm die Leute noch lange beschäftigte.«

»Also sind sie sich sicher, dass Amino tot ist?! Sie haben seine Leiche gesehen? Ihn beerdigt?«

Ihr Gegenüber warf einen langen Blick aus dem Fenster, von wo aus er auf besagtes Grab sah. Er wartete derart lange mit seiner Antwort, dass Nike, paranoid wie sie war, befürchtete, Dante hätte ihre ihn zum Schweigen verpflichtet. Es wäre dem irren Italiener zuzutrauen, dass er alles und jeden im Umkreis von dreihundert Kilometern einschüchterte.

»Ich habe …«, setzte der Friedhofswärter schließlich an. »Amino Gogolja damals …« Er sollte seine Antwort nicht zu

Ende führen.

Nike schreckte entsetzt zurück, als ein Knall die Luft zerriss. Instinktiv rollte sie sich auf den Boden ab und ging in die Hocke, um einen Überblick zu bekommen. Ihre rechte Hand lag auf ihrer Jackentasche, worin sie seit dem Angriff eine Waffe mit sich trug.

Ihr Informant war ebenfalls gestürzt. Regungslos lag er auf dem Boden, Arme und Beine von sich gestreckt. Nike musste nicht zu ihm gehen, um zu wissen, was passiert war. Der dunkelrote Fleck auf seinem Hemd, der sich rasch ausbreitete, war nicht zu übersehen. Ein Schuss ins Herz.

Schwer atmend zog Nike die Waffe hervor. Der Schütze konnte noch in der Nähe sein. Womöglich war seine Arbeit mit dem Mann noch nicht getan. Sie sah sich nach Jessica um. Hinter ihr, kaum noch in ihrem Blickfeld, nahm sie die Stiefel wahr, in denen Jessica nachgekommen war. Nike erschrak, nicht sicher, ob es ihr gut ging, sie ohnmächtig oder tot war. Sie konnte getroffen worden sein.

Bevor sie ihre Befürchtungen überprüfen konnte, spürte sie einen stechenden Schmerz am Hinterkopf. Grelle Farben erschienen und brannten ihr in den Augen. Dann wurde sie ohnmächtig.

Aussetzen

Trotz der Kontrolle, welche Kassia innehatte, fühlte sie sich schwach. Schwach und durcheinander. Seit sie das Video gesehen hatte, hatte sie so viele Emotionen durchlebt, dass sie sie kaum noch auseinander halten konnte.

Seit Stunden befand sie sich in dem Land, in dem sie ihre wahre, ihre erste Kindheit verbracht hatte. Ihr Elternhaus zu finden, war nicht schwer. Sie hatte nicht damit gerechnet. Zagreb hatte sich so sehr verändert, dass es ihr wie eine andere Welt erschien. Dennoch hatte sie sofort gewusst, wohin sie zu gehen hatte. Als sei sie nie fort gewesen.

Stundenlang blieb sie davor und starrte das alte Gebäude an. Mittlerweile war es dunkel und die jungen Leute der Stadt krochen aus ihren Wohnungen, um feiern zu gehen.

Erst jetzt setzte sie sich in Bewegung. Mit jedem Schritt wurde die Nervosität größer. So sehr sie hinein wollte, um Amino zu sehen, so sehr fürchtete sie sich davor. Sie wollte nicht das tun, was Dante von ihr verlangte. Sie wollte in den Keller einbrechen, Amino befreien und verschwinden, bevor Dante es mitbekam. Sein Ultimatum lief bis Morgen. Noch wartete er auf sie – im festen Glauben, sie würde sich ihm ausliefern.

Eine Spur Vertrautheit breitete sich in ihr aus, als sie das

Grundstück betrat. Sie dachte daran, wie im Winter die Eiszapfen von ihrem Balkon gehangen hatten. Ihre Eltern hatten sie immer davor gewarnt, dort spielen zu gehen. Doch sie hatte es geliebt, sich in ihnen zu spiegeln und auch sie zum Wackeln zu bringen. Eine andere Erinnerung tauchte auf, in der sie ungeduldig mit der Amme im Garten stand und auf ihre Freunde warteten. Sie war vierzehn gewesen. Ihre Wangen hatten geglüht vor Kälte, aber auch vor Freude.

Es waren Erinnerungen an eine glückliche Kindheit.

Und es gab Erinnerungen, die diese glückliche Kindheit beendet hatten. Kassia stritt sich mit ihrem Vater. Einer seiner Wachleute warf sie über den Rücken und sperrte sie in ihrem Zimmer ein. Alle Schreie und Proteste waren nutzlos. Sie glaubte, die Tränen schmecken zu können.

Für Kassia war es eine Herausforderung, zurückzukehren, unabhängig von Dante. Sie hatte sich nie getraut, nach Zagreb zurückzukehren, weil sie sich vor den Erinnerungen fürchtete. Nicht einmal am Flughafen in England hatte sie sich überwinden können. Ihr seltsames Verhalten, als Nike sie aufgegriffen hatte, war nicht nur dem Konflikt zwischen ihr und Diana geschuldet gewesen; es war nicht Dianas Kampf gewesen, der sie aufgehalten hatte, sondern ihr eigener.

Sie unterdrückte die Bilder in ihrem Kopf, als sie das Haus betrat. Dafür nahm sie in Kauf, dass Diana sich in ihr regte. Ein Schmerz, der nichts Körperliches an sich hatte, durchzuckte sie, als sie ihre Gedanken an Chris mit ihr teilte.

Kassia verbannte die Gefühle aus ihrer Wahrnehmung, kaum dass sie Einlass gefunden hatten.

Sie erreichte die Tür zum Keller. Ein letztes Umsehen, ein letztes Zögern, dann folgte sie den flackernden, nackten Glühbirnen. Die Technik, so banal sie an diesem Ort rüberkommen mochte, war ein Fortschritt. Im 15. Jahrhundert war man froh gewesen, wenn einem auf dem Weg nicht die Fackel oder Kerze ausgegangen war.

Die Hand an die Wand gestützt, lauschte sie. Sie merkte auf, als sie ein Stöhnen und Geraschel hörte. Als kämpfe jemand gegen Fesseln. Amino musste dort sein! Ihre Schritte beschleunigten sich, beinahe stolperte sie, als sie ihr Ziel erreichte. Aufgebracht begann Kassia, an der verschlossenen Türe zu rütteln. Dass die Geräusche jemanden auf den Plan rufen und sie verraten könnten, bedachte sie nicht. Sie trommelte auf das Holz und trat gegen die Metallscharniere. Bei jeder Reaktion hinter der Türe, zuckte sie zusammen und rief den Namen ihres Verlobten.

Irgendwann gelang es ihr, die Tür aufzustoßen. In dem schwachen Licht war der Raum nicht zu überblicken. Dennoch fanden Kassias Augen, wonach sie suchten. Vor Überwältigung gaben ihre Beine nach; sie drohte auf die Knie zu sinken, als ihre Hand den Mann aus dem Video berührte. Tränen strömen aus ihren Augen. Sie gab abgehackte, gurgelnde Geräusche von sich als würde sie ersticken. Amino, gefesselt und geknebelt starrte sie an.

Es verging eine weitere Minute, bis sie begriff, dass er sie nicht erkannte. Das Mädchen, das er einst hatte heiraten wollen, sah anders aus als Diana. Sehr anders. Sie legte die Hände auf seine Knie. »*Ja sam Taja*«, erklärte sie ihm auf Kroatisch. Sein Gesicht verschwimmt vor ihren Augen. »*stvarno. Ja sam tvoja vjerenica.*« Sie war seine Verlobte. Für sie hatte sich das nie geändert.

Unter seinem Knebel gab er unverständliche Laute von sich. Seine Augen weiteten sich. Kassia zerrte an seinen Fesseln, riss sich die Haut unter den Fingernägeln auf und wünschte sich, sie hätte ein Messer dabei. Dantes Dolch, mit dem er Amino angegriffen hatte, lag nutzlos in England.

Es schien ewig zu dauern, bis sich der erste Knoten löste. Als sie ihm endlich Seile und Knebel abstreifen konnte, nahm sie ihn stattdessen in einer Umarmung gefangen.

»Taja«, brachte Amino hervor. »Wie …?« Seine Stimme war schwach wie sein Körper. Er wurde mehr von Kassia gestützt, als dass er sich selbst aufrecht hielt. »Was …?« Hilflos krächzte er auf Kroatisch, durcheinander und kaum verständlich.

»Es ist alles in Ordnung«, beruhigte sie ihn auf seiner Sprache. »Es ist vorbei, wir haben es geschafft. Alles wird gut. Ich kann nicht glauben, dass du lebst!« Sie ging ihm durch das verdreckte Haar, nicht sicher, was sie mit ihren Händen anfangen sollte.

Selten hatte sie einen derart starken Wunsch gespürt, ihn zu küssen. Sehnsucht. Reine, ehrliche, Sehnsucht. Kassias Lippen näherten sich seinen, sie hielt den Atem an, als ihre Finger an etwas hängen blieben.

Sie stutzte. Behutsam strich sie ihm über die Schultern: »Was hat Dante dir angetan, Amino?«

Hautlappen hingen über dem Kragen seines Pullovers. Kleine, feine Streifen, von Blut befleckt. Als hätte man ihn schälen wollen.

Doch es gab etwas an seinen Wunden, das sie irritierte. Mehr als dessen Anblick oder die Vorstellung, was Dante ihm angetan haben könnte. Irgendetwas stimmte nicht, das ließ sich nicht mehr verdrängen.

»Es gab da mal einen Tag«, begann sie, während sie Amino half, sich aufzurichten. »als wir das erste Mal seit langem mit Matej ausgeritten sind. Du warst der festen Überzeugung, eine Abkürzung zu kennen, bist vorausgeritten und in einem Dickicht undurchdringlicher Blätter und Dornenbüschen gelandet. Dein Pferd hat dich abgeworfen und du musstest dich zu Fuß zu uns zurückkämpfen. Erinnerst du dich? Das war der Tag nach unserer Verlobung. Wir waren vierzehn. Matej hat sich vor Lachen nicht mehr eingekriegt und mich gefragt, ob ich jetzt immer noch begeistert wäre, dich bis ans Ende meiner Existenz bei mir zu haben.« Als Kinder hatten sie häufiger gegenseitig aufgezogen, manchmal nur aus Spaß, manchmal um sich aufzumuntern.

Amino nickte, während seine Füße versuchten, Halt auf dem Boden zu finden. »Mein Vater war nicht halb so amüsiert davon wie du, *princeza*. Und Mutter beklagte sich über meine zerrissenen Kleider.«

Kassia ließ ihn los. Er stürzte auf den Steinboden. »Der Ausflug war nach der Verkündung des Hochzeitstermins. Wir wurden als Kleinkinder verlobt! Und es war Matej, der sich als der Ältere und Weisere aufspielen wollte. Er kehrte mit zerkratztem Gesicht und Ego aus dem Wald zurück – nicht Amino.«

Ihr war bewusst, dass nicht jeder all seine Erinnerungen behielt. Doch diese Woche hatte zu den Wichtigsten seines Lebens gehört. Der wahre Amino würde es weder vergessen noch durcheinander bringen.

»*‚Kein größ'rer Schmerz als sich erinnern glücklich heit'rer Zeit im Unglück'*« Das Zitat von Dante Alighieri ließ sie zusammenzucken. »Stimmt's Kassia?« Der andere Dante stand hinter ihr, die Arme vor der Brust verschränkt, das Grinsen schief.

Kassia erstarrte. Ihre Augen wanderten zwischen ihm und dem Mann auf dem Boden hin und her.

»Du hättest mir Bescheid sagen können, dass du auf mich gehört hast. Diese Geheimniskrämerei ist doch viel zu anstrengend«, fuhr er fort.

Kassia antwortete nicht. Sie kniete sich zu Amino und beugte sich über ihn als wolle sie ihn beschützen. »Ich bin nicht wegen dir hier«, giftete sie ihn an, bemüht ihre übliche Stärke zu zeigen.

»Ach ja.« Dante tat so als würde er Amino erst jetzt bemerken. »Er ist ja wieder da. Oder ist er es nicht?« Sein Lachen hallte in dem steinernen Raum. »Du sahest nicht allzu glücklich aus, als ich dazukam. Gibt es jetzt Ärger im Paradies?«

»Mistkerl!«, entgegnete sie. »Was hast du mit ihm angestellt? Hat es dir nicht gereicht, ihn zu erstechen? Musstest du ihn auch noch in irgendeinem dunklen Loch gefangen halten?«

»Ich habe ihn nicht gefangen gehalten. Er ist seit 1485 in einem dunklen Loch und mir geben gewisse Leute die Schuld daran, aber ich habe ihn nicht gefangen gehalten!«

Zum wiederholten Mal ließ sie den verwundeten Mann vor ihr los. Eine Welle unterschiedlicher Gefühle ging durch ihren Körper. Ihre Gedanken überschlugen sich. »Du hast mich reingelegt! Du verdammter Bastard hast einen Formwandler angeheuert, der sich in Amino verwandelt!«

Dante neigte den Kopf nach vorne.

Vor Wut schnappte sie nach Luft. »Wie hast du das angestellt? Du brauchst etwas von ihm, damit er sich verwandeln kann. Du hast es nicht gewagt, sein Grab zu öffnen?!«

Dante schüttelte den Kopf. »Das war nicht nötig. Das Verwandeln funktioniert auch mit Gegenständen, die der Person wichtig waren. Ich hatte einen gewissen Gegenstand, der ihm näher gekommen ist als alles andere …«

»Der Dolch. Du hast den Dolch benutzt, der Amino tötete. Ich nehme an, das war, bevor du meinen Vater umgebracht hast! Deshalb die Gravur und der Eintrag in deinem Kalender. Du hast meinen Vater ebenfalls mit dem Dolch umgebracht, damit nur noch ich in der Erblinie übrig bleibe.«

»Manchmal kannst du halbwegs intelligent sein.« Er kniff die Augen zusammen. »Schwörst du mir jetzt wieder ewige Rache und wir beginnen das Spiel von vorne?« Sie war sich nicht sicher, ob er amüsiert oder beunruhigt klang.

»Nein, das ist es mir nicht wert. Er hat aufgehört mein Vater zu sein, als er sich mit dir traf. Sein Tod ändert daran nichts.« Die Erkenntnis, dass Dante ihn umgebracht hatte, hatte sie wehmütig gestimmt, aber alles in allem hätte ebenso eine ihrer kurzen Bekanntschaften sterben können. »Hat das jetzt deinen Plan durchkreuzt? Wolltest du, dass ich weinend vor dir liege?«

»Du weißt, dass ich aus einem anderen Grund nichts dagegen hätte.« Der geradezu anzügliche Blick, den er ihr schenkte, war ekelerregend. Als ob er sie wirklich wollen würde.

»Warum dann der ganze Aufwand? Du hättest es dir leichter machen können.«

»Wenn ich Eines gelernt habe, dann, dass man dich nicht leicht bekommt. Also warum nicht so? Mit Hilfe deines geliebten Aminos …«

In diesem Augenblick geschah etwas, dass sie noch nie an ihm wahrgenommen hatte. Dantes Stimme wurde bitter. Es war nur eine kleine Nuance unter seinem Spott. Abscheu. Nicht der Tatsache gegenüber, dass sie an einem Toten hing, sondern … dass es DIESER Tote war. Dante hasste Amino nicht, weil er ihm damals im Weg gewesen war – oder nicht nur deshalb. Dante hasste Amino, weil Kassia ihm ihre Aufmerksamkeit schenkte, ihn wollte, ihn liebte. Er war eifersüchtig.

Kassia schnaubte. »Leider ist es das Einzige, das du gelernt hast.« Inzwischen hatte sie sich von dem Formwandler fortbewegt. »Also hat der Rat recht? Du wolltest mich herholen, damit ich in meinen ursprünglichen Körper zurückkehre und meinen Platz in der Erbfolge einnehme. Du willst mich heiraten und dann vermutlich umbringen?«

»Das mit dem Umbringen überlege ich mir noch,

ansonsten trifft es den Kern.«

Sie stand auf. Der alte Instinkt, ihm nicht unterlegen sein zu wollen, brach für einen Augenblick durch. Im Nachhinein beruhigte es sie beinahe. Eine Spur normales Chaos im totalen Chaos. »Warum jetzt? Du hattest eine Ewigkeit Zeit. Du hattest die Gelegenheit, als der Rat noch unter sich blieb und sich nicht mit halb Europa zusammenschloss, zum Beispiel. Da wäre es günstiger gewesen.«

»Das Ganze erforderte einiges an Vorbereitung. Ich bin sehr sorgfältig, wenn ich mich etwas widme. Ich bleibe dran, selbst wenn Probleme auftreten, selbst wenn mich das, ich weiß nicht, mein halbes Leben kostet«

Sie verstand die Anspielung.

»Wie lange hat die Planung gedauert? So langsam, wie du deine Gedanke zu etwas Sinnvollem zusammenfassen kannst, muss dir die Idee …« Sie unterbrach sich selbst. Langsam hob sie den Kopf, um ihm in die Augen zu sehen. »in Österreich gekommen sein. Meine Rache, deine Rache. Meine Eröffnung über Laura hat dich dazu gebracht. Deshalb hast du erwartet, dass ich mich wieder rächen möchte.«

Er lächelte schief. »Dir hätte klar sein müssen, dass ich nicht einfach hinnehmen kann, was du Laura angetan hast. Sie war unschuldig.«

»Nicht unschuldiger als Amino. Der richtige, nicht diese billige Kopie«, unterbrach sie ihn mit einem Blick auf den

Formwandler.

»Wie auch immer. Ich suchte nach einem Weg, es dir heimzuzahlen. Irgendwann kam mir diese Idee. Damit hätte ich alles, was ich wollte.«

»Du hättest mich«, fauchte sie ihn an. »Du hättest das, von dem du immer abgestritten hast, dass du es willst.«

»Ich hätte gewonnen.«

Sie wollte ihm seine arrogante Visage ruinieren, sodass nicht einmal seine eigene Mutter ihn erkennen würde. »Dein Plan ist zu umfangreich, als dass es nur darauf hinausläuft. Sag mir die Wahrheit!«

»Denk nach«, schlug er vor. »Bisher hast du doch annähernd alles herausgefunden. Du musst nur nach den richtigen Erinnerungen suchen. Fürs Erste hast hier drin genug Zeit dafür. keine Panik wegen dem … Herrn dort. Er mag zwar nicht so charmant sein wie dein Geliebter, aber er ernährt sich nicht von seiner eigenen Art. Die Gene deiner Mutter machen dich unattraktiv für ihn.« Rückwärts gehend verließ er den Raum und verschloss die Tür, bevor Kassia reagieren konnte.

»Nein!« Sie rief nach Dante, wie sie es vorhin noch bei Amino getan hatte. Sie verfluchte ihn auf jeder Sprache, die ihr geläufig war. Sie schrie, bis ihre Stimme zu versagen drohte.

Dante kehrte nicht zurück.

Es war vorbei. Er war noch nie so nah daran gewesen zu gewinnen. Und es gab so gut wie nichts, das ihn daran hinderte.

Verhandlungen

»Was genau war an meinen Anweisungen nicht zu verstehen? Was sollen diese Alleingänge?«, schnauzte Dante.

»Ich weiß nicht, was dein Problem ist. Ich habe nichts Schlimmes getan! Die Zicke hat es verdient, dass ihr mal jemand eins überzieht, das hast du selber gesagt.«

Er raufte sich das Haar, um zu verhindern, dass er auf den nächstbesten Gegenstand einschlug. »Und was ist mit dem Friedhofswärter? Ging er dir auch auf die Nerven?«

»Er hat sich meinen Anweisungen widersetzt. Er wollte ihnen sagen, dass Gogolja mausetot ist.«

»Dann hätte er es ihnen eben gesagt. Kassia war längst hier. Sein Tod war vollkommen unnötig!«

Die Person, die mit ihm im Raum war, verzog das Gesicht. »Und der Tod von Dianas Verlobtem wäre gerechtfertigt gewesen? Dafür kannst du mir nicht die Schuld geben. Du warst es, der den anderen gesagt hat, sie dürften jeden angreifen außer Kassia. Das beinhaltete Nike und ihn. Was hat sich geändert?«

»Danach habe ich deutlich gemacht, dass du die Finger von Kassias Freundinnen lassen sollst. Das. War. Ein. Fehler!«

»Weshalb?«, erwiderte sein Gegenüber trotzig. »Weil du

sie lieb gewonnen hast? Oder weil deine *principessa* schlecht von dir denken könnte? Der Zug ist schon lange abgefahren.«

»Ich habe ihre Freundinnen gebraucht, weil ich wusste, dass sie Kassia bearbeiten würden. Sie würden sie vor mir warnen, immer wieder erzählen, wie verrückt wir seien. Sie würden sie so lange bedrängen, bis Kassia es nicht mehr aushalten würde. So läuft es jedes Mal. Und damit treiben sie sie jedes Mal wieder zu mir. Hass und Begehren sind eine Kombination, die man bei Frauen nie unterschätzen sollte, das müsstest du wissen. Jetzt brauche ich ihre Freundinnen zwar nicht mehr, ich sehe aber keinen Sinn darin, sie festzuhalten oder zu töten.«

»Wenn wir sie gehen lassen, werden sie zum Rat rennen und erzählen, was sie gesehen haben …«

»Das werden sie nicht!«

»Red dir das nur selber ein. Ich bin raus aus der Nummer, wenn du jetzt kurz vor Ende sentimental wirst. Du wolltest das Biest endlich haben, jetzt hast du sie. Ihre Freundinnen eben auch, na und? Kann passieren. Bleibt mehr Spaß für mich.«

Er packte seinen Gesprächspartner am Handgelenk. »Du hast deinen Preis genannt. Einen Teil hast du bekommen, der Rest wird kommen. Aber du fasst weder Nike noch Allegra an! Wenn sie nun schon einmal hier sind, können sie mir vielleicht noch einmal nützen. Lebend. Haben wir uns verstanden?«, fügte er drohend hinzu.

»Wehe, du machst das für sie statt für uns!«

Er verließ den Raum und ging in das Arbeitszimmer von Kassias Vater. Er hatte eine gewisse Ironie darin gesehen, sich ausgerechnet diesen Raum auszusuchen. Hier hatte es begonnen. Er hatte eine Schwäche für solche Dinge.

Er setzte ein Lächeln auf, als er Nike und Allegra in der Ecke sitzen sah. Er war schlau genug, sich seine Unzufriedenheit nicht anmerken zu lassen. Die Frauen wurden von einem grimmigen Mann hinter ihnen bedacht, den Dante als Vorsichtsmaßnahme angeheuert hatte.

»Passiert heute noch was oder starrst du uns einfach gerne an?«, wollte Nike wissen. Sie hatte den Kopf trotzig nach vorne gestreckt. Dante nahm ihr den Mangel an Angst nicht ab. Ihr konnte es nicht viel besser gehen als Allegra, die sich zusammengekauert hatte. Sie hatte ihren Oberkörper mit beiden Armen umschlungen und hatte die Augen geweitet. Sie tat ihm beinahe Leid.

»Wo ist Jessica?«, bluffte Nike. »Wir waren zusammen unterwegs. Hast du sie umgebracht?«

Dantes Lächeln wurde eine Spur breiter. »Nein. Sie müsste jede Sekunde zu uns stoßen. Gemeinsam mit einem meiner Ehrengäste.«

»Ach, uns zählst du nicht dazu? Ich hatte fest damit gerechnet, wo wir diese grandiosen Plätze haben.«

Dante ignorierte sie. Der Gedanke daran, dass er sie am Ende dieses Tages vermutlich nie wieder sehen würde, gehörte in die Top Fünf der Dinge, auf die er sich am meisten freute. Dabei gab es viele Geschehnisse an diesem Tag, auf die er lange hingearbeitet hatte.

»Was ist mit Kassia?«, fragte Allegra leise. »Wieso ist sie nicht bei uns?«

»Sie kommt gleich«, antwortete er schließlich. Allegra war erträglich. Er sah keinen Sinn darin, ihr Angst einzujagen. Für die Verhältnisse, die er von Kassia und Nike gewöhnt war, war sie nahezu freundlich zu ihm.

»Geht es ihr gut?«

»Ich habe ihr kein Haar gekrümmt, wenn du darauf anspielst. In Ordnung?«

Allegra nickte, ihr Gesicht hellte sich um eine Nuance auf, während Nike weiterhin skeptisch blieb. Sie warf einen Blick auf den Wachtposten hinter ihr. »Mittlerweile wissen wir ja, dass du genügend Leute hast, die die Drecksarbeit für dich machen.«

Es klopfte an der Tür, die in die Privaträume des Hauses führten. Aus den Augenwinkeln sah er, wie sowohl Nike als auch Allegra aufblickten.

»Herein!« rief er. Ein Anflug von Aufregung überkam ihn, als das Holz zur Seite schwang und eine Hand voll Leute herein traten. Neben ihnen ging eine kränklich aussehende

Jessica, die sich kaum traute, aufzusehen. Kaum war sie über die Türschwelle getreten, wurde sie von der Wache unwirsch in Empfang genommen und zu den anderen geschubst.

»Bist du in Ordnung?«, hörte er Allegra fragen.

»Ja. Ich sollte sie … zurechtmachen. Er wollte sie nicht von einem dieser Kerle anfassen lassen, denke ich.«

Dante blendete sie aus und konzentrierte sich auf den Glaskasten, der auf den Schultern der Männer transportiert wurde.

»Schneewittchen mit stinkenden Formwandlern. Du hast noch mehr Probleme als ich dachte, Occiano«, murmelte Nike.

»Es ist unvorstellbar, nicht wahr?«, ignorierte er sie. »Die ganze Zeit über lag ihre Hülle in diesem Haus. Keiner hat es bemerkt. Sie haben das ganze Land nach ihr durchsucht, dabei war sie direkt vor ihrer Nase.« Er vermied es, den Körper anzusehen, der einst Kassias gewesen war. Oder damals noch Taja. Sie leblos zu sehen, bereitete ihm ein sonderbares Gefühl. »Ihr Körper ist an den Ort zurückgekehrt, an dem ihr Leben begonnen hat: In die Gemächer ihrer Mutter – ein kleiner Scherz des Universums, wenn ihr mich fragt. Seit ihrem Tod hat niemand mehr den Raum betreten.«

»Ich füge *nekrophil* auf meine Liste ‚Dinge, die Dante zum Psychopathen machen' hinzu, in Ordnung?«

»Ihr solltet sie euch ansehen. Damit ihr sehen könnt, wofür ich Kassia herbringen musste.«

Allegra zuckte verängstigt zurück als hätte er ihr angedroht, sie in den Sarg zu legen und lebendig zu begraben. Ihm war nur selten so bewusst gewesen, wie viel sie und Nike ihm zutrauten. Es bereitete ihm ein unerklärliches Vergnügen, ihnen Kassias zu zeigen, wie sie einmal war und bald wieder sein würde.

»Sie erträgt den Anblick nicht. Du musst sie nicht noch mehr stressen als ohnehin.« Kassia! »Das Schloss vom Weinkeller ist echt für'n Arsch«, fügte sie erklärend hinzu. »Hättest du jetzt die Freundlichkeit, sie in Ruhe zu lassen? Oder willst du einen weiteren Toten auf deiner Liste haben?«

Dante benötigte einen Augenblick, um zu antworten. Zu verwundert war er, sie zu sehen. Im Falle eines Ausbruches, hätte er damit gerechnet, dass sie das Haus verließ. »Wovon redest du? Sie wird davon wohl kaum tot umfallen.«

»Sie nicht. Das Baby womöglich schon. Es hat seine Gründe, weshalb Schwangere geschont werden.«

»Ernsthaft? Schon wieder?« Zu spät bemerkte er, dass nicht nur er reagierte. Eine andere Person im Raum hatte dieselbe Frage gestellt. Mit einer wesentlich höheren Stimme und einem Hauch Verachtung.

Nike, Kassia und Allegra warfen Jessica einen schiefen Blick zu. Misstrauen erschien in ihren Augen.

Jessica öffnete den Mund. Ihre Miene schwankte zwischen Furcht und einem überheblichen Lächeln. Eine Kombination, die er nur zu gut kannte. Aus diesem Grund schnitt er ihr das Wort ab. »Sie werden dir keine Ausrede glauben. Du kannst das Versteckspiel aufgeben.«

Sie fing seinen Blick auf, schien abzuwägen, ob er es ernst meinte. Dann nickte sie knapp und schloss die Augen. Die Verwandlung der Formwandlerin erinnerte Dante an seine eigenen, wenn er sein Alter veränderte. Es lag nicht nur an dem Prozess selbst, sondern auch an der Art, wie sich seine Haare aufrichteten und seine Haut zu kribbeln begann.

Nach wenigen Sekunden blickte ihm eine andere Person entgegen, die er selbst zuvor nur einmal so gesehen hatte. Da die Formwandlerin ihre damalige Hülle nicht lange beibehalten hatte, war es ihr nun möglich, auf diese zurückzugreifen. Etwas, das er bis vor einigen Wochen noch nicht gewusst hatte.

Er hatte nichts anderes erwartet, als dass Nike diejenige sein würde, die zuerst reagierte. Es erforderte beide Arme der Wache und Allegra, um sie davon abzuhalten, sich auf sie zu stürzen. »Du Miststück hast uns vorgeheuchelt, mit uns befreundet zu sein! Du hast gesagt, du wärest auf unserer Seite und in Wahrheit hast du die ganze Zeit für ihn gearbeitet? Ich hätte es merken müssen, als dieser widerliche Gestank an dir nicht verschwinden wollte … Warte nur, bis ich dich in die Finger bekomme …«

Kassia hatte die Arme vor der Brust verschränkt, die Augen zusammengekniffen. »Wann?«, blaffte sie ihn an. »Wann haben sie getauscht?«

»Was glaubst du, weshalb sie länger in meinem Zimmer blieb als Nike?«

»Wo hast du die echte Jessica?«

»Ich habe sie Camille überlassen, ich kann dir nicht sagen, was sie mit ihr getan hat.« Er log nicht. Er hatte sich nie dafür interessiert, was Camille bevorzugte. »Frag sie!«

Am Fenster erwiderte Camille nichts, sondern trat einige Schritte beiseite, um zu verhindern, dass Nike ihr das Gesicht zerkratzte. Weiterhin schien sie nicht sicher zu sein, was sie fühlen sollte. Schock, weil sie sich verraten hatte oder Freude, weil sie zu den Siegern gehörte und dies nun auch zeigen konnte.

Währenddessen redete Allegra beruhigend auf Nike ein, welche sich jedoch nur schwer bändigen ließ.

Als sich nichts änderte, schickte Dante Camille hinaus. Er konnte es sich nicht leisten, dass die Situation knapp vor dem Ziel wegen ihr eskalierte. Sie wirkte wenig begeistert, dennoch folgte sie seiner Anweisung.

Dann wandte er sich wieder Kassia zu.

Zum ersten Mal besah sie sich den Sarg genauer. Dante beobachtete, wie ein Schauer durch ihren Körper ging. Wie hypnotisiert trat sie näher heran und starrte auf ihr altes Ich. Sich selbst in diesem Zustand zu sehen, schien Ähnliches in ihr auszulösen wie bei ihm.

Auf ihrem Gesicht spiegelte sich ein Ausdruck, den er seit ihrem Abend in Wien nicht mehr gesehen hatte. »Dante? Du hättest Nike und Allegras nicht gefangen nehmen müssen.«

»Da habe ich andere Erfahrungen gemacht.«

»Ich bin nicht ausgebrochen, um zu verschwinden. Sondern um dir zu sagen, dass ich tun werde, was du von mir verlangst. Ich werde in meinen alten Körper zurückkehren.«

»Was?« Allegra blickte alarmiert auf. »Was redest du da, Kassia?«

Ihr Blick hing weiterhin auf dem Sarg. »Ich nehme meine ursprüngliche Gestalt wieder an und heirate dich, damit du in die Erblinie aufgenommen wirst.«

Dante zögerte. »Wo ist der Haken?«

»Es gibt keinen. Du hast mir viel Zeit gegeben, nachzudenken. Über das, was in England passiert ist, über den Angriff der Formwandler auf einen völlig Unschuldigen und all das, was davor war. Es ist das einzig Richtige. Im Gegenzug verlange ich nur, dass du Nike, Allegra und die echte Diana gehen lässt.«

»Du gibst auf?«

Sie neigte den Kopf in seine Richtung. »Ich bin es Leid zu sehen, zu was wir inzwischen fähig sind.«

Er war nicht zu einer Antwort fähig.

»Lass sie gehen!«, wiederholte sie nach einer Weile. »Dann werde ich tun, was du möchtest.«

Nike und Allegra protestierten, doch Dante war zu abgelenkt, um darauf zu achten.

»Was hält mich davon ab, sie nicht doch hier zu behalten. Für den Fall der Fälle.«

»Warum solltest du, wenn es nicht nötig ist? Wenn du Spaß am Foltern hättest, hättest du mir den falschen Amino früher vorgesetzt. Außerdem sage ich für dich beim Rat aus, wenn du das tust. Ich kann dafür sorgen, dass die Ermittlungen gegen dich eingestellt werden. Selbst du müsstest erkennen, dass das der beste Deal ist, den du je machen kannst.«

Er wusste, dass sie Recht hatte. Ihr Angebot war ideal für ihn. Er würde alles bekommen, das er je gewollt hatte. Dennoch zögerte er. Es gab nur wenige Momente, in denen er und Kassia rational aufeinander reagierten. Ihr plötzlicher Sinneswandel machte ihn stutzig. Doch er hatte keine Idee, an welcher Stelle sie sich ein Schlupfloch suchen könnte.

»In Ordnung«, sagte er schließlich.

Das Triumphgefühl, das er sich oft ausgemalt hatte, war nicht so befriedigend wie erwartet. Es hatte einen bitteren Nachgeschmack. In seiner Vorstellung war es eine andere Art von Sieg gewesen, den er erreicht hatte. Meistens einer, der nichts mit seinen Plänen für den Rat zu tun hatte, sondern nur mit Kassia. Nur Kassia und er.

»Kassia, das kannst du nicht tun!«, rief Nike. »Du glaubst doch nicht ernsthaft, dass er seinen Teil des Deals einhalten wird! Diese Entscheidung wird dich umbringen!«

»Nicht bevor ich alt bin«, erwiderte Kassia mehr zu sich selbst. »Wenn ich in meinen ursprünglichen Körper zurückkehre, verliere ich meine Kräfte. Ich werde nahezu ein Mensch sein, altern und in absehbarer Zeit sterben.«

Dantes Ohren füllten sich mit Rauschen. Als er sich informiert hatte, ob eine Rückführung möglich sei, war er nirgendwo darauf gestoßen. Kassia würde sterben. Altern und sterben. Nicht selten hatte er ihr die Pest an den Hals gewünscht, ebenso wie sie ihm. Er hatte immer wieder behauptet, er würde nie um sie trauern und man hatte ihm mehrmals unterstellt, sie umbringen zu wollen. Daran störte er sich nicht. Nur die Vorstellung, sie könnte eines Tages in einem Sarg liegen – sie selbst und nicht nur eine ihrer Hüllen … Er hatte nie daran gedacht, dass das möglich sein könnte.

»Ich werde mich daran gewöhnen müssen. So schlimm kann es ja nicht sein, wenn die meisten Menschen es unbeschadet überstehen. Im Notfall gibt es Botox«, fügte sie mit einem nervösen Lächeln hinzu. »Es ist ok. Ich lebe schon eine Weile, es gibt nichts mehr, was ich noch sehen muss. Und selbst wenn, wird mich nicht sofort morgen der Schlag treffen. Ein wenig Zeit bleibt mir noch.« Ihre Stimme klang vollkommen fremd.

»Brauchst du etwas für den Wechsel?«, fragte er tonlos. »Mehr Platz oder etwas, das ich besorgen muss?« Er überspielte seine Nervosität und versuchte an die Vorteile zu denken, die dieser Schritt mit sich bringen würde. Er wollte sich nicht eingestehen, dass Camille womöglich recht hatte. Dass er, und sei es nur für einen kurzen Augenblick, sentimental wurde.

Kassia schüttelte den Kopf. »Diana wird das Gleichgewicht verlieren, wenn ich sie verlasse. Wahrscheinlich sogar ohnmächtig sein. Fang sie auf! Oder lass sie auffangen, wenn du dir zu fein dafür sein solltest.« Ihre Mundwinkel zuckten. Behutsam hob sie den Deckel des Sarges an und ließ ihn zur Seite schwenken. Ihre Brust hob und senkte sich schneller, bevor sie ihre Finger mit denen des Körpers im Inneren verschränkte.

Dante hatte sich nie die Zeit genommen zu überlegen, wie genau Kassia ihr Weiterleben sicherte. Für ihn war es nur wichtig gewesen, dass sie regelmäßig anders aussah. Nicht eine Sekunde lang hatte er vor sich gesehen, wie Kassia sich versteifte. Jeder Muskel ihres Körpers schien sich anzuspannen. In ihrer Brustgegend entstand ein Leuchten. Kassias Seele bahnte sich ihren Weg durch Dianas Oberkörper, ehe sie sie durch den Mund verließ. Wie Kassia es angekündigt hatte, kippte sie nach hinten über.

Nike und Allegra waren schneller bei ihr als Dante. Allegra fing sie auf und bettete ihren Kopf auf ihrem Schoß. Nike maß ihren Puls und legte den Kopf auf ihre Brust, um den Herzschlag zu überprüfen. Da kein Laut von ihnen kam, ging Dante davon aus, dass sie nicht verletzt war. Lediglich ohnmächtig.

Er verfolgte weiterhin Kassias Seele. Sie veränderte sich auf ihrem Weg. War sie zu Beginn noch milchig weiß gewesen, von grauen Schlieren durchzogen, tauchten nun neue Farben auf. Das Weiß klarte auf, während die Schlieren sich verdunkelten und beinahe schwarz wurden. Verschiedenfarbige Punkte, grün, gelb, rot und blau blitzten auf, als sie sich um die eigene Achse drehte. Die Gefühle, die sie am meisten beschäftigten. Sie schienen um die Wette zu pulsieren. Ein letztes Mal leuchtete die Seele auf: Sie fand ihren Körper. Dante hob die Hand, um seine Augen zu schützen, als das Licht den Raum durchflutete. Der ursprüngliche Körper bäumte sich wie von Fäden gezogen auf. Er hörte ein Geräusch, das wie ein Ausatmen klang. Dann verschwand das Licht.

Einige Minuten lang passierte nichts. Niemand sagte ein Wort – nicht einmal Nike. Dante wartete unruhig. Soweit er sich auskannte, gingen Verwandlungen und Wechsel jeglicher Art schnell vonstatten. Damit den Menschen nichts auffiel.

Bei ihr dauerte es ungewöhnlich lang.

Als sich nichts tat, fragte er sich, ob es schief gegangen sei. War es möglich, dass Kassia den Wechsel aus welchem Grund auch immer nicht geschafft hatte? Womöglich war eine Rückführung komplizierter als normale Wechsel.

Er war Schuld, wenn sie starb.

Noch nie hatte ihm ein solcher Gedanke zuschaffen gemacht. Das hatte er nicht gewollt. Alles Mögliche hatte er sich vorgenommen, das Wenigste davon war gut für jemandem außer ihm, aber nicht das …

»Ich hatte verdrängt, wie eng Korsetts wirklich geschnürt wurden.«

Er blickte auf.

Kassia, oder Taja, wie man sie einst genannt hatte, stützte sich auf die Unterarme. Unter der ungewohnten Belastung nach einem halben Jahrhundert Starre zitterten ihre Muskeln.

Erleichterung durchflutete ihn, erreichte jeden Zentimeter in ihm – außer seinen Lippen. Er erlaubte sich nicht mehr als ein knappes Lächeln. Doch sie machte es ihm nicht leicht, keine stärkeren Emotionen zu zeigen. Es amüsierte ihn, wie sie unbeholfen aufstand und vom Schreibtisch kletterte. Mehrmals gaben ihre Beine unter dem ungewohnten Gewicht nach.

Nun die Erscheinung zu sehen, mit der er sie stets verglichen hatte, war seltsam – selbst für ihn, der einiges auf dieser Welt gesehen hatte.

Kassia starrte an sich herunter. Sie wackelte mit ihren Zehen wie die kleine Meerjungfrau, als sie zum Menschen wurde. Ihre Finger glitten abwechselnd über das Kleid und ihre Haare. Dante erinnerte sich, wie unglücklich er sie eines Tages erlebt hatte, auf einer kleinen Farm nördlich der Alpen. Sie hatte sich zum ersten Mal ein Mädchen ausgesucht, deren Haare kaum länger gewesen waren als die ihrer Brüder. Ein Versuch von ihr, ihn auf eine falsche Fährte zu locken.

»Ich bin größer als ich mich in Erinnerung hatte«, murmelte sie mehr zu sich selbst als zu ihm.

»Ist alles gut gegangen?«, fragte er. Den unglaubhaften fachmännischen Ton hätte sie ihm normalerweise vorgehalten.

Sie sah ihn an. Ihre Augen weiteten sich als wäre er es, der anders aussah. »Ich sehe mich nicht von oben und alle meine Körperteile sind beweglich. Ich würde sagen, ja.« Ihre eigene Stimme schien sie aus dem Konzept zu bringen. Sie war eine Spur tiefer als Dianas, dafür melodischer. Zumindest würde sie das bald sein. Noch war sie angeschlagen, kratziger und mehr wie ein Echo des eigentlichen Klanges.

Sie wandte sich ab und ging zu Nike und Allegra hinüber. Ohne ein Wort zu sagen, kniete sie sich zu ihnen. Sie öffnete eines von Dianas Augen und legte ihre Hand auf ihr Herz.

»Was machst du?«, wollte Allegra wissen.

»Ich kontrolliere, wie viel ich ihr geschadet habe«, erklärte sie. »Sie ist … angegriffen, die letzten Tage haben viel von ihr gefordert. Ich konnte mich nicht mehr beherrschen.« Wie nicht anders zu erwarten, hörte sich das nur nach einer halben Entschuldigung an. »Soweit ich das sehe, werden keine bleibenden Schäden zurückbleiben.«

»Wie kannst du das feststellen?«

»Durch die Augen. Es ist kein leeres Gerede, dass sie das Tor zur Seele sind.«

Dante räusperte sich. »Wird sie sich an das erinnern, was passiert ist?«

»Wenn du dich an unsere Abmachung hältst, ja. Es sei denn, sie verdrängt es, das kann ich nicht beeinflussen.«

»Ich habe nicht vor, mich nicht daran zu halten.«

»Etwas ganz Neues.«

Es erschien ihm seltsam, mit ihren üblichen Spielchen fortzufahren. Als er sie das letzte Mal in diesem Körper gesehen hatte, hatte es noch keine Toten, keinen Hass und keine Schicksalsverkündung gegeben.

Nike erhob sich. »Heißt das wir können gehen? Wir alle?« Sie schien noch immer nicht daran zu glauben.

»Alle außer mir«, bestätigte Kassia.

»Das gefällt mir nicht«, erwiderten Nike und Allegra gleichzeitig. »Es muss einen anderen Weg geben!«

Dante lächelte. »Es muss euch nicht gefallen, denn es geht

euch nicht länger etwas an. Sie bleibt – was ihr macht, ist mir egal. Ihr könnt nichts daran ändern, nicht wahr, Kassia?«

»Geht!«, stimmte Kassia ihm zu. Er konnte ihren Gesichtsausdruck nicht entziffern, weder was sie fühlte noch dachte. »Geht und wimmelt den Rat ab, wenn er euch erneut befragen will. Um den Rest kümmere ich mich …«

Die Befriedigung, fast vergessen bei all dem, wie sich der Tag entwickelt hatte, streckte ihren Kopf heraus und schnupperte Luft. Er log nicht. Er hatte alles, was er brauchte und wollte. Sie sollte schon längst in ihm explodiert sein. Immerhin steigerte sie sich von Sekunde zu Sekunde, je weiter Nike und Allegra, Diana in ihrer Mitte, sich entfernten.

Er war sie los.

Teil 3: Nach dem Spiel

Sieger und Verlierer – Teil 1

Die echte Jessica wurde in Dantes Hotelzimmer gefunden. Nachdem Diana aus ihrer Ohnmacht erwacht war, hatte sie vorgeschlagen, dort nach ihrer Freundin zu suchen. Im Gegensatz zu ihr hatten Nike und Allegra daran gezweifelt, dass sie noch lebte. Nicht unbegründet. Camille neigte eher dazu, Zeugen aus dem Weg zu räumen.

»Neben ihrer abartigen Loyalität vermutlich der einzige Grund, weshalb Dante ausgerechnet sie engagiert hat«, bemerkte Nike.

Sie und Allegra lagen falsch. Jessica lebte. Sie war verletzt. Camille hatte ihr den Rücken aufgeschlitzt, wie tief wusste sie nicht. Dazu hatte sie mehrere Tage weder getrunken noch gegessen. Ob es bleibende Schäden geben würde, war ungewiss.

Als Diana sie im Krankenhaus besuchte, wollte sie sich nicht mit dieser Vorstellung herumschlagen. Im Augenblick war für sie nur wichtig, dass sie nicht gestorben war.

Sie saß kaum an ihrem Bett, als Jessica die Augen aufschlug.

»Hi!«, sagte Diana behutsam und schenkte ihr ein Lächeln.

Jessica sah schrecklich aus. Ihre Hautfarbe war so käsig wie die Wand hinter ihr, ihre Wangenknochen stachen hervor als hätte sie Untergewicht und ihre Haare – noch immer von den grünen Strähnen durchzogen – hingen ihr fettig und ungekämmt herunter. Doch Diana würde kein Wort darüber verlieren. Auf dem Weg zurück nach England hatte sie nicht besser ausgehen.

Diana konnte sich weder an Kassias Wechsel noch ihr Aufwachen erinnern. In einem Moment hatte sie die Halbformwandlerin anschreien wollen. Genau wie Nike hatte sie dem Deal nicht getraut. Im nächsten Moment war ihr der Geruch von billigem Flughafenkaffee in die Nase gestiegen.

»Wieso bin ich im Krankenhaus?«, nuschelte Jessica, noch benommen von den Medikamenten. »Bin ich doch, oder?« Ihre Augen schlossen und öffneten sich wieder. »So hässliche Wände gibt es sonst nur in der Schule … Ich will nicht in der Schule sein!«

Diana nahm Jessicas Hand in ihre. Ihre zukünftige Schwägerin zuckte zusammen, entspannte sich jedoch bald.

»Du bist im Krankenhaus«, bestätigte Diana schließlich.

»Weshalb? Bin ich auf deinem Papierstapel in der Wohnung ausgerutscht? Den, den du seit Wochen wegräumen willst?«

»Der Stapel ist vollkommen unschuldig. Woran erinnerst du dich?«

Jessica Mund schnappte wie bei einem Fisch auf und zu, was Diana normalerweise amüsiert hätte. In diesem Fall fand sie es eher besorgniserregend. »Wir waren im Theater. Du wolltest es mir als Junggesellinnenabschied verkaufen, was du immer noch vergessen kannst. Sobald ich aus diesem Gebäude gehe, kümmere ich mich um einen richtigen.«

Es gab Wichtigeres als Alkohol und einen Stripper. »Erinnerst du dich noch an Nike?«

»Ja. Diese, wie nannte sie sich? Unsterbliche. Das war es. Sie hat uns von dem Verrückten erzählt, wir wollten ihn … ausspionieren. Sie war überzeugt, er hätte einen Plan, den wir verhindern müssten.«

»Ihr wart in seinem Hotelzimmer«, half Diana ihr auf die Sprünge.

Jessicas Haut verlor den letzten Rest an Farbe. Der Griff um Dianas Hand verstärkte sich, bis es wehtat. »Da war irgendetwas.« Ihre Stimme war nicht mehr als ein Flüstern. »Alles war normal, bis Dante hereinkam. Kurz danach war da irgendetwas. Ich hatte so ein … sonderbares Gefühl, wie wenn du nachts alleine durch den Park rennen musst. Angst, ohne zu wissen, wovor. Es gab das … volle Programm. Meine Haare stellten sich auf. Ab da weiß ich nichts mehr. Hab ich den Verstand verloren?«

»Nein. Das hast du dir nicht eingebildet. Da war etwas in diesem Zimmer außer Dante, Nike und dir. Genau genommen jemand.«

»Woher willst du das wissen?«

»Weil Dante es erzählt hat.« Dass sie all ihre Informationen als sprichwörtlicher Schatten ihrer selbst erhalten hatte, verschwieg sie vorerst. »Es war eine Bekannte von Dante, Nike und Kassia. Sie ist eine Formwandlerin.«

Jessica japste. »Eine Formwandlerin? Wieso? Hat sie …«

»Sie hat dich überwältigt, um deine Gestalt anzunehmen.«

So schonend wie möglich berichtete sie ihr, was passiert war. Rückblickend wurde Diana bewusst, dass nicht nur der Geruch, Camille hätte verraten können. Ihre Ausflüchte im Brautmodengeschäft, ihr Verhalten im Club, selbst die veränderte Haarfarbe waren Indizien gewesen. Jessica ging nie zum Friseur ohne es nicht mindestens eine Woche vorher lautstark anzukündigen und mit ihr zu besprechen, was auf ihrem Kopf passieren sollte. Wieso hatte sie nicht darauf geachtet?

Sie zögerte, als sie vom Abend im *Ruby's* berichtete, gab sich Mühe zwar realistisch zu bleiben und gleichzeitig zu verharmlosen, was vorgefallen war. Als sie zu Chris kam, fiel es ihr schwer, weiterzusprechen. Sie schluckte und setzte mehrmals an, was Jessica nicht entging.

»Was ist mit Chris?«, verlangte sie zu wissen. Ihre Messwerte schossen in die Höhe, als sie erfuhr, dass er nur wenige Zimmer entfernt lag.

»Die Polizei glaubt, er sei in eine Messerstecherei geraten. Ein Streit zwischen Drogenabhängigen.«

Wie versprochen hatte Nike sich darum gekümmert. Sie hatte die richtigen Leute informiert. und jegliche Spur, die auf unnatürliche Wesen deutete, verschwinden lassen.

»Er kennt die Wahrheit nicht. Aber es geht ihm schon deutlich besser.«

Während Diana von Kassia nach Kroatien verschleppt worden war, war Chris aufgewacht. Sie wäre gerne dabei gewesen. Ihr Fehlen nahm nicht nur sie selbst sich übel. Am Eingang des Krankenhauses war sie Chris' und Jessicas Mutter begegnet. Es hatte keine Worte gebraucht, um Diana spüren zu lassen, was sie von ihr dachte.

Jessica rappelte sich auf. »Ich möchte zu ihm!« Sobald sie Anstalten machte, sich zu bewegen, stand Diana auf. Ihre freie Hand legte sich auf Jessicas Bein.

»Die Ärzte haben dich ruhig gestellt. Sie wollen noch einige Tests mit deiner Wirbelsäule machen. Deshalb solltest du keine voreiligen Aktionen starten.«

»Was für Aktionen sollen das denn sein?«

»Zum Beispiel quer durchs Krankenhaus rennen, nachdem du eine halbe Woche bewusstlos in einem Schrank verbracht hast.«

»Aber das geht nicht. Ich fühle mich seltsam. Meine Beine fühlen sich seltsam an. Als sei ich in meinem eigenen Körper gefangen.«

»Darüber musst du mir nichts zu erzählen.« Ernüchtert

ließ Diana sich auf die Bettkante sinken.

Jessica schwieg eine Weile.

Irgendwann steckte eine Krankenschwester den Kopf herein, ein Lächeln auf den Lippen. Sie fragte, ob sie etwas für Jessica tun könnte und ob sie Schmerzen hätte. Jessica verneinte beides.

»Willst du nicht zu Chris?«, fragte sie irgendwann. »Du hast ihn noch nicht gesehen, oder?«

Diana nickte. »Ich will unbedingt. Aber ich möchte dich ungern alleine lassen.«

Jessica versuchte sich an etwas, dass ein missratenes Schulterzucken wurde. »Du warst doch jetzt bei mir. Normalerweise müsste ich wohl darauf bestehen, dass meine beste Freundin sich hier einquartiert, bis ich entlassen werde. Andererseits ist er mein Bruder und ich werde mich ohnehin daran gewöhnen müssen, dich mit ihm zu teilen.«

»Wie nett, dass du das nach drei Jahren akzeptieren möchtest.«

»Das ist immer noch tausend Jahre schneller als Kassia irgendetwas akzeptieren möchte«, bemerkte Jessica und erwiderte Dianas Lächeln. »Wenn du allerdings noch ein wenig bleibst, kannst du mir genauso gut erzählen, was noch in meiner ,Abwesenheit' passiert ist. Du warst ja wohl kaum mit Nike im Urlaub.«

»Willst du das wirklich? Ich habe ein wenig Angst, dass es

zu viel für dich ist.«

»Schlimmer als zwischen Dantes Unterwäsche eingesperrt zu sein? Das ist kaum möglich.« Diana nahm ihr die Leichtigkeit nicht ab. »Außerdem war das für dich auch kein Kinderspiel, du hast da mehr drin gesteckt als ich und läufst nicht mit einer Zwangsjacke vor mir herum.«

»Die hab ich unter dem Mantel versteckt.«

Jessica ging nicht auf ihren Scherz ein. »Erzähl mir, was passiert ist. Du hast nur mich, um darüber zu reden, und ich nur dich.«

Das war nicht abzustreiten. Sobald sie gegenüber jemand anderem den Mund aufmachten, würde sie in der Irrenanstalt landen; es sei denn, sie trafen dabei auf einen Unsterblichen. Dann würde der Rat ihnen vermutlich eine Gehirnwäsche verpassen oder sie auf eine ferne Insel ohne Kontakt zur Außenwelt schicken

»Wir sind nach Monaco, um mit dem Rat zu reden …«

Sie erzählte ihr alles, woran sie sich noch erinnern konnte. Für Kassias Geschichte nahm sie sich viel Zeit, wobei ihr auffiel, dass ihre Beschreibung Kassia in einem guten Licht dastehen ließ. Sie wusste nicht, ob ihr das gefiel.

Dann kam sie zu den zwei Tagen in Kroatien.

»Kassia ist geblieben?«, wiederholte Jessica ungläubig.

»Sie hat darauf bestanden. Es hat mir ermöglicht, zurückzukommen. Was jetzt mit ihr passiert, weiß nur Dante.

Er hat die volle Kontrolle über sie.«

Jessica wiederholte das Schulterzucken. »Ist doch gut, dann weiß sie mal, wie das ist. Oder siehst du das anders?«

»Eigentlich nicht. Aber ... Ach, ich weiß nicht. Kann ich ihr wirklich wünschen, dass sie den Rest ihres Lebens mit Dante verbringt? Selbst wenn sie Gefühle für ihn hätte ...«

»Wenn alles gut geht, werden wir nie erfahren, was aus ihnen wird.«

»Ich erwarte weder eine Einladung zur Hochzeit noch eine Postkarte aus den Flitterwochen.«

Jessica seufzte. »Also wird es so sein wie vor zwei Wochen? Als wäre nie etwas passiert?«

»Nicht sofort. Ich denke, ich werde noch eine Weile brauchen, um alles zu verarbeiten. Aber alles in allem sollte es wieder gut werden. Sobald ich mit Chris geredet habe.«

»Dann solltest du nachsehen, ob mein Bruder brav in seinem Bettchen liegt. Je schneller ihr redet, desto besser.«

Diana zögerte. »Kann ich dich alleine lassen?«

»Klar. Was soll ich denn anstellen? Weglaufen?« Sie schenkte ihr ein gequältes Lächeln.

»Ich komme später noch einmal – aber vorsichtshalber nur, wenn deine Mutter nicht bei dir ist.«

Zwischen ihr und Chris' und Jessicas Mutter hatte es nie Probleme gegeben. Für Diana war sie immer mehr wie eine zweite Mutter gewesen. Wenn sie an den Blick dachte, war sie sich dessen nicht mehr so sicher. Ihr Beschützerinstinkt gegenüber ihren Kindern war größer als Nikes gegenüber Kassia im letzten halben Jahrhundert.

Diana winkte Jessica ein letztes Mal zu, bevor sie den Raum verließ.

Vor der Tür zu Chris' Zimmer wuchs ihre Nervosität. Sie war nervöser als bei Jessica. Mit Jessica hatte sie sich nicht gestritten. Sie hatte sie nicht angeschrien, sich nicht mit ihr gestritten und sie war nicht aus dem Koma erwacht, ohne zu wissen, wo Diana war.

Dementsprechend zurückhaltend klopfte sie an den Türrahmen.

Chris hob den Kopf und lächelte. »Hey!« Der warme Ton in seiner Stimme ließ ihr Herz einen Satz machen. »Warum kommst du nicht zu mir?«

Genau wie bei Jessica setzte sie sich auf die Bettkante. Sie traute sich nicht, ihn zu umarmen, geschweige denn zu küssen. »Wie geht's dir?«

»Gut. So wie es aussieht, kann ich Ende der Woche nach Hause.«

»Sagen das die Ärzte oder hast du das selbst beschlossen?«

Er grinste verschmitzt. »Ein wenig von beidem. Ich kann Madeleine nicht noch länger bei meiner Mutter lassen. Auch wenn ich mir nicht sicher bin, ob sie sie wieder rausrückt.«

»Sie ist ihre Enkelin. Und wenn Jessica so weiter macht,

bleibt sie die Einzige.«

»Ich dachte, wir wollten Kinder …«

Der plötzliche Themenwechsel warf sie aus der Bahn.

Chris' Lächeln blieb, aber es wirkte gezwungener. Seine Augen sprachen Ernsthaftigkeit und Besorgnis anstelle von Leichtigkeit und Freude. »Seit den Minuten vor meinem … Blackout weiß ich nicht mehr, ob du mich überhaupt noch willst.«

Sie neigte den Kopf. »Es tut mir Leid. Was passiert ist, meine ich. Ich habe ein paar Dinge gesagt, die ich nicht so meinte. Und wenn ich sie so meinte, dann habe ich sie falsch rüber gebracht. Schreiend auf einer Tanzfläche und angetrunken, das ist nicht der beste Ort für eine Diskussion.«

»Bist du deshalb verschwunden? Sie haben mir gesagt, dass du die ersten Tage kaum wegzubekommen warst von meinem Bett. Du warst nur nicht da, wenn du dich um Madeleine gekümmert hast. An einem Abend sollst du noch die Besuchszeit überzogen haben, am nächsten warst du nicht mehr aufzufinden.«

Jessicas Verschwinden war offiziell ebenfalls ein Unfall, an dessen Details Diana sich nicht erinnern konnte. Sie hätte nicht einmal mehr behaupten können, ob sie mit dem Auto vor eine Wand gefahren sein oder in der Wohnung von einer Leiter gefallen sein sollte.

»Ich wollte nicht weg«, erwiderte sie wahrheitsgemäß.

»Warum ich nicht da sein konnte, ist kompliziert zu erklären … Das möchte ich gerne verschieben, wenn das okay für dich ist. Ich kann dir nur versichern, dass es nichts mit uns oder diesem Streit zu tun hatte, nicht direkt zumindest. Ich hab dir von Anfang an gesagt, dass du mich nicht mehr los wirst. In diesem Punkt bin ich hartnäckig.«

Ihr schoss durch den Kopf, dass das einer der Gründe für Kassia gewesen war, sie auszusuchen. Nicht nur das Theater, nicht nur ihre Verlobung, sondern die Art, wie sie liebte. Kassia war hartnäckig. Sie hatte nie aufgehört, ihren Verlobten zu lieben, nie aufgehört nach einem Weg zu suchen, ihn zurückzuholen. Selbst in ihrer sonderbaren Verbindung mit Dante glaubte Diana das erkennen zu können.

»Du willst mir nicht sagen, wo du warst?«

»Nicht jetzt«, bestätigte sie und biss sich auf die Unterlippe. »Es ist, wie gesagt, kompliziert und schwer zu erklären und …« Es war schwer, die Reaktion von anderen einzuschätzen, wenn man über Formwandler und Unsterbliche und Körperwechsel reden wollte.

»Okay«, sagte er und strich ihr über den Handrücken. »Dann lass uns darüber reden, worüber wir gestritten haben. Mir ist inzwischen klar, dass ich überreagiert habe. Ich hätte dir glauben sollen, dass du mich nicht betrügst, besonders nicht vor meiner Nase. Das tut mir Leid. Was du gesagt hast, ging mir nicht mehr aus dem Kopf. Über die Heirat und Madeleine …«

»Ich weiß, da musste ich oft dran denken.«

»Weißt du inzwischen, was du willst?«

Sie beugte sich zu ihm vor. »Ich will dich. Das wollte ich immer.«

»Mich gibt es nun mal nicht alleine.«

Wie oft hatten sie dieses Gespräch geführt? Diana konnte es schon gar nicht mehr zählen. Als sie nach und nach bemerkt hatte, dass er mehr für sie war als der Bruder ihrer besten Freundin. Als Chris sich eines Nachmittages mit ihr und Madeleine hingesetzt hatte und der damals Sechsjährigen erklärte, dass Diana von nun an häufiger bei ihnen sein würde. Nach seinem Antrag, als alle anderen damit beschäftigt waren zu essen oder wie Jessica mit Madeleine einen Ponyhof von *Barbie* aufzubauen. Und noch ein paar Mal mehr.

»Ich liebe dich und ich liebe Madeleine. Im Augenblick kann ich mir nicht vorstellen, wie es ohne euch wäre. Als du … verletzt wurdest, dachte ich, du wärst tot oder würdest sterben, es war schrecklich. Ihr seid das Wichtigste in meinem Leben, auch wenn ich das vielleicht in letzter Zeit nicht genug gezeigt habe.«

Sie sah ihm an, wie glücklich ihn ihre Worte machen. Sie spürte es an seinem Blick, seiner Körperhaltung, der Art, wie seine Finger ihre suchten. Nur eine Spur Zweifel blieb. »Aber du hast gesagt …«

»Ich weiß, was ich gesagt habe.«

Sie dachte an das, was sie in den letzten Tagen erlebt hatte. An die Menschen beziehungsweise Wesen, die sie kennengelernt hatte.

An Nike, die ständig auf der Suche nach Liebe war. An Camille, die das, was Freundinnen am Nächsten kam, für Dante verraten hatte. Für einen Mann, der ihre Gefühle nicht nur offensichtlich nicht erwiderte, sondern das alles nur wegen einer anderen getan hatte.

Sie dachte an Kassia und Dante.

Kassia, zu stolz um selbst zu erkennen, dass sie sich in einen Mann verguckt und ihn nie wieder aus dem Kopf bekommen hatte. Dante, der nicht zugeben konnte, dass er Kassias Verlobten nicht nur aus taktischen Gründen umgebracht hatte, sondern aus Eifersucht. Sie hatten so viel falsch gemacht, so viele Chancen vertan. Wäre Kassia nicht ständig weggelaufen, wäre sie in ihrem Leben glücklicher geworden. Wenn es jemandem gab, an dem Diana sich kein Beispiel nehmen wollte, was den Umgang mit ihren Gefühlen anging, dann war es Kassia Oscura Tirado.

Als sie den Mund öffnete, wusste Diana, was sie Chris antworten wollte. »Ich liebe dich«, wiederholte sie, kräftiger, fast laut. »Ich würde es mir nie verzeihen, euch gehen zu lassen. Ich bin bereit. Da war immer noch ein kleiner Teil in mir, der sich zurückgezogen, der sich versteckt hat. Bis jetzt. Ich bin bereit. Dennoch.« Sie hielt kurz inne. »möchte ich etwas ändern.« Das warme Gefühl, das Chris' Lächeln ihr vermittelt hat, breitet sich in ihrem gesamten Körper aus. Es kribbelte in ihren Fingern und ihrer Bauchgegend.

»Was denn?« Nach und nach ließ er sich von ihrer Stimmung anstecken.

»Lass uns die Hochzeit verschieben!«

Vor Schreck verschluckte er sich an seinem eigenen Atem. Mit einem entschuldigenden Lächeln klopfte Diana ihm auf den Rücken und wartete, bis es ihm besser ging.

»Ich will die Verlobung nicht lösen, sondern nur noch ein wenig warten. Wir haben uns in den letzten Wochen so viel Stress wegen der Planung gemacht. Wenn wir dich nach Hause holen dürfen, tun wir erst einmal nichts, dass damit zu tun hat – kein Stress, keine Streitereien über die Gästeliste oder die Musik. Lass uns die Zeit stattdessen mit Madeleine verbringen. Ich wünsche mir eine engere Beziehung zu ihr.«

Er nickte. »Das würde mir gefallen.«

»Dann habe ich noch eine Idee, die dir gefallen könnte. Ich muss dich allerdings warnen. Sie ist höchst gefährlich und hat so manche schon einiges mehr als Geld und Nerven gekostet.«

Er ahnte, worauf sie hinauswollte. »Meine Wohnung ist

nicht geschrumpft, seit wir darüber geredet haben …«

Diana wohnte nicht mit Chris zusammen, weil sie Jessica nicht vor den Kopf stoßen wollte. Ihre gemeinsame Zeit war ohnehin begrenzt, obwohl sie in denselben vier Wänden wohnten. Aber inzwischen waren sie Mitte zwanzig. Sie sollten erwachsen genug sein, um ihre Freundschaft auch so halten zu können.

»Ich bleibe noch, bis Jessica wieder auf dem Damm ist.« *Inklusive nötiger Gespräche über Unsterbliche,* fügte sie in Gedanken hinzu. »Dann ziehe ich zu dir, wenn das für Madeleine okay ist. Ich denke, wir sollten das nicht über ihren Kopf hinweg entscheiden.«

Er lachte leise, während er seine Arme um sie legte. »Mach so weiter und du klingst wie meine Mutter!«

Diana blickte ihn gespielt gequält an. »Die hatte ich ganz vergessen!«

Ein Teil ihrer Gedanken wanderte in eine andere Richtung. Für wenige Sekunden war es noch einmal Kassia, an der sie hing. *Ich wünsche, du wirst irgendwann – sei es mit Dante oder ohne – so glücklich wie du es mit Amino werden wolltest. So glücklich wie ich mit Chris bin.*

Der entscheidende Zug

Kassia stand in der Kapelle, in der sie bereits getauft worden war. Sie war nur wenige Meter von ihrem Elternhaus entfernt, hatte einst sogar ihrer Familie gehört. Hier hätte sie heiraten sollen, hier hätte sie ihre und Aminos Kinder taufen lassen.

»Du hast alles aufbewahrt«, stellte sie fest. »Gemälde, Pokale, Silberbesteck, Wertsachen. Du und mein Vater ihr habt so wenig wie möglich verändert, seit ich gegangen bin. Nur mein Hochzeitskleid ließ sich nicht auftreiben?« Sie trug noch immer das Kleid, in dem sie in Spanien ihren ersten Wechsel vollzogen hatte.

»Es ist ...« Dante Lächeln verbarg nicht, was er wirklich dachte. »unglücklicherweise den Motten auf einem Silbertablett präsentiert worden. Hätte ich gewusst, dass du es wiederhaben möchtest ...«

»Nein, danke. Du musst deine Psychonummer nicht noch durch ein maßgeschneidertes Brautkleid unterstreichen. Lassen wir wenigstens dieses häufig verwendete Motiv beiseite. Aber ansonsten muss ich dir meine Gratulation aussprechen. Diese Hochzeit entspricht genau meinen Vorstellungen«, fuhr sie ironisch fort. »Nur wir beide im Halbdunkeln mit einem steinalten Priester und Staub statt

Gästen auf den Bänken.«

»Wen hätte ich denn einladen sollen? Ein paar Geister? Nike und Allegra? Sie wären insgeheim bestimmt gerne deine Brautjungfern geworden, kein Zweifel. Oder hättest du gerne deinen neuen besten Freund, den Formwandler im Weinkeller, dabei gehabt? Er wird nicht mehr lange wie Amino aussehen, aber mit etwas Glück würde es für die Zeremonie noch reichen.«

»Ich verzichte, danke.« Sie legte den Kopf in den Nacken. Eine der Formwandlerinnen, die für Dante arbeiteten, hatte ihr die dunklen Haare mit Unmengen an glitzernden Klammern hochgesteckt, sodass sie ihr schwer im Nacken lagen. Nur einzelne gewellte Strähnen fielen heraus und kitzelten ihren Hals. »Was ist mit Camille? Möchte deine Partnerin nicht zu gucken? Oder erträgt sie es nicht, ihren verehrten Dante heiraten zu sehen?«

Seine Mundwinkel zuckten. »Sie hat zu tun. Außerdem hielt ich es ohne sie für privater«, fügte er mit demselben Sarkasmus hinzu.

»Das ist aber keine Entschuldigung, deine Familie nicht einzuladen. Meine ist entweder tot oder würde dich verhaften. Deine hingegen ist weitestgehend lebendig.«

»Die Betonung liegt auf ,weitestgehend'. Wenn du meine Schwester gerne als Blumenmädchen hier hättest, muss ich dich erneut enttäuschen. Sie kommt nicht mehr nach

Kroatien. Bei ihrem letzten Aufenthalt ist es ihr hier zu heiß geworden ...«

Kassia schluckte das aufkommende schlechte Gewissen herunter. »Ich hörte, sie brannte förmlich darauf, von hier wegzukommen.«

Dante blieb keine Zeit zu antworten. Stattdessen packte er Kassia am Arm und zog sie den Gang hinunter, als der Pfarrer durch die Seitentür eintrat.

Er runzelte die Stirn, als er Kassia sah. Vermutlich wusste er jedoch nicht, dass sie dasselbe Mädchen war, das er vor einem halben Jahrhundert gekannt hatte. Zumindest äußerlich. Sie fragte sich, wie er reagieren würde, wenn er die Wahrheit kannte.

»Ich dachte eher an deine Mutter«, zischte sie, während der Priester mit seiner Rede begann.

Seine Lippen bewegten sich kaum merklich. »Ich vergesse gerne, dass du sie kennengelernt hast. Beziehungsweise dass du dich bei ihnen eingeschlichen hast.«

Sie schwieg.

Vertieft in seine eigenen Worte, sprach der Mann vor ihnen weiter. Er erzählte von Gott in seiner Güte, wie er den Menschen die Kraft geschenkt hatte, starke und wunderbare Gefühle zu empfinden, wie man sie nur zwischen zwei Liebenden erleben kann. Er sprach von der Macht des Schicksals, das sie zusammengeführt hätte und was die

Zukunft für sie bereithalten würde. Er philosophierte über die Liebe, was und wen sie verändern könnte und dass man die Augen nie vor ihr verschließen dürfe.

Kassia hörte ihm zu und war gleichzeitig weit entfernt. Ihre Augen wanderten zu Dante. Er fixierte den Priester, als wolle er ihn mit der Kraft seiner Gedanken dazu bringen, sich zu beeilen.

Ihr wurde bewusst, dass der Rat letztendlich Recht behalten hatte. Dantes Schicksal war nicht nur mit ihrem verwoben gewesen, sondern hatte sie auf eine Weise, die der Rat nicht unbedingt hatte kommen sehen, zusammengeführt: Vor einen Altar und einen Mann, der sie legal und unauflöslich aneinander band.

Was das Thema Scheidung anging, waren die Gesetze der Unsterblichen auf demselben Stand wie bei ihrer Geburt. Es gab nur Eines, das eine Ehe auflösen konnte: Der Tod.

Nur ein einziges Mal hatte sie darüber nachgedacht, wie eine Zukunft mit Dante aussehen würde. Nicht im romantischen Sinne, einem Happy End mit Veranda, auf der ihre Urenkel spielten. Sondern was wäre, wenn sie ihren Hass hinter sich lassen würden? Was würde dann bleiben? Was war dahinter?

*

1657: Florenz, Italien

Seit Tagen regnet es. Mittlerweile hat er die gesamte Stadt unter Wasser gesetzt. Er bahnt sich seinen Weg durch die Straßen, durch jede Lücke in die Gebäude – egal ob Wände oder Dächer, die die Mengen an Wasser nur schwer zurückhalten können. Die meisten Holzkonstruktionen haben den Kampf bereits verloren.

Vereinzelt kann man Geschluchze hören; Männer, Frauen, Kinder und Tiere, die nicht wissen, was mit ihnen passieren wird. Einige eilen zur Kirche, deren Kapazitäten allmählich ausgelastet sind. Sie können kaum noch Leute aufnehmen. Diejenigen, die es sich leisten können, haben die Stadt längst verlassen und bei Verwandten auf dem Land Zuflucht gesucht. Sie machen nur einen kleinen Teil der Bevölkerung aus. Alle anderen bangen um ihr Leben und das ihrer Liebsten.

Kassia sitzt in der Küche einer der noch wenigen bewohnbaren Häuser. Ihr langes Kleid ist durchnässt, die Wärme des Ofens vor ihr hat bisher nur ihre Wangen und Hände in einen rötlichen Ton versetzt.

Sie und ihr Begleiter sind am Morgen durch die Stadt geirrt. Nachdem sie zwei Nächte in der Kirche untergekommen sind, wollten sie versuchen, ihre Reise fortzusetzen. Sie wollen nach Rom, den Onkel von Kassias ausgewähltem Gefäß besuchen. Niemand geringeren als den Papst.

Sie haben das Wetter unterschätzt. Selbst nach Stunden ist es ihnen nicht einmal gelungen, die äußeren Bezirke der Stadt zu erreichen. Auf der Suche nach Hilfe, ist sie auf dem Marktplatz auf eine Frau getroffen. Nachdem Signora Morelli, wie sie sich ihnen vorstellt, von ihren Plänen erfahren hat, hat sie ihr und ihrem angeblichen Bruder vorgeschlagen, bei ihr unterzukommen. »Vielleicht haben Sie morgen mehr Glück.«

Kassia ist der Frau, deren Figur Allegras nicht unähnlich ist, so dankbar, dass sie den gesamten Weg zu ihrem Haus nicht mehr als »Grazie!« vor sich her stammelt.

»Mein Mann hilft am anderen Ende der Stadt denjenigen, die es schlimmer getroffen hat«, hat sie ihnen erklärt, als sie sie in ihr bescheidenes zu Hause gebracht hat.

»Wir möchten keinen Ärger mit ihrem Mann provozieren. Nach einem so anstrengenden Tag möchte er sicherlich keine Fremden in seinem Haus haben.« Kassia mag es, wie der Bruder ihrer Hülle spricht. Es ist fließend und wohlklingend wie ein Musikstück.

Nun sitzen sie in dem düsteren Zimmer, das nur von einem kaum nennenswerten Feuerchen in der Ecke erhellt wird.

»Eine Schande, dass Sie Florenz bei einem solchen Wetter erleben müssen«, bemerkt Signora Morelli. »Bei Sonnenschein ist es eine wunderschöne Stadt. Nicht so eindrucksvoll wie Rom selbstverständlich, dennoch durchaus sehenswert.« In dem flackerten Licht erscheint sie älter.

Kassia hat gesehen, dass die Familie, zu der noch zwei vollkommen gleich aussehende Zehnjährige gehören, nicht viel zum Leben hat. Für die geringe Menge an Essen, die sie sich leisten können, ist ihre Gastgeberin eine äußerst breite Frau, deren Brüste sich ebenso wie ihre Hüften nur *schwer von ihrem Kleid bändigen lassen.*

»Das würde ich zu gerne. Vielleicht bekommen wir auf unserem Rückweg Gelegenheit dazu, sie zu bewundern ... Ich kann nur immer wieder betonen, wie dankbar wir Ihnen sind. Mile grazie, *Signora Morelli.« Kassias Italienisch ist vollkommen akzentfrei. An ihrer Aussprache würde niemand erkennen, dass sie nicht die ist, die sie vorgibt zu sein. Nach Spanisch und wenigen Brocken Englisch ist es die erste Sprache, die sie bewusst erlernt hat. Es fällt ihr leicht, der Vorteil der Unsterblichen, aber sie hängt in Gedanken noch immer am Spanischen – und selten sogar noch am Kroatischen.*

Sie verbringt einen Großteil des Tages damit, zuzusehen, wie draußen vor dem Fenster die Welt nur noch aus Wasser zu bestehen scheint, bis Signora Morellis Söhne zu ihnen stoßen.

Leandro und Tizian sind aufgeweckte Jungen mit rabenschwarzem Haar, die ihre Mutter regelmäßig zur Verzweiflung treiben, wie ihre Gastgeberin mit einem Lächeln erwähnt.

Aus Dankbarkeit und um sie zu entlasten, bietet Kassia an, sich einige Stunden um die Zwillinge zu kümmern. Sie mag Kinder und kann gut mit ihnen umgehen, obwohl sie sich nicht vorstellen kann, selbst einmal welche zu haben. Warum sie mit Kindern besser zu Recht kommt als mit den meisten Erwachsenen, weiß sie nicht zu erklären.

Nach anfänglichen Bedenken, ihr zu viel zuzumuten, gesteht Signora Morelli: »Es wäre eine große Hilfe.«

So verfliegen die letzten Stunden des Nachmittages mit Leandro und Tizian, bis sich Kassia am Abend wieder zu den Erwachsenen gesellt.

Das Spielen hat sie ausgelaugt.

Der Herr des Hauses kehrt zum Abendessen nicht zurück. Kassia bemerkt, wie seine Frau von Zeit zu Zeit einen besorgten Blick nach draußen wirft, wo die Dunkelheit immer mehr verschluckt.

»Lassen Sie uns in den Salon gehen!«, schlägt sie irgendwann vor und versucht, ihre Sorge zu überspielen. Kassia wünscht sich, ihr sagen zu können, dass er bald bei ihnen sein wird.

Neben dem größeren Feuer gibt es nichts weiter als einige mit grünem Stoff überzogene Sessel, einen Tisch und ein Gebilde, das einmal ein Bücherregal gewesen sein muss. Die meisten der Bretter sind durchbrochen, die Titel der abgenutzten Bücher kann man kaum noch entziffern.

An der Wand zu ihrer Rechten hängen mehrere Porträts, die ihre Aufmerksamkeit erregen. Ein Luxus, den sie sich eigentlich nicht leisten konnten, selbst wenn keines davon größer als eine Buchseite ist.

Das Erste ist das Neueste. Es zeigt den Herrn des Hauses. Er trägt die Uniform eines Offiziers. Signora Morelli hat erzählt, dass er im Dreißigjährigen Krieg gedient hat, bis er bei einem Unfall sein linkes Bein verloren hat.

Auf dem zweiten Porträt sind Signora Morelli und ihre Kinder abgebildet, die steif auf einem Stuhl sitzen. Kassia stört die Starrheit der Zwillinge – es entspricht nicht dem, was sie von ihnen erlebt hat.

Das, was ihre Aufmerksamkeit auf sich zieht, ist weder der ehemalige Offizier noch die Familienidylle, sondern die Darstellung einer jungen Frau. Eine Frau, die sie schon einmal gesehen hat. In einem anderen Land. Vor sehr langer Zeit.

»Meine einzige Tochter«, bemerkt Signora Morelli. Ihr trauriges Lächeln hört man ihrer Stimme an. »Gott habe sie selig. Sie starb bereits vor einiger Zeit.«

Kassia wendet den Blick nicht von dem Gemälde ab. Ihr Brustkorb schnürt sich zu. »Verzeihung! Es ist nur so, dass sie mich an eine Dame erinnert, die ich einmal kannte.«

»Sie war ein Sonnenschein«, hört sie sie murmeln. »Ich habe meinem verstorbenen Mann nie verziehen, dass er sie weggeschickt hat. Verheiratet an einen Adligen aus dem Osten. Ich habe sie nicht mehr gesehen, bevor wir von ihrem Tod erfuhren.«

Erst jetzt dreht sich Kassia zu ihr um. Die ältere Frau hat Tränen in den Augen. Kassia überkommt das Bedürfnis, sie zu trösten, doch etwas hält sie davon ab. »Darf ich fragen, wie Ihr Ehemann hieß?«

»Antonio Occiano. Weshalb fragt Ihr?«

Dass Kassias Herzschlag sich beschleunigt, überspielt sie mit einem Lächeln. »Occiano. Dann sind sie eine Unsterbliche.«

Signora Morelli wird bleich über ihre Entdeckung.

»Ich bin ebenfalls eine, bitte seien Sie nicht beunruhigt. Ich denke, ich kannte ihre Tochter. Laura, habe ich Recht? Laura Zlatolja.«

»Ja, das war sie.«

Kassia fühlt sie sich wie erschlagen. In ihrem Kopf überschlagen sich die Gedanken. Wenn Laura Zlatolja ihre Tochter war, dann …

Schritte lenken sie Gedanken ab. Sie hört, wie jemand durch einen Raum schreitet. Kassia beobachtet, wie ein Mann auf Signora Morelli *zutritt und sie umarmt. Seine dunkle, große Gestalt scheint sie gänzlich einzunehmen.*

Als er Kassias Blick auffängt, sagt er nichts, sondern starrt sie verwundert an. Signora Morelli rügt ihn für seine Unhöflichkeit, was Kassia im Nachhinein ein Lächeln entlockt.

»Dies sind Signor D'oriente und seine Schwester Calina. Sie sind während des Unwetters meine Gäste. Darf ich Ihnen vorstellen? Mein ältester Sohn, Dante.«

Den ganzen Abend über lässt Kassia sich nicht anmerken, dass sie ihn kennt. Erst am Abend, als sie alle anderen zurückgezogen haben. Sie kann nicht schlafen und das Wachliegen bereitet ihr Kopfschmerzen. Ohne einen genauen Grund dafür zu kennen, kehrt sie in den Salon zurück.

»Ich nehme an, meine Mutter weiß nicht, wen sie in ihr Haus eingeladen hat.«

Sie erschrickt, als sie Dante sieht. Er hat sich in einen der Sessel gesetzt. Sie muss ihn aus seinen Gedanken gerissen haben.

»Nein. Wenn du ihr nichts erzählt hast.«

Sie beobachtet, wie sein Schatten ein Glas auf das Tischchen abstellt, während sie ihren Morgenmantel enger um sich schlingt.

»Wieso schläfst du nicht?«, fragt er dann und lehnt sich müde zurück.

»Das Schnarchen deiner Brüder würde sogar die Toten aufwecken.« Sie würde ihm nicht verraten, dass der Gedanke an ihn sie wach gehalten hat.

Er bedeutet ihr, sich zu setzen. Dann greift er nach einem weiteren Glas vor ihm, schüttet etwas von der bräunlich- goldenen Flüssigkeit in beide und reicht ihr eines davon.

»Du hast mich schneller erkannt als sonst«, bemerkt sie, nachdem sie das Glas in einem Zug geleert hat.

Dante geht sich durchs Haar. »Habe ich das?«

»Ich werde das Gefühl nicht los, dass du es wusstest, kaum dass du den Raum betreten hast. Habe ich Recht?«

»Ausnahmsweise.« *Er genehmigt sich einen weiteren Schluck.* »Erst war es nur ein Gefühl.«

»Und dann?«

Zuerst glaubt sie, er würde ihr erneut keine Antworten geben. Sie ist solche Unhöflichkeiten von ihm gewöhnt. Er denkt, sich dadurch interessanter zu machen. »Dann habe ich deine Augen gesehen. Sie sind das Einzige, das immer gleich bleibt. Bei manchen fällt es weniger auf, bei manchen mehr, so wie jetzt. Außerdem … habe ich deine Begleitung gesehen. Er hat dich verraten.«

»Inwiefern?«

»Er sieht IHM ähnlich.«

Kassias Griff um ihr Glas verstärkt sich. »Das ist mir nicht aufgefallen.«

»Du lügst!«, *stellt er mit einem Zucken seiner Augenbrauen fest.* »Du hast sie dir wegen ihm ausgesucht.«

»Er ist ihr Bruder!«

»Es ist kein Geheimnis, dass nicht alle die Familienbande

gleichermaßen nutzen …«

»Du bist ein Schwein!«

Dante lacht amüsiert und schenkt ihm und ihr nach. »Du bist nicht seine leibliche Schwester, du besetzt sie nur. Normalerweise unterscheidest du dazwischen. So ist es keine Sünde. Also erzähl mir nicht, du hättest nicht einmal an ihn gedacht … An IHN denkst du immer.« Ihr entgeht der Unterton, der in seiner Stimme mitschwingt.

Sie trinkt statt zu reden. Wüsste sie es nicht besser, würde sie glauben, etwas Trauriges in seinen Augen zu sehen.

»Was hättet ihr für ein Leben geführt, wenn er an diesem Tag nicht aufgehalten worden wäre?« Seine Stimme ist belegt.

»Willst du wirklich darüber reden?«

Er nickt mit Nachdruck.

»Wir wären glücklich gewesen«, sagt sie nach einer Pause.

Er gibt ein Geräusch von sich als zweifle er daran. »Wo hättet ihr gewohnt?«

»In Zagreb natürlich!«

»Wärt ihr jemals woanders hingegangen?«

»Vermutlich. Er wäre ein Ratsmitglied, er sollte eines Tages den Platz meiner Familie einnehmen. Das ist mit vielen Pflichten verbunden. Ich hätte nicht lange ohne ihn gekonnt.«

Dieses Mal ist sein Zögern überdeutlich. »Hättet ihr Kinder gehabt?«

»Viele. Viele Söhne und Töchter.«

»Um die du dich die ganze Zeit gekümmert hättest.«

Nun ist es an ihr zu nicken. Sie spürt, wie die Tränen in ihren Augen kribbeln, während sie einen weiteren Schluck trinkt. »Warum fragst du mich das, Dante?«

»Weil ich betrunken bin und es Leid bin, dass du ihn und alles, was mit ihm zu tun hast, in ein so perfektes Licht stellst. Wenn du ehrlich zu dir selbst wärst, wüsstest du, was mich daran stört.«

»Dann sag es mir doch. Was ist mir entgangen?«

Er beugt sich vor und sieht sie aus glasigen Augen an. »Du hättest es gehasst! Dieses Leben. Du wärst unglücklich gewesen, wann immer du die Zeit gefunden hättest, nachzudenken. Was niemand wollen würde! Niemand hätte zugelassen, dass du nachdenkst.«

»Ach ja?«

»Amino hätte dich wie ein Püppchen behandelt. In seiner ach so süßen, unschuldigen Verliebtheit hätte er alles getan, von dem er glaubt, dass es dich glücklich macht. Was in Wahrheit nur das gewesen wäre, was ihn glücklich gemacht hätte. Ihr wärt in eurem Haus geblieben und nur ausgegangen, wenn es politisch von Vorteil gewesen wäre. Er hätte wie dein Vater die Verwandlungen gehasst, die du durchmachst, um zu überleben – im Stillen natürlich, er würde dich ja nicht verletzen wollen. Aber es ist nun einmal so, dass Formwandler nicht in das elitäre Leben passen, das deine Familie ihm ermöglicht hätte. Er hätte dich alleine mit euren putzigen Kindern gelassen und nicht gemerkt, dass die Monotonie dich zerfrisst. Er hätte …«

»Was weißt du schon?« Ihre Stimme wird lauter. *»Was weißt du über ihn oder mich oder wie eine Ehe läuft? Du hast noch nie Liebe*

empfunden. Du verstehst nicht, dass sich die Welt dann nur noch um diese eine Person dreht, dass man alles tun würde, um bei ihr zu sein und um sie glücklich zu sehen.«

»Ich habe ihn gesehen, wenn er bei dir war. Ich habe dich mit ihm gesehen und ich habe dich gesehen, als er verschwunden war. Als du in Gedanken bei mir warst. Du wärst nicht für dieses Leben mit ihm geschaffen gewesen!«

»Sehen bedeutet nicht kennen. Du kannst nicht alles aus Blicken und Gesten interpretieren. Alles, was du wirklich von mir kennst, stammt aus der Zeit, seit Amino tot ist. Davor war ich eine andere Person!«

»Wenn das alles erst nach seinem Tod passiert wäre, hättest du mich zuvor nicht einmal wahrgenommen. Diese Art von dir war immer da. Du hättest dich mir gegenüber so verhalten wie du es damals getan hast, selbst wenn er noch gelebt hätte. Selbst wenn ihr bereits zwanzig Jahre verheiratet gewesen wärt. Ich war – zumindest in Gedanken – deine Fluchtmöglichkeit, als hättest du unterbewusst geahnt, was dich erwartet. Denn das ist deine Natur!«

»Und was für eine Person soll ich dann deiner Meinung nach sein?« Noch immer kämpfte sie gegen die Tränen.

Er hingegen bewegte sich nicht. Seine Mimik war nicht zu lesen. Nur seine Stimme wurde tiefer. »Du hältst es nicht lange an einem Ort aus. Du bist zu ungeduldig. Du bist abenteuerlich, willst Neues entdecken. Je mehr, je mysteriöser, je aufregender desto besser. Du brauchst Tiefe und Leidenschaft. Es reicht dir nicht ein leichtes Kribbeln *zu spüren, du willst von deinen Gefühlen verschlungen werden, bis sie die Vernunft ausschalten.«*

Kassia öffnet die Lippen. Ihr Herz beginnt einen anderen Takt zu schlagen.

»Du brauchst jemandem, der dir all dies gibt und dich trotzdem immer wieder überraschen kann; jemand, der dich an dir selbst immer wieder Neues entdecken lässt. Du willst eine Herausforderung, etwas, das nie langweilig wird, das keinen Alltag im klassischen Sinn findet.«

Sie will nicht, dass er aufhört zu sprechen. Sie will mehr davon hören. Weil allein seine Worte sie eine Welt ziehen, die sie für verboten hält. Eine sündhafte Fantasie, die in ihrem Kopf Gestalt annimmt.

»Du klammerst dich nur an diese Vorstellung eines perfekten Lebens mit Amino, weil es leichter ist. Weil du Angst vor dem hast, was du wirklich fühlst!« Er zerstört das Bild, bevor es ausgereift ist.

»Und wer soll in der Lage zu sein, mir all das geben zu können? Du? Willst DU mich und mir all das zeigen, was ich nicht zulasse zu fühlen?« Ihr Blick bohrt sich in seinen, ihre Stimme zittert. Sie atmet schwer.

Dante antwortet nicht, sondern erhebt sich. Mit großen Schritten geht er an ihr vorbei, seine Hand streift die Lehne ihres Sitzes. Kassias weiß nicht, wie sie reagieren soll. Hitze steigt in ihr auf. Er geht weiter und lässt sie hinter sich.

Hastig springt sie auf. An der Tür zu den Schlafzimmern holt sie ihn ein. Ohne zu wissen, was sie tut, legt sich ihre Hand auf seine Brust.

Er drückt sie an den gegenüberliegenden Türrahmen. »Du fragst mich, ob ich das für dich tun würde«, sagt er nach einigen schweren Atemzügen. »Du forderst mich heraus … Jedes Mal. Wie würde das wohl aussehen, wenn wir längere Zeit miteinander verbringen würden?«

»Ähnlich wie diese Stadt, wenn der Regen aufhört. Versunken im Chaos.«

»Das ist das Spiel des Schicksals. Unser Spiel … Soll es so enden? Möchtest du das?« Er lehnt seine Stirn an ihre, in seinen Augen tanzt ein Funke. Auch er zittert. Er scheint sich nicht mehr unter Kontrolle zu haben und kommt ihr näher. Kassia weiß, was passieren wird. Sie weiß nicht, ob sie es zulassen will. Ob sie das kann. Nach all der Zeit.

Plötzlich hält er inne. Er schüttelt den Kopf, doch die Beherrschung ist noch immer nicht zurückgekehrt. Nicht so, wie sie es kennt. »Das geht nicht, principessa. *Wenn wir das tun …«*

*

Seine betrunkenen Worte im Haus seiner Mutter hatten sie nachdenklich gestimmt. Nachdem Dante verschwunden war, hatte sie sich mehrmals gefragt, ob er Recht hatte. An diesem Abend hatte er etwas an ihr bewegt, sie hatte es gespürt.

Doch kurze Zeit später hatte sie die Erinnerungen daran verdrängt. Sie hatten ihr Angst eingejagt. Es war leichter gewesen, so weiterzumachen wie bisher.

»Ja, ich will.«

Dantes Ja-Wort riss sie aus ihren Gedanken.

Der Priester wandte sich an sie und stellte ihr dieselbe Frage. Ob sie Dante heiraten wolle in guten wie in schlechten Tagen, Krankheit und Armut, Jugend und Alter. Wobei Letzteres nur bei ihr zutraf.

Bisher hatte sie noch nicht viel Zeit gehabt, sich mit diesem Aspekt ihres Wechsels zu beschäftigen. Ein paar Jahre mit Dante, bis sie alt sein, ihre Muskeln nicht mehr bewegen und eines Tages nicht mehr aufwachen würde. Mit Dante, der sie einerseits hierzu gezwungen hatte; der sie andererseits kannte – besser als jeder andere. Dante, der eine Ahnung hatte, wonach sie sich tief im Innern sehnte.

Erneut fragte sie sich, wie eine Zukunft mit einem Mann werden konnte, der sich die Zeit genommen hatte, sie so zu studieren. Es gab keinen Grund mehr für ihn, sie erniedrigen zu wollen. Er war der Sieger ihres Spiels. Konnte es dann im Chaos enden?

Er stupste sie an, als sie nicht auf die Frage reagierte.

»Denken Sie daran«, sagte der Priester direkt an sie gerichtet. »Diese Kirche wurde auf ehemaligem Ratsgebiet gebaut. Die Magie herrscht noch immer. Ihre Antwort wird bindend sein. Überlegen Sie also genau, was sie sagen.« Es klang wie eine Warnung. Als wüsste er von ihrer Lage und wolle sie schützen. Sie wusste nicht, ob das zu seinem Standardtext bei Hochzeiten von Unsterblichen gehörte. Sie war nie auf einer gewesen.

Sie holte tief Luft. »Ja, ich will!«

Sieger und Verlierer – Teil 2

Am Abend war sie zurück in ihrem Elternhaus. Seit der Trauung hatte sie Dante nicht mehr gesehen. Zu ihrer Überraschung hatte es keine Feier gegeben. Kein Bankett. Sie sagte sich, dass sie auch hier niemanden hatte, den sie hätten einladen können. Entweder sie weigerten sich, Dante wollte sie nicht dort haben oder sie waren tot. Dennoch hatte Kassia zumindest ein Abendessen erwartet. Nicht dass sie böse darum war. Sie legte keinen Wert darauf, zu feiern. Es gab nichts zu feiern.

Dass ihr ewiges Hin und Her beendet war, bedeutete kein Happy End. Nicht für sie. Dinge mochten sich ändern, aber nicht derart drastisch. Und wenn doch, nicht sofort.

Während des Nachmittages saß Kassia in ihrem alten Zimmer und dachte nach. Trotz der Dinge, die sie in den vergangenen Tagen erlebt hatte, zählte dies zu den seltsamsten Momenten. Auf ihrem Bett zu sitzen und hinaus auf die Straßen der Stadt zu starren, war nahezu genauso wie in ihrer Kindheit. Damals, als Amino im Krieg gewesen und Dante sich in ihre Gedanken gedrängt hatte. Lediglich die Aussicht war grauer. Dort, wo damals breite Straßen von Kutschen befahren worden waren, verstießen nun Autos gegen die Verkehrsordnung. Und die Häuser hatten durchschnittlich zehn Stockwerke mehr und verdeckten die Sicht auf den Himmel.

Hier hatte es begonnen, hier endete es. So wie Dante es ihr im Video prophezeit hatte.

Doch würde sie nicht bis an ihr Lebensende hier bleiben und sich bemitleiden. Sie würde nicht zu der Frau werden, die Dante in ihr an Aminos Seite gesehen hatte. Schließlich war sie nicht mehr länger nur Taja, auch wenn sie so aussah. Sie war auch Kassia.

Als sie am Abend durch den Flur ging, welche die Schlafzimmer des Hauses miteinander verband, begegnete sie jedoch nicht ihrem Ehemann, sondern Camille. Zunächst wollte sie nicht mit ihr sprechen. Sie hatte die Formwandlerin nie sonderlich gemocht, doch nun war ihre Abneigung in Hass umgeschlagen. Doch der Teil in ihr, der die Selbstbeherrschung regelmäßig mit Füßen trat, fragte dennoch:

»Wie fühlt sich das an, wenn man so blindlings verliebt ist, dass man alles und jeden auf der Welt verraten würde und dennoch immer wieder vor den Kopf gestoßen wird? Ich hoffe doch, es ist unbeschreiblich schmerzhaft?«

Camille drehte sich zu ihr um. »Er weist mich nicht ab. Ganz im Gegenteil! Das hat er noch nie gemacht«

Kassia lachte freudlos auf. »Oh ja, das habe ich in Frankreich gesehen. Aber diese Tagträumerei ist schon was

Gemeines, ich kenne mich mehr mit dem Thema aus. Es ist mehr als eine Fluchtmöglichkeit. Nike hat Recht, du glaubst immer noch, dass Dante und du ... was am Laufen habt.« Die Vorstellung war ekelerregend. »Wieso? Weil er dir gesagt hat, dass ihr zusammen sein könnt, wenn er erfolgreich ist? Vermutlich. Sonst hättest du dich nicht bei uns eingeschlichen.«

»Ich bin bereit, viel zu tun, um ihn zu bekommen.«

»Und erkennst dabei nicht, dass es umsonst ist. Sieh es ein: Dante liebt dich nicht. Er hat es nie und er wird es nie. Du bist ihm nicht einmal wichtig! Sieh dir den Ring an meiner Hand mal genau an. Er hat mich geheiratet! Sollte dir das nicht zu denken geben?« Es bereitete Kassia Vergnügen, ihr diese Tatsache unter die Nase zu reiben.

»Eure Hochzeit war abgesprochen. Ich wusste davon und es ändert nichts. Viele Menschen tragen solche Ringe. Trotzdem gibt es immer irgendwen, der sich seine Unterhaltung anderweitig sucht.«

»So wie ihr es immer getan habt? Habt ihr euch viel ‚unterhalten‘?« Dass Camille nicht antwortete, gab ihr ein gutes Gefühl. »Er will dich nicht. Er will dich ja nicht einmal anfassen. Du widerst ihn an mit deiner Versessenheit. Es widert ihn an, dass du ihm ständig in den Arsch kriechst. Du hast nichts zu bieten, was dich für ihn interessant macht.«

»Und du glaubst, er will stattdessen dich? Er hat dir und

deinen Freundinnen das Leben zur Hölle gemacht. Er hat dich gegen deinen Willen festgehalten und dich gezwungen, menschlich zu werden. Hört sich für mich nicht nach der großen Gefühlskiste an.«

»Danke für die Zusammenfassung. Ich kenne meine eigene Geschichte.«

»Und ich weiß, wie sie endet. Mit dir als hässlichem, alten Weib, eingesperrt in irgendeine Kammer, dem Tod näher als dem Leben, vergessen von allen, weggestoßen von ihm!«

Kassia Blick viel auf den hüfthohen Sockel neben ihr. Ohne nachzudenken griff sie nach der Steinbüste darauf und schlug zu. Das Geräusch, als der Marmor auf ihren Kopf traf, verstärkte ihre Genugtun.

Camille brach bewusstlos zusammen. Ihre Haare färbten sich rot an der Stelle, wo Kassia getroffen hatte. Es kümmerte sie nicht, ob sie sie ernsthaft verletzt hatte. Im Augenblick zählte nur, dass sie sie zum Schweigen gebracht hatte.

Mit federnden Schritten ging sie in die Richtung, aus der Camille gekommen war. Ihr Morgenmantel, Seide, die sie in ihrem Kleiderschrank gefunden hatte, streifte den Boden. Nachlässig raffte sie ihn zusammen, als sie das Schlafzimmer betrat, das Dante sich ausgesucht hatte.

Ihr fiel auf, dass sie nie zuvor in diesem Raum gewesen war. Sie kannte weder die Blautöne, in denen das Zimmer gehalten war, noch den Schreibtisch mit den Krähenfüßen in der Ecke, das Gemälde über dem Kamin oder das tückisch einladende Himmelbett.

Dante stand mitten im Raum und trug nichts außer einer beigefarbenen Stoffhose. Das Licht ließ ihn geheimnisvoll erscheinen. Er wirkte anziehend. Auf jede nur erdenkliche Art.

»Kassia«, begrüßte er sie mit einem überraschten Ton in der Stimme, von dem sie nicht mit Sicherheit sagen konnte, ob er gestellt war.

Sie trat vor und bemerkte, wie sein Blick sie streifte. Mehr als einmal blieb er an der Stelle hängen, an der ihr seidener Morgenmantel lose zusammengebunden war. »Ich wollte dir Bescheid sagen, dass du diesem naiven Miststück ein paar gute Medikamente besorgen solltest.«

»Wo ist sie?«, fragt er.

»Liegt fast vor deiner Tür. Wie so oft also. Wenn sie aufwacht, wird sie vermutlich mit heftigen Kopfschmerzen aufwachen.«

»Dann hast du dir ja richtig Mühe gegeben.«

»Nein, wenn ich es richtig gemacht hätte, würde sie nicht mehr aufwachen.«

Dante lächelte amüsiert. »Das war vorherzusehen. Ihr konntet euch nie sonderlich gut leiden.« Er war weder wütend noch besorgt, was Kassias Meinung nur verstärkte: Sie interessierte ihn nicht. Erst recht nicht so wie sie es gerne hätte. »Ist das der einzige Grund, weshalb du hier bist?«

Sie erwiderte nichts, denn, auch wenn sie das ihm gegenüber nie zugeben würde, sie kannte den Grund nicht. Sie wusste nicht einmal, weshalb sie ihr früheres Zimmer überhaupt verlassen hatte.

Er ignorierte ihr Schweigen. »Wenn du schon einmal hier bist, darfst du gerne bleiben. Wir könnten uns unterhalten.«

»Was gibt es denn, worüber wir noch nicht gesprochen haben? Ich dachte, wir führen eine Ehe, in der man sich nichts mehr zu sagen hat.«

»So früh schon? Kassia, das können wir doch besser.« Ein Grinsen schlich sich auf sein Gesicht. Es war Eines, wie sie es oft gesehen hatte – insbesondere bei Männern. Männern, die Pläne mit ihr oder anderen gehabt hatten. Nur dass nichts davon mit einem Gespräch per Definition zu tun gehabt hatte. An Dante war es ihr noch nie aufgefallen. Insbesondere nicht in ihrer Gegenwart, hatte er doch immer behauptet, kein Interesse an ihr als Frau zu haben. Aber das musste es sein. Denn das war es, das bei ihrem Spiel noch fehlte. Der letzte Sieg, den er für sich beanspruchen wollte.

»Schließ die Tür, bitte!«, erwiderte er.

Kassia wandte den Blick nicht von ihm ab, als sie nach der Türklinke griff. Langsam, Zentimeter für Zentimeter näherte sich die Tür der Wand.

Dante war zu ungeduldig, um zu warten. Mit wenigen

Schritten durchquerte er den Raum, bis er direkt hinter ihr stand. Sie spürte seinen Atem in ihrem Nacken und stellte überrascht fest, wie unregelmäßig er ging. Sie drehte sich zu ihm und fand sich an die Wand gedrückt wieder. Mit einer Hand stützte er sich neben ihrem Kopf ab, die andere war nur wenige Zentimeter von ihrer Taille entfernt. Er schloss sie ein.

Doch es war nicht so wie in Spanien. Denn ihr Herz war nicht das Einzige, das einen fremden Takt anschlug. Sie konnte es hören.

Ihre Blicke trafen sich und blieben ineinander verschränkt. Die Untiefen seiner Schwärze trafen sie und nahmen sie ein wie nie zuvor.

Dennoch gelang ihr ein Lächeln, als sie betont unschuldig fragte: »Worüber möchtest du dich unterhalten?«

»Das weißt du genau.« Es war nicht mehr als ein tiefes Brummen, doch es reichte aus, um ihre Nervenenden in Aufruhr zu versetzen.

Das gefiel ihr nicht. Oder viel mehr: Es gefiel ihr nicht, dass er ihrem Körper gefiel.

»Ist das so? Klär mich doch vorsichtshalber auf.« Ohne zu wissen, woher der Drang danach kam, bewegte sie ihr Becken kaum merklich. Sie streifte das Stück Stoff, dass alles von seinen Hüften abwärts bedeckte. Es war wie früher. Eine Neckerei. Nur intensiver.

Hätte man ihr früher erzählte, dass sie und Dante sich küssen würden, hätte sie denjenigen vermutlich getötet. Es war ihr unmöglich erschienen. Und wenn doch, hätte sie Dante dafür leiden lassen. Es hätte seine Schuld sein müssen, sein Fehler.

In diesem Schlafzimmer sah die Wahrheit anders aus. Vollkommen von etwas geleitet, dass sie zurückgehalten hatten, begannen sie diesen Kuss gleichzeitig. Ihre Körper reagierten darauf mit einer ungeahnten Intensität. Kassia gefiel, was passierte. Kaum berührten sich ihre Lippen, gewannen ihre Instinkte die Oberhand. Sie wollte nach Luft schnappen und gleichzeitig verhindern, dass der dunkle, salzige Geschmack, der sie einnahm, auch nur für kurze Zeit verschwand. Stattdessen öffnete sie bereitwillig die Lippen, als seine Zunge Einlass verlangte. Er küsste sie heftig und unbeherrscht und mit einer Leidenschaft, die sie zum Zittern brachte. Wie benebelt spürte sie, wie sein Körper sich an sie presste.

In diesem Augenblick begann sie innerlich zu brennen.

Sie wollte ihn! Sie wollte, dass er mehr tat, dass er nicht aufhörte. Und sie selbst wollte sich nicht lösen. Sie wollte nicht daran denken, weshalb sie sich fünfhundert Jahre dagegen gewehrt hatte. Weshalb sie sich nicht schon früher hatte gehen lassen. Wo es das Berauschenste war, das sie je erlebt hatte.

Und doch löste er sich für einen quälend langen Moment von ihr. In seinen Augen loderten schwarze Flammen; dasselbe Feuer, das sie in ihren Adern spürte. Seine Finger wanderten hitzig über ihre Arme und ihren Körper. Für ein paar herrliche Sekunden ließ sie ihn gewähren; sie hätte es nicht anders tun können, selbst wenn sie gewollt hätte. Seine Finger wanderten weiter über die Seide entlang und spielten an dem Knoten. Bald löste er sich und der Mantel fiel zu Boden.

Dante erwartete ein Hauch von Nichts. Dünner, fast durchsichtiger schwarzer Stoff bedeckte nicht mehr als das Allernötigste ihres Körpers. Sowohl das tief ausgeschnittene Dekolleté als auch das kurze Höschen war mit roter Spitze besetzt. Kassia hatte es in ihrem Kleiderschrank gefunden. Als nahezu Einziges, in dem man sich ins Bett legen würde. Ob alleine oder mit jemandem zusammen. Sie hatte sich gefragt, ob es Dante gewesen war, der ihre Garderobe gewählt hatte. Doch nun interessierte sie es nicht. Das Einzige, was zählte, war, dass sie sich wohl darin fühlte. Es verlieh ihr Selbstbewusstsein, welches sie seit ihrer Niederlange glaubte verloren zu haben. Und es war Dantes Blick, der sie das Stück Stoff immer mehr loben ließ.

Wenn er sie zuvor nur angestarrt hatte, dann gaffte er jetzt unverhohlen. »Alles für mich?« Seine Stimme klang fremd, mehr wie ein Keuchen.

Kokett lächelnd bestätigte sie. »Alles für den Sieger.« Als hätte sie geplant, ihn zu verführen.

Weniger gelassen als es aussehen musste, ging sie an ihm vorbei. Sie spürte, wie er nach ihr greifen wollte. Seine Finger streiften ihre Haut. Beinahe wäre sie stehen geblieben. Zum ersten Mal seit sie sich erinnern konnte, wollte sie nachgeben. Nicht mit Hintergedanken, sondern weil es sie danach verlangte. Doch sie entzog sich und platzierte sich auf dem Rand des Bettes. Sie konnte seine Reaktion nicht abwarten, nicht die Phase, in der er sie nicht berührte.

Zufrieden sah sie, wie Dantes Selbstbeherrschung sich endgültig auflöste. Jahrhundertelang verdrängtes Verlangen, Verlangen nach ihr schien den Raum aufzuheizen. Kassias Herz raste. Sie beobachtete, wie er auf sie zukam. Es schien ihr als bewege er sich langsam – zu langsam, auch wenn das nicht sein konnte. War er doch mindestens so ungeduldig wie sie. Im Gehen öffnete er seine Hose und streifte sie ab. Kaum war er bei ihr, umschlossen seine Hände ihre Taille, seine Lippen suchten ihre. Nicht weniger drängend, nicht weniger leidenschaftlich.

Sie verschränkte die Beine hinter seinem Rücken. In seine Augen trat ein Funken Überraschung, als sie ihn so zu sich zog, doch wurde dieser schnell von den stärkeren Emotionen verdrängt. Gemeinsam mit ihm ließ sie sich nach hinten sinken, stützte sich auf den Ellebogen ab. Sie spürte den weichen Stoff der Matratze unter ihr und seinen erhitzten Körper über ihr.

Ihr Denken versagte. Sie wollte nicht länger über das nachdenken, was geschah, sie wollte nur noch fühlen. Gefangen in dem, was seine Berührungen bei ihr auslösten, schloss sie die Augen. Sie konnte nicht länger warten. Nicht länger verzichten.

Das Nächste, das sie wahrnahm, war ein ersticktes Röcheln.

Kassia riss die Augen auf. Noch immer lag sie auf Dantes Bett, noch immer trug sie nichts bis auf die knappen Dessous. Sie griff sich an die Brust, bis sie begriff, dass die Geräusche nicht von ihr kamen. Und dass Dante sie nicht mehr berührte. Überhaupt war er nicht mehr bei ihr.

Er kniete am Fußende des Bettes. Mit einer Hand umklammerte er einen der Balken des Himmelbettes. Er hielt ihn derart fest als hinge sein Leben davon ab. Seine Finger, die zuvor noch über ihren Körper geglitten waren, gruben sich in das Holz. Die andere Hand hielt er sich vor den Mund. Er hustete und keuchte. Sein Gesicht nahm eine ungesund blasse Farbe an, gesprenkelt durch einen rötlichen Ton. Die Farbe war derart intensiv, dass es aussah als greife sie seine Haut an.

Wie in Trance kam Kassia näher. Sie nahm kaum wahr, dass sie sich bewegte. Ihr Blick hing an seinem Gesicht, ließ ihn nicht los, nicht einmal, um zu blinzeln. Er veränderte sich erst, als Dantes Hand sich von seinem Mund löste. Sowohl ihre als auch seine Augen weiteten sich.

In seiner Hand klebte Blut. Dante spuckte Blut.

Noch immer konnte sie sich nicht bewegen. Zu groß war der Schock, als dass sie auch nur an die Kontrolle über ihren Körper denken konnte. Sie hätte nicht erklären können, was passierte. Sie konnte nicht denken.

Wieder hustete er – ein gequältes, rasselndes Geräusch. Blut tropfte auf die Laken.

Zum ersten Mal sah er sie an. Es dauerte weitere Zeit, weitere kostbare Zeit, bis sie den fremden Ausdruck in seinen Augen erkannte: Dante war panisch. Er wusste nicht, was er tun sollte. Er bettelte um Hilfe.

Zitternd bemühte er sich aufzustehen, doch er schwankte und fiel zu Boden. Das dumpfe Geräusch schien in ihren Ohren zu dröhnen. Wie ihm schien es auch ihr kurzzeitig die Luft zu rauben.

Seine Atemzüge wurden langsamer, abgehackter, von Mal zu Mal klangen sie erstickter. Immer wieder wurden sie von einem Schwall Blut begleitet. Die blasse Farbe seines Gesichts wurde vollkommen von der viel zu intensiven Röte verdrängt.

Erneut sah er sie an. Er schien etwas sagen zu wollen; erfolglos. Das Blut floss gnadenlos weiter durch seine Kehle, füllte seinen Mund.

Ein letztes Mal bäumte er sich auf, ehe er auf die Seite fiel und reglos liegen blieb.

Endlich war Kassia in der Lage, sich zu bewegen. Langsam erhob sie sich und fischte ihren Morgenmantel vom Boden. Sie bemerkte das unkontrollierte Zucken ihrer Finger kaum. Alles an ihr fühlte sich taub an. Tauber als am Tag zuvor, als sie ihre ursprünglichen Körper wieder eingenommen hatte.

»Alles für den Sieger«, wiederholte sie flüsternd, den Blick auf Dantes leblosen Körper gerichtet. »Und der Sieger bin ich.«

Dann begann sie zu schreien.

Die Auswertung

Dante wurde beerdigt, ohne dass jemand außer Kassia oder der Rat es mitbekam.

Die Einzige, die hätten einschreiten wollen, Camille, würde davon nie etwas erfahren. Dafür hatte Kassia gesorgt. Nach seinem Tod hatte sie der verräterischen Formwandlerin gegenüber keine Zurückhaltung mehr gekannt.

Am Nachmittag, nachdem ein ihr fremder Mann seinen Sarg unter die Erde gebracht hatte, kehrte Kassia zum Friedhof zurück. Sie ging umher, besah sich jedes Unsterblichengrab einzeln und bestaunte, wie viele Namen ihr noch immer vertraut waren. Aminos Eltern, die sie verehrt und geliebt hatte. Ihren ersten Leibwächter, die Schwestern ihrer Amme und zwei Freundinnen aus der Zeit, bevor Amino an der Grenze gekämpft hatte. Dazu ein entfernter Cousin, der sich bei einem Reitunfall das Genick gebrochen hatte. An Laura Zlatoljas Grab blieb sie einen Moment stehen. Sie sagte nichts, ebenso wenig hatte sie Blumen, um sie abzulegen, aber sie hätte nicht einfach vorbeigehen können. Nicht nach dem, was sie getan hatte. Nicht nach dem, was vorgefallen war. Und dann waren da natürlich ihre Eltern. Ihre Mutter, nicht lange nach Amino gestorben, und ihr Vater, dessen Körper erst kürzlich gefolgt war. Man hatte sie gemeinsam beerdigt, was bedeutete, dass ihr Vater kein weiteres Mal geheiratet hatte.

Er hatte keine neue Familie gegründet.

Einerseits überraschte es sie. Sie hätte nicht erwartet, dass ihr Vater Jahrhunderte der Einsamkeit würde ertragen können. Andererseits hatte er Amino für seine Ehe geopfert. Amino und auch sie. Womöglich wäre sie noch wütender auf ihren Vater gewesen, wenn er das Geschehen durch eine neue Ehe einfach so verdrängt und vergessen hätte.

Schließlich stand sie zwischen den Gräbern von Dante und Amino. Ironischerweise hatte man sie nebeneinander begraben. Abgesprochen hatte das niemand mit ihr. Sie hätte alles getan – außer das.

»Ihr hättet vor kurzem Hochzeitstag gehabt«, stellte ein Mann hinter ihr fest.

Kassia neigte den Kopf in seine Richtung und wischte sich eine Träne von der Wange. Hochzeitstag, Geburtstag, Todestag, all diese Ereignisse fielen auf dasselbe Datum: Den 5. Oktober. »Hallo, Matej.«

Aminos Bruder lächelte. Im Licht der Herbstsonne schienen seine blonden Haare zu leuchten. Er hatte dieselbe Haarfarbe wie ihr einstiger Verlobter. Matej sah kaum anders aus als damals. Er sah aus wie Anfang dreißig. Lediglich sein Bart war kürzer und seine Kleidung zeitgemäß. Die dunkle Jeans stand ihm besser als der Gehrock, den man 15.

Jahrhundert getragen hatte.

»Taja Rosiç. Ich hätte mit vielem gerechnet, nicht aber damit, Ladislaus' Tochter wiederzusehen.«

»Das bekomme ich in den letzten Tagen häufiger zu hören.« Ihr Blick wanderte von Matej zu Aminos Grabstein. »Ich war noch nie zuvor an seinem Grab. Nach einem Streit verbot mir mein Vater zur Beerdigung zu gehen, wobei ich zu diesem Zeitpunkt nicht hätte sagen können, ob ich traurig darüber war. Ich wollte mich von ihm verabschieden, aber ich weiß nicht, ob ich die Öffentlichkeit ertragen hätte. Es gab damals nichts und niemandem, hinter dem ich mich davor hätte verstecken können. Egoistisch, nicht wahr?« *Genauso wie die Tatsache, dass ich mich bis zu meiner Flucht mehr mit meiner Rache beschäftigt habe als mit meiner Trauer. Stattdessen hätte ich ihn besuchen sollen, wann immer ich konnte.*

»Ich erinnere mich, dass man über Euer Fehlen tuschelte. Ich hielt nach Euch Ausschau gehalten, wollte mit Euch reden. Um Euch zu trösten und mich selbst. Bis Euer Vater behauptete, Ihr würden Euch schlecht fühlen.«

»Ihr?«, wiederholte sie. »Matej Gogolja, wir kennen uns, seit wir Kinder waren. Diese Förmlichkeit klingt falsch. Ich bin Kassia. Oder Taja, für die, die mich länger kennen.«

»Also gut. So lange das auf Gegenseitigkeit beruht. Seit gestern beginnen mehr und mehr Leute, mich zu siezen, selbst meine Freunde. DAS ist seltsam.«

»Das hat wenigstens einen Grund. Du wirst bald ein Ratsmitglied sein. Angeblich soll mein Onkel Zoran sich noch vor dem Sommer zurückziehen.«

Er lachte leise auf. »Ich wäre nicht in dieser Situation, wenn du nicht wärst. Du hast mich dazu gemacht. Du solltest diesen Anspruch durch Geburtsrecht haben.«

»Tja, aber der Rat lässt keine Frauen zu. Deshalb übertrage ich meine Rechte auf dich.«

»Für mich ändert das nichts an deinem Status. Du bist weiterhin ein Mitglied der ältesten, osteuropäischen Ratsfamilie.«

Am vorherigen Tag waren Mitglieder des Rates – unter ihnen ihr Onkel – in ihr Haus gekommen. Der Kavallerie gleich hatten sie geglaubt, sie retten zu müssen. Ob Nike und Allegra ihnen irgendetwas erzählt hatten, wusste Kassia nicht – sie fragte nicht nach. Doch dementsprechend verwundert, hatten sie feststellen müssen, dass es nichts zu retten gab. Kassia war zwar wieder sie selbst und hatte geheiratet, aber ihr Mann konnte keinen Anspruch mehr auf den Platz im Rat erheben. Er war tot.

Kassia hatte ihnen berichtet, wie er gestorben war, hatte jedoch die pikanten Details seiner letzten Minuten ausgelassen. Es wirkte zu intim um zuzulassen, dass sich der gesamte Verwaltungstrakt der Unsterblichen darüber das Maul zerriss. Ganz zu schweigen davon, dass sie zu dem

Schluss kommen könnten, dass sie die Schuld trug.

Wenn sie nichts sagte, würde der Rat nie erfahren, was Dante geschehen war. Die Unsterblichen führten keine Obduktionen durch. Sie hielten es für unethisch, den Körper eines Toten zu öffnen und an ihm herumzudoktern.

Nachdem sie seinen Tod erst einmal ad acta gelegt hatten, war es ihre Aufgabe gewesen, über Kassias Zukunft zu sprechen. Durch ihre Rückkehr hatte sie den unsterblichen Teil in sich aufgegeben. Damit unterlag sie nicht länger den Gesetzen der Unsterblichen. Sie würde nicht länger Schutz vom Rat erbitten können, und nicht länger in der Lage sein, deren Gebäude zu betreten.

Dennoch hatte man ihr die Möglichkeit gegeben, einen Nachfolger vorzuschlagen. Wer sollte Zorans Platz einnehmen, sobald dieser zurücktrat? Ihr Onkel hatte darauf bestanden, dass sie mitentscheiden durfte. Er wollte nicht, dass sie sich vollkommen übergangen fühlte.

Schnell war ihr eine Idee gekommen. Eine Person, die sie nicht kannte, nicht einmal ihren Namen, von der sie nicht einmal wusste, ob sie existierte. Sie erkundigte sich, ob es noch lebende Nachfahren von Laura Zlatolja und ihrem Mann gab. Mit ihrer Anklage hatte Kassia Dantes Nichten und Neffen 1486 zu Halbwaisen gemacht. Sie schuldete ihnen etwas dafür, was sie der unschuldigen Frau, ihrer Schwägerin, angetan hatte. Ihnen die größtmögliche Ehre unter den

Unsterblichen zukommen zu lassen, erschien ihr nicht ausreichend, aber wie ein angemessener Versuch.

Doch noch bevor sie ihren Vorschlag aussprach, wusste sie, dass er keine Zustimmung finden würde. Ohne ihre Tat zu gestehen, würde sie keinen Grund nennen können, weshalb Lauras Ur- Ur- Enkel die richtige Wahl wäre. Er war den Ratsmitgliedern kein Begriff.

Aus diesem Grund hatte sie den Namen genannt, der ihr als nächstes in den Sinn gekommen war. Ein Kandidat, dessen Familie im Land bekannt war. Soweit sie mitbekommen hatte, stand er in engem Kontakt zum Rat, genoss seine Gunst, ähnlich wie Allegra. Und er wäre ein Mann, den sie einmal gekannt hatte, dem sie diese Ehre wünschen würde …

»Aber du bist ein Adliger, der Herzog von Dubrovnik«, argumentierte sie auf dem Friedhof, als sie Zorans Nachfolger gegenüberstand.

»Und du bist die Herzogin von Zagreb. Also sind wir auf einer Ebene.«

Mit einem Nicken gab sie nach.

»Ich schätze, du hast mich wegen ihm ausgesucht«, sagte er nach einer Pause und deutete auf die Stelle, an der Aminos Körper einmal gewesen war.

»Nicht nur. Es passt irgendwie. Ein Gogolja soll den Platz der Familie einnehmen, weil es mir nicht erlaubt ist.

Außerdem bist du die beste Wahl. Du bist freundlich und klug, weißt, wann es nötig ist, Härte zu zeigen. Du hast durch die Kontakte deines Vaters Erfahrungen gesammelt, die kaum einer vor seiner Vereidigung vorweisen konnte. Du bist nicht so impulsiv wie ich, nicht einmal ein bisschen wie dein Bruder es war.«

»Er war das nur, wenn es um dich ging.« Dieses Mal hielt sein Lachen an. »Aber das ist Ewigkeiten her. Woher willst du wissen, dass ich mich nicht verändert habe?«

»Manche Dinge ändern sich nie.«

»Du hast dich verändert. Sogar sehr. Ich sehe beinahe nichts mehr von dem Mädchen, das mir Aminos Geschenke präsentierte, noch bevor sie zu ihren Eltern rannte.«

»Ich war dazu gezwungen. Ich musste mich verändern.«

»Durch deinen Ehemann?« Seine Hand wanderte von Aminos Grab zu Dantes.

Kassia spürte, wie etwas in ihr aufzubrechen drohte. Etwas Schmerzhaftes, das sie nicht wagte, näher zu erkunden. Sie kämpfte dagegen an, nicht wissend, ob ihr das gelang.

»Als der Rat mich zu sich rief, um mir deinen Platz anzubieten, hörte ich bruchstückhaft Gespräche über ihn und dich. Es klang nicht, als verdiene er einen Preis für den Ehemann des Jahres.«

Kassia schluckte. Matej wusste nicht, dass Dante es gewesen war, der seinen Bruder tötete. Nicht nur, weil das alte Wunden aufreißen könnte, sondern weil sie befürchtete, er würde sich von ihr abwenden. Sie glaubte nicht, dass er verstehen würde, wie es trotz allem zu ihrer Heirat gekommen war.

»Ist er wirklich mein Ehemann im klassischen Sinn?«, fragte sie stattdessen.

»Du hast ihn geheiratet, das hast du selbst gesagt. Damit ist er dein Ehemann.«

»Ich war einmal bei einem Gerichtsverfahren in England, wo genau diese Frage diskutiert wurde. Wann ist die Ehe gültig? Nach dem Segen des Priesters oder nach der Hochzeitsnacht?«

»Das ist eine veraltete Denkweise. Es gibt nicht mehr viele, die sich damit beschäftigen.«

»Wir sind alt, oder? Wir sind sehr alt.«

Sie wusste nicht, weshalb sie mit Matej darüber sprach. Im Nachhinein erschien es ihr makaber. Immerhin war er Aminos Bruder.

»Jetzt habe ich die ganze Zeit über mich und die Vergangenheit geredet. Dabei sollte ich nicht im Mittelpunkt stehen. Wie geht es dir?« Er trat auf sie zu und machte Anstalten, sie zu umarmen.

Sie hatte nicht damit gerechnet, derart mitleidenswert auszusehen. Sie wusste selbst nicht, wie sie sich fühlte. Sie hätte sich freuen sollen. Dante war fort und würde ihr nie wieder auflauern können, sie nicht bedrängen oder ihre Freunde drangsalieren. All das, was sie seit Spanien gehasst hatte, war nun vorbei. Das Einzige, um das sie sich jetzt noch kümmern musste, war die Tatsache, dass sie alterte. Das war genug.

Dennoch konnte sie es nicht. Sie wusste nicht einmal, ob sie Erleichterung empfand.

Genauso wenig hätte sie sagen können, ob sie trauerte. Seit sie seine Leiche gesehen hatte, fühlte sie sich leer. Sie hatte nicht geweint. Nicht richtig. Ein paar vereinzelte Tränen hatte sie vor seinem Grab vergossen. Aber sein Grab war direkt neben dem Aminos. Und davor war sie bei ihrer Mutter gewesen. Um die beiden hatte sie immer getrauert.

Dafür gab es Momente, in denen sie noch nicht realisiert hatte, dass sie ihn an diesem Abend zum letzten Mal gesehen hatte. Dann verfiel sie in eine Art Schockzustand. Sie erwartete, dass er um die Ecke biegen würde, schief grinsend und mit einem Spruch auf den Lippen. Wenn sie bemerkte, dass er nicht kam, sagte sie sich, dass das keinen Unterschied mache. So oft hatten sie sich längere Zeit nicht gesehen. Irgendwann war er immer wieder zurück in ihr Leben getreten. Etwas anderes kannte sie nicht.

Ihre Gefühle waren anders als damals, als sie um Amino getrauert hatte.

»Ich bin durcheinander«, fasste sie zusammen und ließ zu,

dass Matej sie in die Arme schloss. »Ich habe nicht so weit gedacht und ich … Ich hätte nicht erwartet, dass ich jemals um ihn weine«, flüsterte sie.

In Matejs Armen fühlte sie sich sehr jung. Ein weiteres Mal in ihre Jugend zurückversetzt. Wenn es zu dem seltenen Fall gekommen war, dass sie sich mit Amino gestritten hatte, war sie entweder zu ihrer Mutter oder zu ihm gegangen. Er hatte sich um sie gekümmert, sie verteidigt oder ihr klar gemacht, was sie falsch gemacht hatte.

»Ich habe ihn geliebt«, flüsterte sie noch leiser. »Es ist so seltsam. Ich habe ihn so lange geliebt, obwohl ich wusste, dass es keine Zukunft gab. Er liegt hier und ich stehe davor und lebe – immer noch.«

Behutsam strich er ihr über den Rücken. Wieder wollte er sie trösten. Trotzdem spürte sie, wie er mit seinen eigenen Gedanken beschäftigt war. Er überlegte, von welchem der beiden Männer sie sprach.

Sie beantwortete ihm diese Frage nicht. »Tut mir Leid. Normalerweise weine ich nicht.« Sie löste sich von ihm. Sie war es gewöhnt, ihre wahren Gefühle zu verbergen. Ohne diese Maske fühlte sie sich schutzlos.

»Kein Problem. Das passiert jedem.«

Sie nickte. »Wir sollten gehen!«, meinte sie bemüht gefasst. »Es gibt noch viel zu tun. Wir sollten den Rat nicht warten lassen.«

»Weißt du schon, was du tun wirst, wenn alles geklärt ist?«, fragte er beiläufig, während sie zurückgingen.

»Ich denke nicht, dass ich in Zagreb bleiben werde, wenn du darauf hinaus möchtest. Obwohl ich darüber nachgedacht habe.«

»Du hättest hier alles, was du brauchst. Ein Haus, das Erbe deines Vaters, mich. Ich kann ein ganz anständiger Freund sein, wenn ich will. Nicht zu vergessen das Wetter. Es lockt die Menschen aus den unterschiedlichsten Ländern herbei, da musst du nicht mehr reisen.«

Sie warf ihm einen schiefen Blick zu, der durch ihr von Tränen gerötetes Gesicht nicht seine gewünschte Wirkung erzielte. »Der Rat ist doch nichts für dich. Du solltest Verkäufer werden.« Dann wurde sie wieder ernst. »Ich fühle mich hier nicht wohl. Ich bin froh, dass ich das Grab gesehen habe, das ist für mich wie der endgültige Abschied, den ich nie nehmen konnte. Aber Zagreb ist nicht mehr mein zu Hause. Ich gehöre nicht mehr hierher.«

»Schade. Ich hätte dich gerne hier. Du bist meine letzte Verbindung zu meinem Bruder. Ich hätte dich gerne wieder besser kennengelernt. Wohin willst du stattdessen? Wohin gehörst du?«

Seine Worte erinnerten sie so sehr an das Gespräch in Italien, dass sie zusammenzuckte.

»Ich bin rastlos. Vielleicht ändert sich das, vielleicht

verstärkt es sich in dem Wissen, dass mir nicht mehr viel Zeit bleibt. Ich weiß nicht, was ich will. Allerdings habe mein Schicksal in gewisser Weise bereits erfüllt. Das könnte also meine neue Aufgabe werden: Finde einen Ort, von dem du nicht weg willst. Du wirst bald im Rat sein, da kannst du mir doch sagen, was ich mit meinem Leben anfangen werde.«

Er überging ihre Bemerkung. »Wo willst du anfangen?«

»In Griechenland«, erwiderte sie augenblicklich. »Dem Heimatland meiner Mutter. Ich war nie zuvor dort. Vermutlich aus denselben Gründen, weshalb ich Kroatien so lange mied. Es soll ein schönes Land sein.«

»Es soll vor allem ein bankrottes Land sein. Die Unsterblichen sind davon nicht ausgenommen.«

»Ich habe nicht geplant, mich in die Politik einzumischen. Ich werde mir eine ruhige Ecke suchen und herausfinden, ob das was für mich ist. Meine einzige Sorge ist, dass ich die Fähigkeiten verloren habe, Sprachen schnell zu erlernen?«

»Dein Kroatisch ist einwandfrei. Als wärst du nie fort gewesen.«

»Das habe ich auch nicht erst kürzlich erlernt. Ich konnte es immer. Und, vielleicht dank meines ach so tollen Vaters, habe ich es nie verlernt. Ein Segen und Fluch zugleich, wenn du mich fragst. Als müsste wenigstens das von damals an mir hängen bleiben. Denn alles andere ist vergangen – oder tot.«

Er nickte, ging jedoch auch darauf nicht näher ein. »Wirst

du noch einmal zurückkommen?«

»Zu Besuch bestimmt, egal ob ich in Griechenland bleibe oder woanders sein werde. Ich besuche dich, wenn du mit mir in Kontakt bleiben willst. Und ich werde meine Freundinnen besuchen, wenn sie jemals wieder mit mir reden. Ich werde noch zum Vorbild.«

»Wäre das etwas Neues? Früher warst du bis auf deine kleinen Ausbrüche mit Amino die Unschuld in Person.«

Ihr Blick wanderte zwischen Matej und den kaum noch erkennbaren Gräbern hin und her. »Du kennst Taja Rosiç, aber du hast keine Ahnung, wer Kassia Oscura Tirado ist.«

Das Ergebnis

2076: Zagreb, Kroatien

Taja Rosiç' Beerdigung war äußerst pompös.

Die Meisten der unsterblichen Gäste gingen davon aus, dass der Rat dies aus rein politischen Gründen veranstaltete. Seit sich die Staaten Europas zusammengeschlossen hatten, hatte man solche Ereignisse häufiger beobachten können.

Manche vermuteten jedoch, dass man damit eher Traditionen wahren wollte. Selbst wenn Taja ein Mensch geworden war, hatte man ihre Herkunft nie vergessen.

Der Vorsitzende des Europäischen Rates, Matej Gogolja, hatte dafür gesorgt. Er war bekannt für solche Gesten. Seit seiner Beförderung vor zwanzig Jahren hatte er nicht nur die einzelnen Räte zu einem verschmolzen, sondern ihm auch zu neuem Ansehen verholfen.

Nur die Wenigsten wussten, dass er in diesem Fall aus persönlichen Gründen handelte. Er war ein enger Freund der Toten gewesen. Er verdankte ihr alles, was er in den letzten Jahrzehnten erreicht hatte.

Diana gehörte zu denen, die seine Beweggründe kannte, obwohl sie ihm nie persönlich begegnet war. Wäre sie ihn seiner Situation gewesen, hätte sie nicht anders gehandelt.

Ihr war sonderbar zu Mute, als sie dabei zusah, wie der gläserne Sarg über seinem Grab platziert wurde. Es war derselbe, in dem Dante einst ihre Hülle aufbewahrt hatte.

In der Menge voller Unsterblicher, Menschen und sogar Formwandler konnte sie die wenigen, ihr bekannten Gesichter nicht ausmachen. Sie drückte die Hand ihres Mannes, als der Priester vortrat. Er betete für das Seelenheil der Verstorbenen und derjenigen, die um sie trauerten – erstaunlich viele, wie Diana bereits bei ihrer Ankunft festgestellt hatte. Die Kassia von damals hatte nur zu Nike, Allegra und Dante Kontakt gehalten.

Menschen änderten sich. Das galt wohl selbst für Kassia.

Neben ihr begann eine Frau zu schluchzen. Sie sah aus als sei sie in ihren Vierzigern. Dianas erinnerte sich, dass das an diesem Tag und diesem Ort nichts hieß.

Vermutlich war sie selbst die Jüngste unter den Trauergästen, obwohl sie mit ihren achtundachtzig Jahren nicht danach aussah.

Als der Pfarrer sein Gebet beendete, wurde der Sarg in Bewegung gesetzt und hinabgelassen.

Auf die Hilfe ihres Mannes und des Rollators vor ihr angewiesen, reihte sie sich ein, um der Verstorbenen die letzte Ehre zu erweisen.

Am meisten beschäftigte sie, wie seltsam es war, dass Kassia tot war. Sie hatte nicht mehr oft über das geredet, was ihr als Fünfundzwanzigjährige widerfahren war. Dennoch waren ihre Gedanken des Öfteren an ihr hängen geblieben. In diesen war Kassia, obwohl sie ihren Wechsel so nah wie niemand sonst miterlebt hatte, immer unsterblich geblieben. Unsterblich und an Dante gebunden. Doch auch sie wusste inzwischen, dass dem nicht so war.

Sie nahm sich eine der Rosen und warf sie hinab in die Grube. Ihr Blick fiel auf Kassias Gesicht, welches durch das Glas deutlich zu erkennen war. Sie war gealtert wie Diana. Es gab nicht mehr viel, das an die Schönheit erinnerte, von der Diana in den ersten Nächten nach ihrer Rückkehr geträumt hatte. Doch schien es ihr, als würde Kassia zufrieden lächeln.

Und Diana wollte glauben, dass sie so gestorben war. Wut empfand sie gegenüber der Frau, die ihr Leben gefährdet hatte, nicht mehr. Sie sollte es womöglich. Jessica hatte es immer getan. Sie hatte das Thema am häufigsten von ihnen angeschnitten und dabei stets etwas zu Bruch gehen lassen. Diana empfand nur Mitleid.

Nachdem sie sich vom Grab entfernt hatte, hielt sie ein weiteres Mal Ausschau. Nike und Allegra mussten hier sein. Sie konnte sich nicht vorstellen, dass dem nicht so war.

Soweit sie Nike kennengelernt hatte, würde die blonde Spanierin nicht zulassen, dass der Kontakt zwischen ihnen abbrach. Sie hätte Kassia gezwungen, sich bei ihr zu melden oder wäre unangemeldet bei ihr erschienen. Und wenn all das nicht erfolgreich gewesen wäre, hätte sie vermutlich trotzdem irgendwie von der Beerdigung erfahren und wäre gekommen. Mehr als ein halbes Jahrhundert lang war Kassia ihre beste Freundin gewesen, sie hatte ihr Leben beeinflusst. Und für Allegra war sie ein Teil ihrer Familie gewesen. Das vergaß man nicht.

Sie fand die beiden am Rande der Trauergesellschaft.

Diana verspürte einen unangenehmen Stich, als sie ihre jungen Gesichter sah. Bei ihrer ersten Begegnung waren sie und Nike scheinbar gleich alt gewesen, Allegra wenige Jahre älter. Jetzt hätte Diana ihre Großmutter sein können.

Als hätten sie ihre Gedanken gelesen, nickte Nike ihr zu und stupste Allegra an. Sie lächelte wissend.

Nachdem sie die Verwandlung einer Unsterblichen nur ein einziges Mal miterlebt hatte, schrak Diana zusammen, als die Frauen wie im Zeitraffer alterten. Keine von ihnen machte sich älter als fünfzig und es änderte nichts daran, wie gut sie aussahen, doch Diana wusste die Geste zu schätzen.

Sie warf ihrem Mann einen Blick zu, um abzuschätzen, wie er damit umging. Noch vor ihrer Hochzeit hatte sie ihr von Kassia, Dante und Nike erzählt. Er hatte gezögert, ihr dann aber geglaubt, obwohl sie ihm abgesehen von Jessicas Bestätigung keine Beweise liefern konnte. Einer der Gründe, weshalb sie ihn liebte.

Sie tätschelte seinen Arm, und stellte wieder einmal fest,

wie schwer ihr die Bewegung fiel. Kassia war naiv gewesen, als sie ihren letzten Wechsel angetreten hatte. Altern war nicht schön.

»Beeindruckend. Das ist … unfassbar«, murmelte er, eine Hand gehoben als wolle er sich ans Herz fassen. »Mir geht es gut«, fügte er hinzu, als er den besorgten Blick seiner Frau aufschnappte.

Diana wandte sich wieder Allegra und Nike zu. Sie waren ebenfalls nicht alleine gekommen, sondern hatten sich bei ihren Ehemännern untergehakt.

Dass Nike, wie es der Rat formuliert hatte, verstanden hatte, was Liebe bedeutete, freute Diana.

Zu Allegras Linken stand ein dritter Mann. Er war der Erste, der sie und Chris begrüßte. Er strahlte Autorität und Freundlichkeit in einem aus – wie ein streng wirkender, aber liebender Großvater. Wie Chris. Nur dass auch er dreißig Jahre jünger erschien.

»Mein Name ist Matej Gogolja, ich bin … ich war ein guter Freund von Taja.« Dass er von ihr mit ihrem ersten Namen sprach verriet, dass er sie in ihrer Kindheit gekannt hatte. »Sie müssen Diana Thornton sein. Ich habe viel von ihnen gehört.«

»Chinston«, korrigierte sie ihn. »Diana Chinston.«

Er lächelte entschuldigend und entließ sie zu Nike und Allegra. Wie selbstverständlich wurde sie von ihnen umarmt.

302

Als seien sie alte Freunde.

Ein wenig verhaltener brachten sie den Small-Talk hinter sich. Die Spanierinnen erkundigten sich, wie es ihr und ihrem Mann ginge, und stellten ihre Ehemänner vor. Dabei erfuhr Diana, dass Nike einen Menschen geheiratet hatte. Das Lächeln, das sie dabei aufgesetzt hatte, spiegelte Dianas Gedanken wieder: Ausgerechnet Nike, die menschliche Beziehungen immer aus Angst vor Verlust vermieden hatte. Nike, die daran gezweifelt hatte, ob es die Liebe für sie überhaupt gab.

Anschließend sprach das Ratsmitglied das aus, was Diana bereits durch den Kopf gegangen war: »Es ist seltsam, dass sie weg ist, oder?«

»Das war sie eigentlich schon seit ihrem letzten Wechsel. Ich meine, ich war es ja gewöhnt, sie nicht täglich zu sehen, aber seitdem war etwas anders«, erwiderte Allegra. Tränen stiegen ihr in die Augen. Das Taschentuch in ihrer Hand verriet, dass es nicht die ersten an diesem Tag waren.

»Es war einfach so plötzlich. Ich war vor zwei Wochen noch bei ihr. Da schien es ihr noch gut zu gehen. Den Umständen entsprechend.«

Allegra lehnte den Kopf an die Schulter ihres Mannes. »Sie war ein Mensch, eine alte Dame.« Sie warf Diana einen entschuldigenden Blick zu. »Sie ist einfach eingeschlafen. Ich denke, es ist eine würdevolle Art zu sterben.«

»Eine sehr ruhige Art«, fügte Nike hinzu und wischte sich eine Träne von der Wange. »Grenzt es nicht an Ironie, dass ausgerechnet sie so von uns geht?«

Diana stimmte ihr zu.

»Sie ist ruhiger geworden«, bedachte Aminos Bruder. »Wenn sie nicht auf Reisen war, hat sie sehr zurückgezogen gelebt. Wann immer ich sie darauf ansprach, hat sie betont, dass sie nicht mehr so sei wie noch vor hundert Jahren.«

»Mein Kontakt zu ihr hätte besser sein können. Anfangs hat sie mich noch besucht, mir Nachrichten geschickt, wenn sie ihren Wohnort geändert hatte. Mit der Zeit wurde es weniger. Aber das lag nicht nur an ihr, auch wenn ihr das mehrmals vorgehalten habe. Es war auch meine Schuld. Ich hätte mich mehr bemühen sollen. Ich habe nicht daran gedacht, dass wir nicht mehr ewig Zeit haben und …«

»Wenn es dich beruhigt, ging es jedem von uns mit Kassia so. Ihr Verhalten war nicht böse dir gegenüber gemeint, denke ich. Ich zum Beispiel habe mich eigentlich auch nur mit ihr treffen können, weil ich darauf bestanden habe. Ich wollte mich um sie kümmern. Ein Dickschädel war sie bis zum Schluss«, munterte Matej sie auf.

Diana schätzte diesen Charakterzug. »Sie hat Kontakt mit mir aufgenommen«, berichtete sie. Ihr entging nicht, wie überrascht Allegra reagierte. »Sie hat mir und Jessica einen Brief geschrieben. Sie war die letzte Person, die sich noch die

Mühe machte, einen Stift zu benutzen. Nannte es ihren letzten *altmodischen Tick*.«

»Wann war das?«, fragte Nike.

»Nach unserer Silberhochzeit. Unsere Tochter, Madeleine, ihr erinnert euch vielleicht noch an sie, hatte eine Anzeige in der Zeitung geschaltet. Kassia sah sie, als sie auf der Durchreise nach Schottland war. Sie hat mir gratuliert. Ich glaube, der Glückwunsch kam mit einer Spur Wehmut. Soweit ich gehört habe, hat sie sich kein weiteres Mal verlobt oder gar geheiratet. Dann hat sie sich für damals entschuldigt.« Sie brauchte nicht herüberzusehen, um zu wissen, dass Chris das Gesicht verzogen hatte. Nach einigen Jahren war es ihm gelungen, den Angriff der Formwandler auf ihn zu verkraften. Das war es nicht, das ihn beschäftigte. Er redete nicht gern über Jessica. Der Tod seiner Schwester vor einem Jahr schmerzte ihn noch immer.

»Als ich von Kassias Tod erfuhr, kümmerte ich mich um ihren Nachlass. Sie führte ein Adressbuch, in dem auch Ihre stand. Da Sie einer von nur wenigen Einträgen waren, dachte ich, Kassia hätte gewollt, dass Sie kommen. Deshalb schickte ich Ihnen die Einladung«, erklärte Matej.

Diana nickte.

»Also hast du ihr verziehen?«, fragte Allegra zögernd.

»Ich habe häufig über das Geschehene nachgedacht. Das Spiel, das sie und er immer vorschoben, verstehe ich bis heute nicht. Aber sie hat es beendet, um uns zu retten, mich ebenso wie euch. Dabei kannte sie mich eigentlich nicht. IHR verzeihe ich.«

»Und als Jessica wegen ihres Herzens im Krankenhaus war, hat sie Geld geschickt, um uns und ihre Familie zu unterstützen«, fügte Chris mit wackeliger Stimme hinzu.

Nike lächelte. »Warum hast du sie eigentlich hier begraben lassen?«, wandte sie sich an Matej. »Ich dachte, sie hätte in Griechenland gelebt.«

»Hat sie auch. Meistens. Dennoch wollte sie hier beerdigt werden. So romantisch verklärt das klingen mag, vermute ich wegen meines Bruders.«

»Oder wegen IHM.« Mit einem kühlen Unterton sprach Diana den Satz aus, der in der Luft hing. »Selbst im Tod zieht er sie zu sich …«

Matej schüttelte den Kopf. »Ich denke, obwohl sie uns allen viel erzählt hat, wissen wir noch immer nicht alles über ihre Beziehung – und werden es auch nicht mehr. Ich bezweifle nicht, dass sie meinen Bruder bis zu ihrem Tod liebte, aber das Verhältnis zwischen ihr und IHM war ein anderes. Es würde erklären, warum seine Mutter hier ist.«

Bevor Allegra sich die Hand vor den Mund halten konnte, stieß sie einen Fluch aus. Dianas Hand krallte sich in die ihres Mannes.

»*Madre de dios*, die Mutter dieses … dieser Person ist hier?«, brachte Nike hervor.

»Signora Morelli, so heißt die Dame, war auch in besagtem Kontaktbuch vermerkt. Sogar unter *Wichtige Adressen*. Anfangs wusste ich auch nicht, wer sie war, weshalb ich so schockiert war wie ihr. Aber offenbar hat Taja den Kontakt zu ihr gesucht und ihr beinahe alles erzählt. Von ihrem Schicksal, ihrem Kampf, wenn auch sicherlich ohne Details, und dass er in ihrer Anwesenheit gestorben ist. Sie weiß ebenso wenig wie der Rat, weshalb genau.«

Diana erinnerte sich an die weinende Frau, die neben ihr gestanden hatte. Sie hatte gewirkt wie jemand, der sein Kind verloren hatte. Oder seine Schwiegertochter. »Dantes Tod hat Kassia verändert«, bemerkte sie tonlos. »Sagt das nicht genug über sie aus?«

Ohne ein weiteres Wort zu wechseln, machten sie sich auf dem Weg zu Matejs Haus, wo er die Trauerfeier ausrichtete. Die übrigen Trauergäste waren bereits dorthin gegangen.

Am Grab blieben sie ein letztes Mal stehen. Wieder spürte Diana das unangenehme Gefühl, Nike kullerten die Tränen aus den Augen und Allegra vergrub ihr Gesicht an der Schulter ihres Mannes.

»*Adiós*, Kassia Oscura Tirado!«, murmelte sie leise.

Matej versuchte zu lächeln. »*Doviđenja*, Taja Rosiç.«

Epilog: Kreta, Griechenland

Als Kassia im Sterben lag, erinnerte sie sich, was ihr ein Herr, der später bei der Jungfernfahrt der Titanic ums Leben kommen sollte, einmal erzählt hatte: *Wenn man im Sterben liegt, kann man kaum noch voneinander unterscheiden, was Traum und was Realität ist.* Er selbst hätte es mitbekommen, als sein Vater und seine erste Frau starben.

Kassia erging es nicht anders. Sie glaubte, sich an einem weitläufigen Strand zu befinden. Es gab nichts, an dem sie sich hätte orientieren können. Keine Menschen oder Schilder. Dennoch wusste sie, dass sie auf Kreta war. In der Vergangenheit war sie hier gewesen, in der Hoffnung, lebende Verwandte unter den Formwandlern zu finden. Sie hatte keine gefunden, sich jedoch an der Landschaft nicht satt sehen können. Es war zu einem ihrer Lieblingsorte geworden.

Langsam ging sie die Stufen in Richtung des Meeres hinunter. Sie hörte das Rauschen der Wellen, deren Wasser glitzerte. Eine Brise umschmeichelte ihr sonnengelbes Kleid; ein moderneres Modell, leicht und fließend. Ihre Füße waren nackt, sodass ihre Zehen bei jedem Schritt in dem kühlen Sand versanken. Noch bevor die ersten Wellen an ihren Füßen leckten, entdeckte sie, dass sie nicht mehr alleine war. Bis zu den Knöcheln im Wasser stand dort eine vertraute

Person, die gedankenverloren in die Ferne starrte.

»Es überrascht mich, dich hier zu sehen«, bemerkte sie gerade laut genug, um über das Rauschen hinweg gehört zu werden.

Dante lachte sein übliches, wenn auch weniger spöttisches Lachen. »Ich hatte schon befürchtet, du hättest auch noch das Lügen aufgegeben.« Langsam drehte er sich zu ihr um. Die Sonnenstrahlen brachen sich auf seinen Haaren. Sie schienen eine Art Heiligenschein über seinem Kopf zu bilden. Es war ein ebenso großer Kontrast zu seinem Charakter wie das weiße, nachlässig zugeknöpfte Hemd zu seinem rabenschwarzen Haar. Selbst im Tod gab es noch Ironie. »Dass ich hier bin, beweist, dass ich noch immer der Erste bin, an den du denkst. Ich fühle mich geschmeichelt.«

»Darauf musst du dir nichts einbilden. In meinen sechshundertneun Jahren warst du es, dem ich am häufigsten begegnet bin. Die meisten meiner Erinnerungen haben mit dir zu tun. Ausgenommen die guten.«

Dante nickte ohne ein schlechtes Gewissen zu zeigen. »Nicht zu vergessen, dass wir verheiratet waren. Das ist und bleibt etwas Besonderes.«

»Die Bezeichnung ›kurzweiliges Intermezzo mit priesterlichem Segen‹ erscheint mir passender. Immerhin war ich keine zwölf Stunden verheiratet, als mein Ehemann von mir ging. Viel zu früh«, fügte sie mit einer Spur Sarkasmus hinzu.

Ihre Blicke trafen sich.

Kassia wusste, dass sie an dasselbe dachten. Den Moment, in dem Dante Blut spuckend vor ihr gekauert und um sein Leben gewimmert hatte.

»Definitiv ein Erlebnis, das man nicht vergisst«, kommentierte er gedankenverloren. »Weißt du, während du dein Leben ohne mich gelebt hast, war ich hier. Und ich habe mich oft gefragt, wie lange du wusstest, dass das passieren würde. Ob du damit gerechnet und es geplant hast. Oder ob du es erst erkannt hast, als es zu spät war.« Er klang nicht wütend.

»Du meinst, seit wann ich wusste, dass nicht nur dein Stolz sich in Luft auflösen würde?« Nun war es an ihr zu lachen, auch wenn die Erinnerung einen fahlen Beigeschmack mit sich brachte.

Er machte eine zustimmende Geste.

»Das erste Mal, als wir in Monaco waren. Etwas klingelte bei mir, als Allegra über die Magie dieses Ortes sprach. ‚Ein *Schwur auf dem Gelände des Rates ausgesprochen, wird immer erfüllt*‘, du erinnerst dich? Dennoch bin ich nicht auf die Idee gekommen, es könnte unser Schicksal beeinflussen. Erneut, meine ich. Ich war … abgelenkt von ihren Fragen und deiner Nachricht.«

»Und dann?«

»Wurde mir bewusst, was wir falsch gemacht haben. Bei diesem ganzen Hin und Her haben wir stets nur auf das Versagen des Anderen gesetzt. Wir haben das Spiel zu wörtlich genommen. Es gibt mehr als eine Möglichkeit, zwischen Sieger und Verlierer zu entscheiden. Ich probierte etwas Neues aus und setzte auf eine Ablenkung.«

»Welche?«

»Macht«, erklärte sie wie selbstverständlich. »Seit Aminos Tod habe ich dich nicht mehr so machtversessen erlebt wie zu Beginn dieses Jahrtausends. Die Vorstellung, deinen Plan in die Tat umsetzen zu können, hat dich mehr eingenommen als ich dachte – mehr als du selbst wahrscheinlich glaubtest. Zeitweise war ich als Person sogar zweitrangig für dich. Unter anderen Umständen wäre das eine willkommene Abwechslung gewesen. Ich dachte, wenn ich dir deine Macht scheinbar freiwillig geben würde …«

Seinem Gesichtsausdruck zur Folge überraschte ihn ihre Erklärung. »Willst du mir tatsächlich erzählen, dass du nicht nur gekommen bist, um deinen angeblich lebenden Verlobten zu sehen? Dass du mir im Arbeitszimmer deines Vaters, dort vor deinem eigenen Sarg etwas vorgespielt hast?« Beinahe wirkte er beleidigt. Doch dann veränderte sich sein Gesichtsausdruck.

Und sie wusste warum: Zum ersten Mal in seiner Gegenwart wurde sie rot. Ihre Wangen verfärbten sich und verliehen ihrem ohnehin jugendlichen Ich etwas kindlich-Naives. »Du darfst beruhigt sein. Als mir das bewusst wurde, hantierte ich bereits an der Tür zum Weinkeller, nachdem du mich eingesperrt hast. Ich habe mich von dir hereinlegen lassen und nicht daran gedacht, dass ich einen Formwandler sehen könnte. Dafür, dass er sich zum Großteil auf deine Erinnerungen verlassen musste, hat er ganze Arbeit geleistet. Ich glaubte, er wäre der Richtige und ich wollte ihn befreien.«

»Wie süß. Ich werde richtig eifersüchtig.« Den Sarkasmus in seiner Stimme kannte sie so gut, dass sie ihn innerlich wie einen alten Freund begrüßte.

Sie tat so, als hätte sie ihn nicht gehört. »Bei der Hochzeit betonte der Priester, dass ich mich auf ehemaligem Ratsgelände befinde. Er erinnerte mich daran, dass jedes Wort auf die Goldwaage gelegt wird. Da hat es endgültig Klick gemacht. Und den Rest kannst du dir denken … Tschüss, Psychopath und Hallo, neues und freies Leben.«

Dante schnalzte mit der Zunge und trat auf sie zu. »Es schmerzt, wenn du so von mir redest. So kühl und abwertend. Als ob wir nicht auch schöne Momente geteilt hätten.«

Wie von selbst hörte sie sich sagen: »Daran kann ich mich beim besten Willen nicht erinnern.« Eine Lüge.

Er überbrückte die Distanz zwischen ihnen und kam ihr so nah wie nur ein einziges Mal in ihrer gemeinsamen Zeit. Außer seinen dunklen, alles verschlingenden Augen konnte sie nichts mehr wahrnehmen. Seine Stimme wurde zu einem weichen Flüstern: »Als ob es dir nicht gefallen hätte durch die vielen Ballsäle zu wirbeln, während ich dich hielt. Als ob du es nicht genossen hättest, Katz und Maus mit mir zu spielen, wenn ich dir das Gefühl gab, du hättest die Kontrolle.« Kalte und heiße Schauer liefen ihr abwechselnd über den Rücken, während Bilder aus der Vergangenheit in einem farbenfrohen Strudel um sie herumzuwirbeln schienen. »Als ob es nicht nur eine Frage von Sekunden gewesen war, bis mit dir dasselbe passiert wäre.«

Bei seinen letzten Worten streiften seine Lippen ihre – sie schmeckten nach Salz und einer dunklen Schwere. In seinen Augen blitzte das plötzliche Verlangen auf, das ihm zum Verhängnis geworden war.

»Ich habe bereits verloren«, erklärte er als hätte er ihre Gedanken gehört. »Und ich habe meine Schuld beglichen. Ich bin tot. Warum sollte ich mich noch verstellen?«

Die Vorstellung, ihn zu küssen, war verlockend. Er hatte Recht. Weder er noch sie hatten noch etwas zu verlieren. Sie wollte ihn küssen. Sie beugte sich vor und berührte seine Lippen. Nicht so unbeherrscht wie in seinen letzten Minuten, aber nicht weniger leidenschaftlich.

Doch bevor sie sich richtig darauf einlassen konnte, schlich sich eine Frage in ihre Gedanken: »Was für Schulden sollst du beglichen haben?«

Dante seufzte frustriert. »Du hast gewonnen. Gewinner bekommen Preise, so war es schon immer …« Er schien das Thema abhaken zu wollen.

»Mein Preis war die Ruhe der letzten Jahrzehnte. Das reicht doch.«

»Bist du sicher, dass das ein guter Preis war? Trotz deiner Freundinnen warst du seit meinem Tod einsam; eigentlich warst du schon einsam, als ich dich in Spanien fand. Du brauchst mich. War es deshalb nicht wenigstens für einen kleinen Teil von dir eine Bestrafung?«

Wieder überging Kassia den letzten Teil. »Und was soll dann mein Preis sein?«

»Dass die Seelen, die du aus ihren Körpern vertrieben hast, kein Hackfleisch mehr aus dir machen werden. Nicht einmal die Woodstock- Göre mit den Rasterlocken, die für einen Hippie ziemlich gewalttätige Gedanken hat.«

Seit ihrer Menschwerdung hatte Kassia häufiger über die Dinge nachgedacht, die sie in ihrem Leben falsch gemacht hatte. Dazu gehörte, dass sie nicht selten eine Hülle länger besetzt hatte als es nötig gewesen wäre. Sie hatte sich gefragt, ob sich das eines Tages noch rächen würde. Immerhin hatte sich gezeigt, dass das Schicksal es nicht gut mit ihr meinte. Irgendwann hatte sie sich eingeredet, dass ihre Schuld durch das, was sie durchlebt hatte, beglichen sei. »Du hast dich mit den Seelen Anderer unterhalten?«, fragte sie.

»Ja, jede Seele kann das. Und bevor du fragst: Unsere Kommunikationswege gehen über alle Unterscheidungen hinaus, die die Menschen nach dem Tod machen. Himmel und Hölle, Limbus, Nirwana und was man sich sonst noch alles vorstellt.«

»Und du hast die ganzen Seelen, die ich ins Jenseits befördert habe, überzeugt, mich in Ruhe zu lassen? Wie denn das? Wenn ich darüber nachdenke, würde ich ihnen in der Situation die Hölle auf Erden bereiten. Im Jenseits, meine ich.« Voller Skepsis zog sie die Augenbrauen hoch.

»Ich kann überzeugend sein, das solltest du mittlerweile wissen. Ich habe jede Einzelne gesucht und mit ihnen geredet … Es ist erstaunlich, welche Möglichkeiten man hat, wenn man tot ist. Sie werden dir nichts tun.« Kurzzeitig hielt er inne. »Ich habe noch etwas getan.«

»Was denn? Mir ein warmes Plätzchen im Wo-auch-immer-ich-landen-werde freigehalten?« Sie wusste nicht, wie sie mit seinen Offenbarungen umgehen sollte. Es war mehr als sie erwartet hatte. Mehr als nötig gewesen wäre.

»Wie du wahrscheinlich bemerkt hast, ist das hier nur eine Art Vorraum. Ein Übergang zwischen dem Leben und dem Tod. Eigentlich erscheint dort nur das, woran du als Letztes denkst. In deinem Fall eben ich. Ich gebe zu, ich bin davon ausgegangen, dass es so kommen würde. Ich habe allerdings dafür gesorgt, dass ich nicht der Einzige bin, der dich abholt.

Weil ich mir denke, dass du es gar nicht erwarten kannst, sie wiederzusehen.« Dante machte eine Geste in Richtung eines größeren Hügels zu ihrer Linken.

Kassia folgte ihm mit den Augen.

Einige Meter entfernt erschien ein Mann, den sie lange nicht mehr gesehen hatte. Eine Ewigkeit. Denn die Person im Weinkeller war nicht er gewesen. Groß, dunkelblond, in seiner polierten Uniform und mit einem ehrlichen Grinsen im Gesicht. Amino.

Keine zwei Sekunden später materialisierte sich hinter ihm eine weitere Gestalt. Eine kleinere, dünne Frau, deren purpurnes Kleid im Licht glitzerte.

»*Majka?!*«, fragte Kassia ungläubig.

Damaris Rosiç antwortete ihr nicht. Sie lächelte lediglich.

»Es war nicht leicht, sie zu finden«, berichtete stattdessen Dante in einem bemüht teilnahmslosen Tonfall. »Und dann weigerten sie sich zunächst, mit mir zu reden. Sie konnten dein Leben beobachten und wissen daher, was zwischen uns vorgefallen ist. Und na ja, niemand redet gerne mit dem Mann, der den Ehemann dazu gebracht hat, die eigene Tochter zu verraten. Oder mit seinem eigenen Mörder, der die Traumfrau zur Hochzeit gezwungen hat. Aber wie gesagt, ich kann überzeugend sein …«

Nur mit Mühe löste Kassia den Blick von Amino und ihrer Mutter und sah wieder zu Dante. Dem Mann, den sie einen Großteil ihres Lebens über gehasst hatte. Den sie gleichzeitig auf eine ungesunde, verquere Art geliebt hatte. »Warum hast du sie für mich ausfindig gemacht?«

»Spielschulden sind Ehrenschulden.« Als sie nichts erwiderte, fügte er hinzu: »Gegen ein Danke hätte ich trotzdem nichts einzuwenden. Damit dein Ego nicht ganz unberührt aus dieser Sache herauskommt.«

Er hätte es verdient. Es gab kaum jemanden, der es mehr verdient hätte Aber noch immer konnte sie sich nicht überwinden.

»Dacht' ich es mir doch.« Er war nicht verstimmt. Das gequälte Lächeln war nur Fassade. »Du solltest langsam mal zu ihnen gehen. Ich weiß nicht, wie lange sie noch auf dich warten können.«

Überrascht stellte sie fest, dass sie sich nicht sofort in Bewegung setzte. Und als sie es doch tat und ihnen mit jedem Schritt näher kam, rannte sie nicht.

War es nicht das, was sie sich immer ausgemalt hatte? Dass sie sie wiedersehen, auf sie zu rennen und vor Glück nie wieder loslassen wollte. Sie tat es nicht, obwohl das Gefühl der Freude mit jeder Sekunde zunahm. Sie bewegte sich langsamer, bedachter.

Auf halber Strecke hielt sie inne. Ihre Füße schienen ihr den Dienst zu versagen. Zum wiederholten Mal drehte sie sich wieder um.

»Es gibt noch einen Grund, oder? Hast du etwa dein Herz entdeckt, Dante?«

Obwohl das Lächeln schief wie immer war, war es das Ehrlichste, was er ihr je geschenkt hatte. »Gönn mir ein letztes Geheimnis.«

»Warum? Du hast selbst gesagt, es sei vorbei.«

»Weil das Geheimnisvolle der Grund war, warum du dich versteckt und mich beobachtet hast, wenn ich euer Haus betrat. Weil alles mit einem Geheimnis begann, *principessa.*«

Danksagung

Wieder einmal weiß ich kaum, wo ich anfangen soll. Es gibt einfach so viele, die mir auf die unterschiedlichsten Arten helfen. Sei es nur durch Worte, durch ihre Unterstützung und Aufmunterungen, wenn es doch mal nicht so ganz klappen will. Oder durch die Taten, durch Verbesserungsvorschläge, Probeleser und all die Leute, die bei einem solchen Prozess benötigt werden.

Zwei Jahre habe ich gebraucht, um dieses Buch in die Form zu bringen, die man jetzt sieht. Deshalb verzeiht mir bitte, wenn ich irgendwen vergesse. Ich meine es sicher nicht bösartig und ihr wisst, dass ich an euch denke.

Da wären also meine Eltern, die mir ermöglichen, die Zeit für diese Mischung aus Hobby und Berufung zu finden. Mein Freund, der sehr viel Geduld haben muss, sonst hätte dieses Buch wohl noch zwei weitere Jahre gebraucht. Meine lieben Freundinnen, Isi und Khaleda, mit denen ich über dieses und alle anderen Bücher reden kann, ohne dass sie mir den Kopf abreißen. Und last, but not least den Autoren der LYX Storyboard Gruppe. Durch sie habe ich so viele wunderbare Menschen kennengelernt, Kontakte geknüpft und einiges Neues lernen können.

Vielen Dank euch allen. Ihr seid die Besten.

Über die Autorin

Christin C. Mittler wurde 1995 in Köln geboren.

Seit 2013 studiert sie Deutsche Sprache und Literatur und English Studies an der Universität zu Köln.

Bereits seit der Grundschulzeit interessiert sie sich für Bücher, wobei sie sich schon immer hauptsächlich der Fantasyliteratur zuwandte. Ihre Begeisterung für Literatur drückt sich seit bereits mehr als fünf Jahren im Verfassen von Kurzgeschichten und Romanen verschiedener Genre aus.

Weitere Infos gibt es auch auf Facebook:

www.facebook.com/Christin.C.Mittler